# ロスト・ストーリー

伊藤たかみ

河出書房新社

# 目次

第一章 〈雨ネコの章〉

# ロスト・ストーリー

その朝、新聞が届かなかった。台風や雪の日で多少遅れたことは何度かあるが、ありふれた春の日の朝に、そんなことは一度だってなかったはずだ。けれど、たったそれだけのことで電話するのも大人げなく思えて、そのまま三十分待った。

やがて七時きっかりの時報に合わせるようにして、誰かがポストに何かを突っ込んでいる音がした。そこで僕は再び玄関に出てみたのだけれど、そこに立っていたのはいつもの新聞配達員ではなく、赤いチェックのコートを着た男の子だった。彼は慌ててポストの口から手を離そうとしていたが、余りに急だったので、小指の付け根を引っ掛けてしまったらしい。わずかににじんだ血を唇でなめながら、「貴方に手紙です」と、一度はポストに入れようとした手紙を、こちらに差し出してみせた。

「手紙を持って来てくれたのは嬉しいけれど、うちに来る新聞はどうしたんだろう？」

僕は玄関先の小さな階段を降りながら、少年に出来る限り優しい口調でそう言った。この子の顔に見覚えはないが、小さな男の子が悪戯《いたずら》をする相手は、何も顔見知りの相手ばかりとは限らない。かく言う僕も子供の頃、近所の家のポストから新聞を抜き、代わりに自分で作った新聞を投げ入れて回ったこともある。

「新聞が、まだ届いていないみたいだけど」

「それは僕とは関係のないことだよ」

男の子はきっぱりと言った。「僕のやることは、ただこの手紙を渡すだけなんだ」

「ちょっと待って」

立ち去ろうとした男の子を僕は呼び止めた。「この手紙、一体誰から?」

「貴方にとって、とても大切な人に頼まれた」

「何だって?」

僕の問いかけには答えず、と言うより、答そのものから逃げ去るように、少年は東北沢の駅へと向かって住宅街の中を駆けていった。赤いタータンチェックのコートも、身体から少し遅れて、曲がり角の向こうに消えた。

子供の悪戯につきあってやるのも構わないだろうと、僕はその場で封筒の封を切り始める。どこかの窓からサイモン&ガーファンクルの『四月になれば彼女は』が漏れていて、それはこの春の朝にとてもふさわしい、誰かからの小さなプレゼントのようだった。

封筒の中には分厚い紙が入っていた。僕はそれをゆっくり広げ、中身を読んでみた。

——私は必ずどこかにいます。ほんの個人的な理由から、しばらく帰れません。
佐久間ナオミ——

# 第一章　〈雨ネコの章〉

# 1　佐久間ナオミの〝個人的な理由〟

チャイムの音に急かされて玄関に出ると、そこには男が一人、黒く大きな傘の中で僕のネコを撫でていた。しつこくチャイムを押した割には、そっけないほどの落ち着きぶりだった。

果たして、チャイムを押したのは本当にこの人なのだろうか。僕はそう訝りながら、「貴方、家のチャイムを押しましたか？」と、聞いた。

男は立ち上がり、片手に持っていた裸の文庫本をワイシャツの胸ポケットに押し込んでから、間延びした声で言う。

「このネコは、貴方のネコですか？」

彼は、質問に答えるつもりは全くないらしかった。「とてもいい雨ネコですね」

「アメネコ？　何だかよく判らないけど、うちのはただの黒ネコだ」

そう言いながら僕は〝まる〟を取り戻した。そろそろ片手で持ち上げるのは難しいぐらいに身体は大きくなってはきたが、胸に抱いてやろうとするとすぐに爪を立て、僕の肩にまで上ろうとする。人に甘える方法をよく知らない彼の愛情表現のひとつで、拾ってきた頃からの癖なのだった。

「それで……うちのネコに何か用事ですか？」

「ネコではなくて、メモなんです。実は、僕のところにこんなものが届いたのですが、貴方なら、何か判るかと思いまして」

彼がポケットの中から差し出したメモは、雨のしずくを受けて、今にも破れてしまいそうだった。分厚い日記帳のような紙を破って使っているようで、微かに淡い青をしている。

僕はそのメモを静かに広げると、中に目を落とした。


——もしも全て解決する場所があるとして、貴方はそこに行きますか？

もしもここが貴方の物語でないとして、貴方は新しい物語を探しに出掛けますか？

それとも、ここに留まりますか？　それは、何のためですか？——


それは見覚えのある文字だった。この紙といい、どこか急いで書いたような文字といい、確かに今朝、僕の元へ届けられたメモと全く同じだった。佐久間さんからの手紙に間違いはないはずだ。

「これは？」

「昨夜、僕の家の留守番電話に彼女から電話がありましてね、明日の朝届くはずの手紙を必ず読んで欲しいとメッセージが残されていたんです。それで今日、朝になってみるとこんなメモが届けられた訳なのですよ。見たこともない、可愛い男の子が運んできてくれました」

何だって？　僕は聞き返した。

「不思議なことを言われましたよ……彼女のことを決して捜さないように、と。もちろん、そんな訳にはいかないと言ってやりましたが、意味のないことでした。出掛けようかと靴を履きかけたとき、まさに同じことを彼女に言われたんです。もちろん、電話でなのですが」

「あの、これは佐久間さんの書いたものですよね？」僕は聞いた。「貴方、彼女と何か関係のある人なんですか？」

「ああ、言いそびれてしまいましたが、僕は城戸と言います。彼女とは会社の同僚で、もう半年近くお付き合いさせてもらってますが」

「貴方が？」

僕は一瞬、自分の目を疑ってしまった。佐久間さんに新しい恋人がいるのは知っていたけれど、まさかこんなに野暮ったい感じの人だとは思ってもみなかったのだ。

「確か、彼女が住んでいるのはここだと聞いていましたから。突然で申し訳ないとは思いましたが、電話には誰も出られなかったようなので」

そう言えば、夢の中で長い電話のベルを聞いたような気もした。

「やはり佐久間クンは、ここにもいないのでしょうか？」

「確かに、今朝から佐久間さんはいないみたいだね」

さりげなくそう言った。なぜそのとき、僕にも同じようなメモが届けられたということを教えてやらなかったのか、理由は自分でもはっきりと判らない。正直に言って、会ったばかりの男を信じる訳にもいかなかったし、どこかでまだ、事実を認めようとはしていなかったのかもしれない。つまり、佐久間さんが本当にこの家から出て行ったという事実を。

「だけど、そんなに心配するほどのことではないような気がするけど」

「それはどういう意味なのです？」

「彼女だって、いい大人なんだって意味。何か、ちょっと個人的なことでもあるんだと思うな」

「失礼ですが、貴方は彼女とどういうご関係なのですか。もちろん、僕にそんなことを聞く権利があるとは思いませんが、差し支えなければ教えて下さい」

「別に差し支えはないけど、少し説明しづらいかもね。簡単に言えば、ここは僕の家だよ」

僕は言った。「と言っても、僕と佐久間さんは何の関係もない。今では、アニー……あ、これは僕の兄のあだ名なんだけど、そのアニーとも関係はない。本当にどうやって説明すればいいのか判らないな。変に誤解されて、佐久間さんが何だかふしだらな人に思われても困るし」

「僕は別にそんなことは思いません。その辺のことは、おおよそなら聞いていますからね」

彼は言った。「ところで、アニーは今、いませんよね」

「会社に行ってるけど……アニーのことを知ってるの？」

「佐久間クンを通して、何度か顔を合わせていますから」

「だったら、余計なことを話したかも。どうします？　中でアニーを待ちますか？」

「いいえ。夜になったらまた来ますよ」

彼はそう言うと、玄関の階段を一段だけぐいっと上がり、僕と、ネコのまるの顔をじっと見比べた。

「何か、アニーに伝えておくことでもあります？」

僕は一歩だけ引き下がりながら聞いた。まるも一緒になって、僕の肩の上で身体をのけぞらせていた。

「伝えることがあるんだったら、そうしますよ」

「いいえ、特別何もありません。どのみち、また後で会うでしょうからね」

「だったら、何ですか」

「さっき貴方は、そのネコのことを黒ネコだって言いましたが、多分違うと思いますね。毛の根元が銀色になっていますから、彼はきっと雨ネコでしょう」彼は言った。

「アメネコ？」

「そう、雨ネコ。雨を呼んでくれる、いいネコです。きっともう少し大きくなれば、きれいな銀色の縞が現れてくるでしょう」

「はあ……」

「それではまた夜に」

男はそう言うと、やたらに丁寧なおじぎをしてから、東北沢の駅の方角へと引き返して行った。

この城戸という男のことを、僕はよほど薄気味悪いと感じたのだろう、その夜、アニーが家に戻って来ると開口一番、彼のことを話し出した。するとどういう訳か、アニーはいつものように素っ気ない顔でもって、「なんだそうか、城戸さんが来たのか」と答えるだけだった。

「中で待ってもらえばよかっただろうに」

「こう言っちゃあ何だけど、少し気味の悪い人だったもの」

「慣れればそうでもないよ」アニーは言った。「多分、雨の中で見たせいだろう」

それでようやく僕は、城戸さんという男のことを多少なりとも信用したのだけれど、それでもまだ、彼がアニーに会いに来たその理由については判らないままだった。当然それは、佐久間さんがいなくなったことに関係しているに決まってはいるが、過去の恋人と現在の恋人が、二人して仲良く佐久間さんのことを話し合うという図を、頭の中にイメージするのは難しかった。アニーのようなタイプの人間と、そういうどろどろとした世界とが、僕の頭の中ではどうしても折り合いが付きそうになかったのだ。

「ところでアニー、佐久間さんのことなんだけどさ」

「今は何も話すことはないぞ」

アニーはネクタイを緩めると、ワイシャツの襟から新しい空気を送り込んでいた。「はっきり言って、俺にも何がなんだか判らないんだ。もっとも、城戸だってそのことで来たんだろうけどな」

何だか、アニーは誰かに対して怒ってでもいるようだった。

「僕にはよく判らないけど、アニーがそう思うんだったら、そうなんだろうね」

「俺に何か言いたそうだな」

「何かって、佐久間さんのことに決まってるだろう」

「だったら、もう少しの間、聞かないままでいて欲しいね」

彼はそう言って、レジメンタルのネクタイを完全にはずし、大きなため息をついた。まるで、自分には空気そのものが不足気味なのだとでも言うように。そういうときのアニーは、何を聞いたところで同じ答しか返ってこない。こちらも、素直に成り行きを見ているより他に方法はないのだった。

こうして二人がむっつりと黙り込んでいるのにも疲れてきた頃、城戸さんが家に再びやって来た。すでに夜もいい時間で、どこでどうやって時間を潰していたのかは知らないが、傘を持っていたはずなのに身体はずぶ濡れで、僕は真っ先に乾いたバスタオルを洗面台の下から取ってこなくてはならなかった。その後は、気を利かせて自分の部屋から出ないようにしていた。本音を言えばもちろん、彼らの話を一緒に聞きたかったのだけれど、佐久間さんの「元恋人」と「現在の恋人」が語り合うそんな場所に、直接関係のない第三者がいては、何も話すことは出来ないだろうから、おとなしく我慢をしたのだった。

とは言うものの、部屋へ引きこもっていると、いつもより余計に応接間の声が気になって仕方がなかった。

しかし不思議なことに、しばらくして部屋から漏れてきたのは二人の馬鹿笑いの声だ。どうやらこの二人の間には、変なわだかまりとやらがないというのか。それとも同情しあっているうちに、新しい形の友情でも芽生えてきたのだろうか？　確かにこんな時間に大の男が二人して怒鳴り合うよりはましなのだろうが、どこか不気味でさえもあった。

少し様子を探りに、表向きはコーヒーを淹れるという名目で台所に行ってみると、流しの中にはビール瓶が三本と、落として割ってしまった皿が突っ込まれている。そしてやはり、相変わらずご機嫌な二人の声が応接間から漏れていた。騒いで追い出されたのか、まるが台所で寂しそうに水を飲んでおり、僕を見つけると不満げにアーとなく。変なところに水が入ってしまったらしく、人間の子供のような声を出した。

その声を聞いて、ふと、あの男の子のことが気になった。あの、僕の家に（それから城戸という人の家にも）手紙を届けに来た、可愛らしい男の子のことだ。どうしてあんな子供が佐久間さんのことを告げに来たのか。

まるの顔を眺めたままでそんなことを考えていると、彼は大きな目をして首を傾げた。

『なんだい、そんなことで心配してるのかい』

そうとでも言いたげな仕草だった。『物語は、もうとっくに始まっているのに？』

どことなく、その少年の目の色と、まるの目の色は似ていた。人の考えを映し出すような、深いとび色の瞳をしている。

僕が東北沢のアニーの家に住むようになったのには、込み入っていると言うか、だらしがないと言うか、そういう理由があった。本当のところ、この東北沢の家は僕たち星野兄弟の家だ。僕たちが生まれる少し前に神戸へ転勤になった父が、そのままここに残しておいてくれたものだった。まだ見ぬ息子たち（父は、まだ結婚もする前から、自分に二人の息子が出来ることを信じて疑わなかったし、実際にそうなった）が、いつか大学生になって東京に出て来たときに使うだろうと思っていたのか、それとも自分の別宅が欲しかったのか、その理由は当の本人も忘れてしまっていて、今となっては知る方法がない。とにかく、東京の大学に入学することになった僕と、同じく一年浪人して僕と同級生となったアニーにとって、都心に近い一軒家のプレゼントはありがたいものに違いはなかった。ただし、心からそう思ったのは最初の一週間だけで、すでに築二十年も経つ平屋に住むのがすっかり嫌になった僕は、すぐさま学校のそばにアパートを借りたのだ。そして、アニーだけが、この家に残ることになった。そのときの後ろめたさからか、僕は今でも時々、この家のことを〝アニーの家〟と呼んでしまうことがある。

僕が再びアニーと暮らすようになったのは、それからまるまる四年が過ぎた頃からだ。大学を留年して仕送りを止められた僕は、アパートの家賃が払えなくなって、この家に転がり込んで来たのだ。そのときにはもう佐久間さんという先客がいたのだけれど、アニーとは寝室が別々となっていたところから推測して、恐らく、二人は深い関係をすでに清算した後だったのだと思う。ある意味、そんな関係だったからこそ、僕が転がり込んで来る余地もあったのだろう。

もう、一年も前の話だ。それでも最初の頃味わった、あの居心地の悪さは今でもはっきりと覚えている。何だか自分が、彼らの私生児のように思えて仕方がなかった。僕には明かされない微妙な関係の綱の上で、綱渡りを習っているかのような気分だった。そして今は、捨て子のような気分なのかもしれない。アニーと二人だけの暮らしも悪くはないのだが、やはり佐久間さんのいない生活は少し静か過ぎ、これもまた逆に居心地が悪いということに、わずか一週間で気がついた。彼女はほんの思いつきで家を飛び出したに違いないと思っていたときには、こうした新しい生活もまた新鮮な感じがしたけれど、今ではあの穏やかさが懐かしくも思える。

しかし考えてみれば、ああいう微妙な関係のままでいられたことの方が奇跡と言えば奇跡だったのだ。当り前過ぎて、大切な時間を無駄遣いしていた……僕はそんなことさえ考えるようになっていた。

城戸さんと再会することになったのは、まさにそんな頃だった。

その日の僕は、大学の授業（三年生のときから未だに取れないでいる授業。ただし、そのおかげで大学に二年分余計に在籍する表向きの理由にはなった）に一時限だけ顔を出した後、書店でベースボールマガジンを買った。そこには佐々木投手のりりしい投球フォームの写真が大きく掲載されていて、すっかり触発された僕は、昼下がりの東北沢公園でフォークボールの練習にいそしみ始めたのだった。ちなみにこのフォークボールの練習というのは僕がかれこれ半年近く、気が向くたびにやっていることで、それが投げられたらどうなのだとか、何の意味があるのだとか、そういうことは全く考えていない。格好がいいので投げてみたいというただそれだけの理由から、東北沢公園で一人練習をしているだけだった。その公園を突然、城戸さんが横切ったのである。

「おや、キミ」

城戸さんは僕を見つけたことの偶然性にはあまり心を動かされなかったらしく、まるで僕がそこにいて当然のような言い草だった。

「キャッチボールの最中に悪いですが……」

普通、キャッチボールは二人でするものだと思ったが、フォークボールの練習をしていると教えるのも恥ずかしいので、あえて何も言わなかった。すると城戸さんは、僕の着ていたナイキのロゴに向かって、

「今日はお土産を持ってきました」と、言った。

「ほら、これだけども、見てごらんなさい」

それはただのキャットフードだった。確かになくなると困るものなのだが、もらったからと言って特別に感謝するほどの品物でもなく、「どうも」とだけ本当に軽い礼を述べた。それに、僕にはキャットフードよりもずっと気にかかることがあったのだ。それはもちろ

ん佐久間さんのことで、一週間を過ぎたというのに相変わらず彼女からは何の音沙汰もなく、アニーはアニーで何も話そうとしないものだから、城戸さんにその後のことを聞くより他にはなかったのである。

しかし、人の気持ちなど知るはずもない城戸さんは、もったいつけた仕草で箱の横を指で示し、

「これね、海苔味なんですよ。まるクンが喜ぶだろうと思ってね」などと話を続ける。

「彼が海苔好きだと、アニーから教えてもらいましたよ」

「そう。きっとまるも喜ぶよ」

僕はキャットフードの箱を、ビニール袋に戻しながら言った。「ところで、城戸さん。あれから何かあった？」

「佐久間クンのことですか」

「もちろん、そうだよ。もうそろそろ実家なり何なりに連絡してみようかとも思ってるんだけど、その住所自体が判らないんだ。会社に何か残ってない？」

「判らないですねえ。それに僕、あの会社辞めてしまったものだから」

「本当に？」僕は言った。「それは、佐久間さんのことと何か関係があるんだね？　それとも、城戸さんとアニーとの間の話？」

「そんなことぐらいで会社を辞めたりしないでしょう、普通。言い方に問題があるかもしれないですが、ことさら、男の場合はね」

「それならどうして」

「いや、貯金が貯まったからね、辞めたのです。この場合、佐久間クンのことは問題にしていません。ただ、お金が貯まって、特別今は働かなくてもいいから辞めただけの話で」

僕には、その意味の違いを実感することはできなかった。経済学原論の授業よりも難解だった。案外、僕の思い描いている社会と現実の社会とはギャップがあるものなのかもしれない。あるいは、こういう人まで包み込めるだけの包容力が、社会という場所には残っているのかもしれない。しかし、その問題を最後まで考えている暇はなかった。とにかくそのときの僕は、城戸さんやアニーたちよりも佐久間さんのことが心配でならなかったのだ。


この不安を増幅させたのは、間違いなくあの少年にも原因があった。その理由が何なのかは全く判らないのだけれど、彼のことを考えると、子供の頃、血の滴るように真っ赤な月が昇っているのを、帰り道で不意に見つけたときのように、言葉ではどうにも説明のつかない不安が胸の中にじわりじわりとしみわたって来るのだ。

「それなら、城戸さんも時間はある訳だね？」

僕は言った。「実は僕もそろそろ佐久間さんのことが……」

「ああ、それなんですがね、キミにも時間があるのなら、これから佐久間クンの妹に会いに行かないですか。部屋を掃除していたら、いつか年賀状をもらったことに気が付いてね、そこに住所が書いてあったのです」

「もちろん、行く」

僕はすぐさま答えた。実際、彼の他に頼れる人はどこにもいなかった。

「それは良かった」

すると城戸さんは、いきなり僕の腕を摑み、ぐいぐいと駅の方角へと僕を引っ張っていこうとした。この海苔味キャットフード、先に家へ置いてこようと僕が言うと、彼はああそうかとつぶやいて、今度は反対側へ強く引っ張る。どうも、この人は初対面で考えていたほど気味の悪い人でもないようだと、彼に対して最初に感じていた印象を修正し始めていた。むしろ言動の全てが丁寧過ぎて、滑稽にさえ思える。白黒フィルムの中から、そのままフルカラーの世界にはみ出してきた人間のようにも見えた。

年賀状によると佐久間さんの妹は、東中野に住んでいるようだった。街道沿いの煤けたマンションの、さらにその隣の古びた木造アパートがどうやらその場所らしく、外観と、年賀状のイモ版だけは妙にマッチするのだが、その全体のイメージと佐久間さんの妹というものがどうしてもしっくりこなかった。佐久間さんと言えば、一言で言うなら身体にも心にも色素が足りず、透けるような肌と薄っぺらで小さな唇だけでラッピングされているような人だ。僕の家の殺風景な部屋より、隣の家の令嬢が暮らす、あの重厚そうな部屋に守られてこそ、どうにか生きながらえることが出来るのではないかしらと、ちょっと見にはそういった感じがした。しかしこの二階の一番奥の部屋こそ、その妹の部屋なのだ。

僕が人の住まいをとやかく言えた義理ではないのだけれど、扉は軽く蹴っただけでもぶち抜けそうだった。ただ、そこについているチャイムだけがやたらに巨大で、これはもしかすると、隣のマンションを建てる際に余ったチャイムを適当にくっつけただけなのではないかとさえ思う。小さな蜘蛛が、そのチャイムの上でじっと縮こまっていて、彼はダブルベッドの上にでもいるように、そこでくつろいでいた。

僕が手を伸ばすのを戸惑っていると、城戸さんは、何ということもなくそれを押した。しかし何も起きなかった。何度押しても同じなので、ドアを何度か叩いてみた。やはり何の反応もない。

「いないんじゃない？」

僕がそう言おうとしている最中に扉が開いて、薄暗い玄関からヌッと女の子が顔を出した。とても陽に焼けていて、失礼にならないような言い方をすれば、まるで香水を煮詰めたような女性だった。失礼を承知で言えば、性ホルモンの塊のような女性だった。

「何？　新聞？」

彼女はぶっきらぼうに聞いた。知らない人間にチャイムを押されると、機械的にそう答えてしまう辺りが僕と一緒で、ちょっと親近感が湧いた。そんなので湧いても仕方のない話だけれど。

「言っとくけど、お金ならないからね」彼女は言った。

「失礼ですが、キミは佐久間クンの妹なのですか？」

「だから何よ。お姉ちゃん、借金でもしたの？」

「そういう人間じゃない」

僕は一応そう言ってみたものの、何のために弁解しているのかよく判らなかった。

「僕たち、佐久間さんと関係のある人間で、一緒に暮らしていたんだけど」

「お姉ちゃんと同棲してたァ？」

「いや、共同生活してた、か。それで、その……」

「アンタ、はっきりしない男ねえ。私に聞いたって、お姉ちゃんの居所は判らないわよ。あの人、朝っぱらに電話かけてきて、私これからいなくなるなんて突然言ったきりなんだからね」

「両親には報告しましたか？」

城戸さんはそう言いながら、いつの間にか身体をはっていた小さな蜘蛛を片手ではたき落とした。「僕たちにもそういう連絡が入ったのですが、なにせ、どこにも報告しないでくれと彼女に言われましたので」

「決して捜さないでってでしょう？」彼女は言った。「だったら捜したってムダだよ、見つかりっこない」

「でも、帰って来て欲しいんだ」

「アンタ、お姉ちゃんのカレ？」

「いや、恋人はこっちの方」

僕がそう言って城戸さんを指し示すと、さすがに彼女も驚いた様子だった。僕もそれに

異議はなかった。しばらく彼女はしげしげと城戸さんの顔を眺め回していたが、そのうちふと、

「第一ねえ、お姉ちゃんの居場所なら、こっちが知りたいくらいなのよ」

と言い出す。「私、今月ピンチでね、あの人を頼るつもりだったんだから。おかげでこっちは散々。アンタたち、お姉ちゃんのツケで私にお金貸してくれない?」

どちらも、軽々しくOKだとは言えなかった。僕と言えば家事手伝いで、アニーの稼ぎで食わせてもらっているのだし、城戸さんは城戸さんで仕事を辞めてしまったものだし、これではほとんど貧乏神の井戸端会議のようなものだ。ただ、昨日から何も口に入れていないので死にそうだと漏らされるとさすがに放っておく訳にもいかず、僕はサイフの中の少ないお金を数え、ごはんぐらいなら食べさせてあげてもいいけど、と、そう言った。

「ただし、千円以内なら」

「千円以上のものなんて、はなから食べたことないって。それで上等! さっそく連れてってよ」

彼女は玄関に散らばっていたサンダル(なぜか彼女の玄関には、サンダルばかりが散乱していた)をつっかけ、僕たちの背中をなれなれしく押した。

駅前の喫茶店に入ると、彼女はメニューも一切見ないで焼肉定食を頼んだ。昼を大分過ぎた時間だったので、僕と城戸さんは飲み物しかオーダーしなかった。本当はトマトジュースが飲みたかったのだけど、城戸さんはウエイトレスに向かって「それじゃアイスコー

ヒー二ついただきましょう」と勝手に注文してしまい、それを断る勇気もなかった僕は、好きでも嫌いでもない、要するにどうでもいいアイスコーヒーを飲む羽目になった。ついでに、頼みもしないのにミルクも入れられた。

　彼女はとてもお腹が空いていたらしく、僕のアイスコーヒーの氷がからんと音を立てる前に食事を全て済ませてしまった。人の顔をあまりにじろじろ見るものだから、ついに僕は飲み物も注文して構わないと言った。店に備え付けのテレビでは、気分の悪くなるような少年犯罪のニュースが流れ、その彼の手記から「僕は生まれてから一度も本当の自分になれなかったし、誰もそんな偽物の僕に目を向けてはくれなかった」というような部分が読み上げられていた。「偽物の」という部分に僕も少しピンときたのだけれど、それはやはり彼に始まったことでもなく、こうして僕たちだって世の中の隙間にいる訳で、本物の自分がどこにいるのかなんて知らないまま、アイスコーヒーの氷をかき回しているだけなんですよと、その少年に教えてあげたかった。

　そんなことをぼんやり考えていると、彼女は突然、

「ねえ、アンタ聞いてるの？」

と、僕をにらんだ。「私がお姉ちゃんの居場所を知らないって判ったからって、何もそんなに退屈そうにすることないじゃないの」

「いや、ちょっとボーッとしてた」

「だからね、お姉ちゃんのこと捜すのはいいけど、見つけたところで、彼女に何か考えが

あるンなら、やっぱりまた逃げ出すに決まってるって言ったの。捜すだけムダだってことじゃん」

「それでは、少年のことについて何か心当りがないですか？」

城戸さんはアイスコーヒーのグラスについた滴をナプキンで拭いながら聞いた。「赤いコートを着た、可愛い男の子です」

「それはもう何度も言ったでしょう？　私たち姉妹の他に親戚はこっちにいないし、見ての通り、どっちもまだ子供なんていないよ。何を疑ってるの」

「いえ、そんなつもりではないのですが……ただ、よくよく考えてみれば、どこかで親戚の子供がこっちにいたり、あるいはそうですね、家庭教師をしていたことがあるとか、そういうことを思い出す可能性もあるだろうと」

「ない」彼女はきっぱり言った。「それに、その子が誰であろうと関係ないじゃない。そもそも、お姉ちゃんを捜すこと自体、意味のないことなんだもの」

「そうかな」僕は言った。「出て行った理由ぐらいは聞いておきたいな、僕は」

「それよりねえ……」

彼女は急に媚を売るような顔付きになって、僕の瞳の奥をじっと見つめた。まるが海苔を欲しがるときの顔に似ていた。

「お姉ちゃんの部屋、今は使ってないんでしょう？　じゃあね、彼女が帰って来るまで私に貸してくれないかなあ。家賃、どれぐらい払ってたの？」

「家賃はもらってなかったよ。光熱費は半分もらってたけど、一万円もしなかったんじゃないのかな」

「貴方、ご自分の住まいがあるでしょう」

城戸さんは言った。必要以上に生真面目な彼の話し方だと、まるで大叔父さんに借りている鎌倉の借家だとか、そういう時代錯誤の風情さえ感じられる。ただしもちろん、彼が言っているのはあの木造アパートのことで、あそこまで傷んでいると、住まいと言うよりは「ねぐら」とでも言った方が、ずっと的確に印象が伝わる。

「ああ、あれね。あれ、家賃が払えなくなって、もうすぐ追い出されるんだよね」

「お金がないなら、どうして働かないのさ」

僕が聞くのもおかしな感じがしたが、とりあえずそう聞いた。

「だって私、女優だもの。女優」

彼女はケラケラと笑いながら、運ばれてきたアイスコーヒーのグラスに、ストローを二本差して飲み始めた。「女優って言っても、売れない劇団の女優。アルバイトしながら食いつないでるんだけど、芝居が始まるとバイトにも行けなくなるのよね。あ、そうだ、今度、高円寺でやるから見に来て」

「なるほど、女優ですか」

城戸さんは何に感心したのか知らないが、一人でフムフムとうなずいている。

「ね？　アンタん所、間貸しする位の家なら、部屋だって結構余ってるんでしょう？　有効利用させなさいよ」

「アハハ、それほど広い家ではないですがね、僕の見たところ」

「平屋だしね」

僕は言った。いくら古い家だからと言って、城戸さんにまで言われる筋合いはない。よって、彼より先に自分で平屋だと白状しておいたのだった。

ちょうどそのとき、喫茶店には時代遅れなレッド・ホット・チリ・ペッパーズの『アンダー・ザ・ブリッジ』がかかった。歌詞を知らないのでどういう内容なのかは知らないけれど、〝橋の下〟という題名が悲しいメロディと相まって、これは恐らく捨て子の唄ではないかしらと、急にそんなことを思いついた。多分、橋の下で拾われるのを待っている捨て子の唄なのだと、全く勝手なイメージが膨らんでいった。アーヴィングの『サイダーハウス・ルール』を読んだばかりだからかもしれないし、あるいはあの犯罪少年のイメージが頭の中に淀んでいたからかもしれない。とにかくこの唄を聴いていると、何だか彼女が捨て子のように思えてくる。

いつか、佐久間さんがまるを拾ってきた日のことを思い出した。自分はネコ嫌いなのだが、青いバケツの中に捨てられていたのを見て、どうしても拾わずにはおれなかったのだと、僕たちにだけでなく自分にまで言い訳をするように家に帰って来た夜のことを。

「平屋なんだけど……まあ、住む部屋はあるよ」

僕は、ついそう言ってしまった。彼女がその瞬間、手放しで喜びそうになったので、遮るように急いで付け加える。「でも、アニーに聞いてみないと判らないな」

「誰よ、そのアニーってのは」

「彼の兄さん。兄貴だからアニーです」城戸さんが補足する。「なかなか感じのいい男で、ちょうど先週も一緒に朝まで飲み交わしました」

「だったら、今夜のうちにでも話をしておいてよ、明日にでも電話するからさ。あ、電話番号だったら知ってる。お姉ちゃんのと同じ番号でしょう？　じゃあ、本当に明日にでも電話する。荷物は大してないからね、宅配便で十分送れるよ」

彼女はそれをブレスなしに一息で話すと、アイスコーヒーを急いで飲み干した。それから胸を押さえて、「ウッ、ちょっと気分悪くなった」と、これまた忙しそうに付け加え、

「それじゃ、これから稽古があるから、また後でね」

と言い残して店を出て行った。

取り残された僕たちは、何だか急に佐久間さんの足取りを見失ってしまった気がして、ぼそぼそと残りのアイスコーヒーを飲むしかなかった。とは言っても城戸さんは慌てる様子もなく、どうして彼女の元にはメモが送られてこなかったのでしょうかね、などと新しい疑問を見つけ出していた。

「彼女に知らせる必要がなかったのはなぜなんでしょう」

「さあ、どうしてだろう。城戸さんは判る？」

「いいえ。僕は意外に、彼女のことを判っていなかったようです。彼女の考えが、なかな

か読めてこないのですよ」

「みんな、そんなものだろうけど」

「だといいですが」

城戸さんはそう言うと、またぼんやりとし始めた。僕も僕で、彼女が「また後で」と言ったということは、やはりまた後で彼女に会うことになるのかしらと、静かに考えるだけだった。

そう言えば自己紹介をするのを忘れていた。でも、東中野の街並みというものは、自己紹介するにはあまりいい場所ではないかもしれない。何の変哲もないこの街では、本物のプロフィールさえ、何だか偽物のように思えてくるから不思議だ。

誰もが捨て子のように見えてしまう。

## 2　タイピストにさえなれない

珍しく授業を真面目に受けた。六年生になると、大学に残っている同級生というものが極端に少なくて、自分でノートを取るより仕方がなかったからだ。仮にまだ残っていたところで、三年生の授業である経済学原論なんて、取っている奴などいなかっただろうと思う。

その日習ったのは国際貿易の仕組みについてだった。誰の言葉だったかは忘れてしまったが、生産特化について簡潔に述べた文があった。なぜ世界の国が自給自足を選ぶより、特定の品を集中的に生産（それを生産特化と言う）して輸出するのかを説明したもので、それによると、特化とは医者とタイピストの関係と同じであると言う。

たとえば、とてもタイプを打つのが上手い医者というのがいて、事実、彼はタイピストよりも早くタイプが打てる人間である。それならなぜタイピストをわざわざ雇う必要があるのかと言えば、確かに医者はタイピストよりタイプが上手く打てたとしても、その時間を医者として働いていた方が儲かるからである。その儲かったお金で――自分よりは能力の低いタイピストだとしても――タイピストを別に雇った方が、全体としては得だというものであった。

僕はその文章を読んだ後、教室の机にほおづえをつきながら、窓の外に積み上がってゆく公団マンションの姿をぼんやり眺めていた。そして考えた。

人にはそれぞれ役割というものがある訳で、だから僕がこうして毎日ブラブラして、アニーの食事を作ったり、洗濯をしたり、佐久間さんを捜したり、まるに海苔味キャットフードなんぞを与えているのは、それが生産特化というものなのかもしれない。つまり、僕が外に出て働いても大した金を得られそうにもなく、身体が丈夫なばかりで役に立たないとレッテルを貼られるのは必至のことで、わずかに稼いだその金でもって誰か家政婦さんなんぞを雇うよりは、僕本人がやってしまった方が、家全体としてはずっと上手くいくのではないかと。

しかし同時に僕は、医者よりタイプを打つのが下手なタイピストのことも考えていた。何だかそのタイピストのことがとてもかわいそうに思えてきたのだ。ただ少なくとも、アニーが僕より家事が出来るということはないので、まだこのタイピストほどではないけれど、つい共感を覚えてしまう。

で、僕もかわいそうなタイピストにならないように、せめて家事だけはしっかりやろうじゃないかと思い立った。そこで学校から戻って来ると、珍しく笹塚商店街にまで足を延ばして美味しい肉コロッケを買い、バター風味の包み焼きを作るために魚とサヤエンドウも買った。ついでに窓も拭いてやろうと、ガラスクリーナーも買い求める。

こうして新妻のような決意でもって東北沢の家に帰って来ると、たまたま庭に出ていた隣の家の令嬢・由美子さんが僕を見つけて、

「星野さん、荷物預かっているんですけど」

と、玄関から声を掛けた。噂だと、来春大学を卒業する予定である彼女は、TVのアナウンサーをずっと志望していて、まだ四月の終わりではあったが、早くも都内ケーブルTV局に内々定をもらっているとかいうことだ。そのわりには声がアナウンサーっぽくはなく、同時にそんな技術は仕事に就いてからいくらでも覚えられるのかと思うと、やはりこのルックスと知性で選ばれたのだなあ、とつくづく惚れ惚れしてしまう。惚れ惚れしているうちに、彼女は大きな玄関の前に、みすぼらしいダンボールを三つ運んできて「これなんです」と言った。

「運ぶの手伝いましょう」

「いえ、そこに置いといて下さい。一つずつ自分で運びますよ。預かってもらってどうもすいません」

僕は言った。南向きの玄関のせいで、由美子さんは僕の身体が作る影の中にすっぽりと入り込み、昔の思い出みたいに、せつないトーンカーブを描いていた。

「そう、ネコちゃんお元気ですか？」

彼女は言った。ちなみに彼女も、うちのまるとは比べることさえはばかられるほど高級なネコを飼っている。

「さっき、あの梅の木の上でないてたんです」

「最近アイツ、どこにでも上りたがるからなあ」

僕はダンボールの一つを持ち上げながらそう答えた。「でも、自分ではまだ降りられないんですよ。多分、まだ木の上で立ち往生してるでしょう」

「いいえ、もう降りました。失礼だとは思ったんですが、庭越しに手を伸ばしたんです。そしたら、ちょうどお宅の人とばったり会ってしまって。彼女がネコちゃんを降ろしてやったみたいですね。謝っておいて下さい……お宅の庭に勝手に手を伸ばしたこと」

「いえ、全然構いませんよ。庭でも家の中でも、好きなように入って下さい。どのみち盗《と》られるものなんて何もないんです」

僕は作り笑いを浮かべてそう言った。「ネコぐらいしかね」

すると由美子さんはウフフ、それじゃあ、と屋敷の中に入っていった。そのとき、後ろを向いた彼女の、紺色のスリットスカートとピンストライプのシャツが風になびいてとても美しく、いつもなら見つめたことだろう。春の、芝生の甘い匂いと照り返しが一緒になり、僕をぼうっとさせたはずだった。しかし、そのとき僕の頭の中は忙しかった。誰か女の人がまるを木の上から救い出したという話を聞き、これは佐久間さんが帰ってきたのだという想像がめぐっていた。彼女が書いていた通り、いなくなっていた間のことは全て、とにかく個人的なことであるのだから、しばらく家を空けていたことについては何も聞かないでおこうと決める。かえっていびつにさえ感じられるほどの自然さでもって、「お帰り、お腹は空いてる？」と聞こうと思った。

ところが、実際に玄関を開けてみると、佐久間さんが履いていたヒールも、ジョギングのときに使うNBのスニーカーもなくて、どこかで見た汚いサンダルが脱ぎ捨てられているだけだった。もしやと思いダンボールを持ったまま応接間に上がってみると、案の定、そこに寝転がっていたのは佐久間さんではなく、妹の晴美だった。

彼女は僕のダンボールを見つけて、

「あれ？　もう届いてた」と、さらりと言った。「やあね」

「ねえ君。この荷物がどういうのか知らないけど、確か前に会ったときには、ここへ来る前に一度電話をするだとか何だとか言ってなかった？」

「あら、私、今日何度も電話したのよ。でも、留守番電話になってなかったもの」

「うち、留守番電話ついてない」と僕。「それで？」

「だからね、今日じゅうに荷物が着くかもしれないって電話を入れようと思ったの。そうしたら誰も出てこないでしょう。それじゃ困ると思って、荷物を受け取りにこっちまで来たんだ」

「この荷物って……」

「私、アパート追い出されちゃった。まだアンタのお兄さんには了解をもらっていないけど、他に行くあてもないから、とにかく何日か置いててよ。それから、私がここで暮らすのか、それとも出ていかないといけないのか、ゆっくり決めてちょうだいね」

「劇団の人のアパートに転がり込まなかったの？」

「劇団の仲間は、大体今似たような感じになってるからね。電気もガスも止められた部屋に転がり込んだって仕方ないでしょう。そんな馬鹿なことする人っている？」

だからって、了解もなしに人の家に上がってしまうことはないと思うのだが、怒られそうなので言うのを止めた。

「ね、それより、荷物一つしか着いてないの？」

「隣に預かってもらってたの。運ぶの手伝ってくれよ」

「そりゃ、それぐらいやるよ。私の荷物だもの」

彼女はそう言って立ち上がった。その拍子に、テーブルの上のコップを引っ掛け、畳の上に飲み物をこぼしてしまう。慌てて雑巾で拭いてるうち、よく考えてみれば何だって勝手に人の家のものを飲んでいるのだろうという部分にまで頭が回るようになった。しかし、それは僕が愛飲しているカルピスで、これをちゃんと水で薄め、わざわざ氷まで入れて勝手に飲むような人だから、文句を言ってみても、どこか空しい感じがするだろうと、またしても言葉を飲み込んだ（飲み込んだ言葉というのは、消化に悪いとは知っているけれども）。晴美は素直に、ゴメンゴメンと謝っていたが、それは人のカルピスを飲んだことについてではなく、あくまでコップをひっくり返してしまったことについて謝っているのだった。

アニーから電話があったのは、すっかり自分のペースで事を運び続ける彼女が、すでに元・佐久間さんの部屋に入ってダンボールを開けているときだった。このことをどうやって説明しようかと話の切り出し方を考えているうちに、アニーの方はさっさと、今日は会社の飲み会で帰れないという用件だけをまとめて伝えてきた。

『……だから夕飯は要らない。それと、今日は夜にボクシングの世界タイトル戦があるはずだから、ビデオに録っておいてくれ』

「あのさ、アニー。実はね、僕も言うことがあって……」

『明日、土曜で休みだから、そのとき聞くよ。友だちの家に泊まるから、昼頃に帰るかな。じゃあな、仕事忙しいから切るぞ。ついでだけど、俺に何か連絡はあったか？』

もちろんそれが、佐久間さんから電話があったかと聞いていることぐらい僕にも判った。つける嘘ならついてもやりたいが、残念ながら彼女が帰って来るという気配は、今日も全くなさそうだ。何もなかったと正直に答えると、そうかとアニーは電話を切ってしまった。

奥の部屋から晴美が廊下に顔を出し、僕の名前を呼ぶ。何の用事かと聞くと、

「さっきの、誰からの電話？　城戸さんじゃない？」だと。

アニーからだけど、どうしてだと僕は聞いた。

「どうして城戸さんから電話が来る訳？」

「今日、私の引っ越し祝いしてやるって言ってたから。みんなでジンギスカンでもやろうってさ。肉はあの人が持って来るんだって」彼女はぬけぬけとそう言った。「あの人ってさあ、暗いけど、結構そういうところは気が利くのねえ。器量があるって言うのかな」

器量がいいのは勝手だが、ジンギスカンをやるなら、せめて家の人間にひとこと断ってくれてもいいと思う。

「それとも、案外みんなで遊ぶのが好きな人なの？」

「暇なだけだろ」

台所に入った僕は、廊下にまで聞こえるよう、少し大きな声で言った。自分の分のカルピスを作るつもりだった。

「暇って、あの人、何の仕事してるのよー？」彼女も大きな声で聞く。

「昔、佐久間さんと同じ仕事してたんだけど、辞めちゃった。どんな仕事だったのかは知らないね。お姉さんって、どういう仕事してたんだっけ？」

「私も知らない」

彼女はいつしか普通の声のトーンになっていた。それは彼女が部屋から廊下に出てきたからで、片手にはなぜか丸まったパンティーを持っていた。ぎくりとして、思わずそれに目が釘付けになっていると、

「これ、お姉ちゃんのパンツ、まだいっぱいタンスに残ってたんだけどさ、私、はいてもいいのかなあ」

などと聞いてくる。そんなこと僕に聞いても、判る訳がない。

「……女きょうだいって、パンツまで貸し合いっこするものなの」

「別に女きょうだいじゃなくても、貸し合いっこするでしょう、普通」

彼女は言った。しかしどう考えても彼女が普通じゃないから、パンツを貸し合いっこするというのは普通ではないのだろう。多分。それでも僕は反論せず、電気プレートを久し振りに棚の奥から引っ張り出し、鉄板の上を油で拭いておいた。

夜にはその鉄板も熱せられ、マトンの油をいくつもひいた。城戸さんが持ってきたのは一キロの袋入りだったので、それだけでは僕たち三人だとやはり足りず、晴美の要望で冷蔵庫のものを適当に焼いた。余っていたちくわも、豚肉も焼いたし、本来はホイル包みを作るためだった魚も、サヤエンドウも鉄板の上で踊らされた。晴美がそれを次々と平らげてゆくのは、男の僕が見ても惚れ惚れとした。育ち盛りの頃、貴方は食べさせ甲斐があるわと笑っていた母さんの気持ちがほんの少しだけ判ったような気がした。

それから言うと、食べさせ甲斐のないのが城戸さんである。一応焼いたものは皿に取るものの、食べるのか食べないのか、端から見ていてもやきもきしてくるほどグズグズと口に運び、またそれを馬鹿丁寧によく嚙み砕くものだから、歯の悪い老人と食事を一緒にしているような気分だった。

「何だかね……」城戸さんはようやく肉をひとかけら飲み下すと、そう言った。「何だかテーブルの位置がおかしくないですかね」

「だって、彼女が縁側で食べたいってきかないから」

僕は言った。晴美は生まれてからこの方、ずっと集合住宅でしか暮らしたことがないそうで、こういうハレの食事は、どうしても庭でやりたいということだった。しかし、この狭い庭で肉など焼くと、煙が全て隣の由美子さんの部屋を直撃してしまう。そこで間を取って、テーブルを縁側ぎりぎりに寄せておき、晴美だけが縁側に座って食べることになったのだ。縁側に足をぶらぶらさせながら座っているものだから、常に僕たちには背中を向けており、振り返っては鉄板の上で焼けた食べ物を皿に取った。その隣には、まるがじっと座って匂いを嗅いでおり、大きな驚いたような目——それは別に驚いているのではなく、ただ子ネコ特有の大きな目と、首を傾げる仕草がそう見えるだけなのだけれど——で晴美のことをじっと見つめていた。

「こんなジメジメした庭なんて、見たってどうにもならないのに」

「それはアンタがここにずっと住んでるから言えるの」

晴美が背中越しに言う。「お姉ちゃんが、ここに住むようになった気持ちが判るなあ」

「庭のせいって訳ですか？　アニーと別れてからも、佐久間クンがずっとここで暮らし続けた訳というのが」

「きっとそう」

「逆に今度のことは、この湿った庭に原因があるんだと思っていたよ」

僕は言った。「ところで城戸さん。もし暇だったら、また佐久間さんを捜すの手伝って欲しいんだけど。彼女の行きそうな所、考えてさ」

「僕はいつでも暇だから、構わないよ」

「助かるよ。それに比べると、アニーはまるでダメだな。いくら面倒臭がりだからって、ここまでとは思わなかった」

「アニーが佐久間クンを捜そうとしないのは、面倒臭がっているせいだということですか？」

「それ以外に考えられないだろ？　もしも、アニーにやましいところがないんならね」

「そうでしょうか」

「そうに決まってる」

「僕には、もう少し違う意味があるような気がしますがね。アニーの性格は、見かけより複雑なものですよ」

「複雑だろうと何だろうと、捜していないのにはかわりがない」

「お姉ちゃんを早く見つけて、私を追い出そうと思ってるのね」

「そんなことない」

「冗談だよ、冗談」

彼女は笑った。「でも本当に、どうしてそんなに捜すのかなあ。見つかったところでムダなのに」

「だから、どうして出ていったかだけでも聞きたいんだって」

「それは個人的な理由ってやつでしょ。お姉ちゃん、そう言ってたもの」

「本当にどんな理由だか知らないの？」

「知らない。あの人、すごい秘密主義でしょう」

晴美は振り返り、庭に背を向けるような形で縁側に座った。まるが勘違いして、何かくれるのかとさらに期待を募らせていた。

「それにねえ、あの人昔からこういう癖があったんだ。何かあると突然消えちゃう、家出少女だった。初めは警察に通報してたけど、絶対に見つからないし、それにまあ、そのうちちゃんと帰って来るから、家族もみんな慣れちゃった」

「へえ、佐久間クンがそんな癖をねえ」

「だから、放っておけばいいの。お腹空いたら帰って来るって」

「何だかネコみたいな言い方だ」

僕は笑った。ネコという言葉で思い出したらしく、晴美は鉄板の上から取り上げた肉を口の中でよく冷まし、切れ端をまるにやった。まるは黒い鼻の先でしばらく匂いを嗅ぐと、それを食べた。が、あまり好みの味でなかったのか、いかにも食べたくなさそうに、ガジガジとわざと口から落ちるような食べ方をする。そして縁側の上に落ちた肉をもう一度嗅いだ後、俺の口には合わないという顔をして家の奥へと入っていった。ただ、やはりまだ子ネコなので三秒前に思ったことも次々と更新されていくらしく、さっきまでアニーの部屋に置いてあるマットレスの上で少し眠ろうといったような顔をしていたのに、突然何かに取りつかれたように駆け出し、壁に飛びついて、下にゴロリと落ちた。

自分で飛びついたくせに、僕たちを例の驚いたような目で見つめる。それはまるで、自分はどうして跳んだのだっけ？　と問うているようだった。これがネコってものなの？

と。


そうなんだ、それがネコってものだ。僕は、目だけでそう答えてやった。

「ネコって言えば、晴美さんはネコ好き?」

「私には嫌いなものってほとんどないなあ。動物に限らず、本当に何だって好き……待った、例外がある。タラコの焼いたやつだけ食べれない。生のは平気なのに」

いくらまるでも、焼きタラコと比べられてはいい気がしなかったのだろう。台所の奥へごぞごぞと入っていき、ネコ用お盆の上に置かれた水をぴちゃぴちゃと不機嫌そうに飲み始めた。

「アンタはネコ好きでしょう。顔見りゃ判るわ、大体」と、晴美。「城戸さんは?」

「ネコってのはね、好きだとか嫌いだとかないんですよ。あるのは、ネコに好かれているか嫌われているかという選択だけでね。だから、僕がネコを好きだとしても、ネコに嫌われる体質なら一生そばに寄ってこない。逆に、ネコ嫌いでもネコに寄りつかれる人ってのもいますね。だから『ネコ好かれするか、ネコ嫌われするか』と聞くべきなんです」

「ネコ好かれなら、それ、お姉ちゃんだ。ネコ嫌いだけど、好かれるもん」

「ネコに寄りつかれる人ってのは、決まって放浪癖があると言いますよ」

「へー」

晴美は判ったのか判らないのか知らないが、とにかく感心した顔だった。

僕も城戸さんの顔を見つめてはいたが、それでも感心まではしていなかった。それはもちろん佐久間さんのことを思い出していたからだ。またしても今夜の僕たちは、佐久間さんのそれぞれの思い出を持ち寄って、彼女を復元しようとしているのだなと、ふとそんなことを思う。まるでジグソーパズルのようでもあり、三人揃った分、もう少し立体的な思い出の復元にもなった。

僕は、この間図書館で読んだ、化石発掘の方法が書かれた本に載っていたことを思い浮かべていた。

それによると化石というものは、全て骨とか皮とかそういうものだけでなくて、〝跡〟というのも含めるらしい。例えば硬い殻を持った古代魚なんかだと、骨や殻が腐ってしまっても、それが横たわっていた海底の泥が化石になって見つかるときがあるらしく、研究者はそれに石膏を流し込んで、外見を復元するのだそうだ。僕たちが今ここで佐久間さんを思い出しているのもまさにそういう感じで、皆で佐久間さんの跡を持ち寄り、それを組み立て、石膏を流し込んで彼女を復元しているような、そんな気がする。

「放浪癖があるって言うなら、当ってるね」晴美は言った。「ところで、まるはまだ去勢手術、受けてないの?」

「まだ子ネコだよ。かわいそうだ」

「でも、早くしないと、そのうち表をほっつき歩くようになるよ。雄ネコはみんな」

「うちが昔飼っていたネコもそうだったですね」

今度は城戸さん。「うちで飼ってるのは確かなのですが、全然帰って来なくなってね、食事にだけ戻って来る。食事を済ますとまた外に出て行く。飼い主が僕だとは判っているようなのですがね、それでも何か外にいい場所があるらしくて……寝たり、暮らしたりするのに一番いい場所があるのです。つまり、その、とても個人的な場所が」

「お姉ちゃんも、そうなのかなー」

　晴美がそう言うのを、まるは自分に声をかけられたと勘違いしたようだ。また台所から顔を出し、晴美の口もとをじっと見つめていた。晴美は、まるに向かってにっこりと笑うと、

「アンタも、そのうち外に出るようになる。何だか知らないけど、個人的な理由でね」

彼女は笑った。僕たちも笑った。まるだけ、首を傾げていた。

　何となく。何となくだけど、微かなるフォークボール。そんな球を土曜日、十二時半に投げることが出来た。本来ならそれはとても嬉しいことなのに、捕球するアニーが僕を質問責めにするため、味わい切れないでいる。

　アニーが怒っているのは、朝起きたとき、たまたま応接間で知らない女がメロンパンにバターを挟んで食べていたからで、それが佐久間さんの妹だと判ったら、さらに機嫌が悪くなった。いくら妹だからって、俺と彼女には何のつながりもないはずじゃないか、と。

　しかし、それをなぜ彼女に面と向かって言わなかったのかと言えば（アニーはそういうのを気にするほど繊細な人ではない。繊細に出来ていないから兄として生まれついたのだし）、

すでに会っているような気がしたからだろう。

……事実、会っていた。アニーは昨夜、友人宅へ泊まって来ると言っていたくせに、酔っぱらったせいですっかり忘れ、家に帰ってきたのである。もちろん城戸さんも晴美もまだ応接間でぐうたらしていたので、アニーはその二人に向かい、

「ナオミのかけらが集まって、ホント嬉しいよ」

と言った。初めてアニーに会った晴美は自己紹介をして、それから自分もここで暮らすことになったと、まるで自分の意思とは関係のない原因によって、ここにどうしても住まざるを得なくなったような言い方をしたのだが、彼はろくすっぽ聞きもせず、

「そりゃいいよ、いいよ。かけら同士、寄り添って暮らそう」

などと意味の判らぬことを言ってしまったのだ。しかもそれは晴美だけでなく城戸さんにまで言った言葉で、もしそのとき、城戸さんがもう少し分別のない人で、まあそれはもう少し考えてみますよと受け流さなかったら、危うく彼までこの家に転がり込んで来るところだったのだ。

しかしアニーは、全く覚えていないようだった。

「それに、彼女だって一生ここで暮らすとは言ってないよ。お金の都合がつくまでだ」

「何を悠長なことを言ってる。うちに、新しい女が住むんだぞ、おい」

アニーはそう言うと、ボールをいつもより強めに投げ返して来る。「それって健全じゃないことぐらい、お前にだって判るだろう」

「自分で認めたくせに」と僕。「今さら出て行けなんて言えないよ」

「じゃあ、お前が反対するって立場を取れ」

「また、そんな無茶を言う。僕がそういうの出来る訳ないじゃない」

「いいな、反対しろよ。命令だ」

　これ以上反対すると兄弟ゲンカになるだろうから言いたくなかった。もちろん、ケンカしても勝てる訳がない。それは腕力の問題じゃなくて、兄弟ゲンカというものは、弟が勝ってはならないというルールがあるからだ。これからも兄弟であるためには、勝ってはならない。何かが崩れてしまうから。

　しかし今回だけは、とてもアニーの言うことは聞けなかった。

「そんなこと言ったって、それだけは絶対無理だ。それに、無駄なことだろ？」

「何が？」

「最後には許してしまうもの、アニーはね。優しいんだよ、結局」

　そう言いながらフォークボールを投げると、アニーは間髪入れずに球を投げ返して来る。とんでもない球で、どう見てもわざと投げたとしか思えなかった。

「俺は優しくなんかないぞ。見てろ」

　球を拾いに行った僕の背中に向かって、そう言い残すと、アニーは真っ直ぐに家へと戻って行った。

　しかしこうなってしまうと、やっぱり晴美は僕たちと一緒に暮らすことになるだろうなあ、と僕は想像した。実際に晴美を前にすると何も言えなくなるに決まっている。僕のように優柔不断という訳ではないけれど、アニーはどうしても情に弱い。どこの世界だろうと長男長女とは大方そういうものだ。そして、あの晴美は典型的な下の子。きっと、僕よりも簡単にアニーを丸め込んでしまうだろう。

何だか、それも悪くはないような気もしてくるのだった。

## 3　花を運ぶ人

いつか城戸さんが言った通り、黒ネコだと思っていたまるの毛には銀色の部分が含まれていたようだ。

毎日顔を突き合わせて生きているものだから、彼を拾った冬の頃からどれくらい身体が大きくなったのか、もうひとつ実感は湧かないけれど、銀色の縞に限っては毎日毎日成長して行くのが判った。毛の落ち着きが悪く、ずっと黒毛だとばかり思っていたので、それまでは彼のことを田舎おむすびのようだとか、爆弾のようだとか言っていたが、最近はもう少し立派な比喩を使っている。その黒地に銀色の縞は、ハーシーの板チョコレートやココア缶のようなのだ。ただし、田舎おむすびよりハーシーチョコの方が立派というのは全くの主観的な意見で、単に横文字になったからそう感じるだけのことだった。雨ネコと言われれば、やはりそれまでのことだ。

その銀色は五月の風にたなびいて、ときどき抜け落ち、僕の鼻をくすぐった。それに加えて、人の腕や背中をガリガリ上って来る例の癖も直っていないものだから、僕の鼻は四六時中むずむずとしており、そんなふうに人の肩に上ると、かえって頭をかいてもらえなくなるのだといくら教えてみても、彼は一向に止めようとしなかった。きっと親ネコからはぐれたせいで、正しい甘え方を知らないせいなのだろう。その証拠に、足に身体をなすりつけるネコ特有の仕草もまだほとんど行わず、甘えるときだけでなく御飯が欲しいときでもやはり、腕や背中に飛びついてはガリガリと上って来る。

肩の辺りでモゾモゾするまるを見つめ、僕は言った。

「まる。お前、雨を呼んだか?」

まるは、自分じゃないという顔をしていた。そうすると僕が呼んだのだろうか。ちなみに僕も猛烈な雨男だ。

「これは降るなあ……」庭に目を向けた。「せっかく今日は、晴美の芝居の日なのにねえ」

まるがアーとないて、それからすぐに雨がぱらぱらと落ちてきた。

仕方がないので傘を持って高円寺まで行ってみると、その頃にはすっかり雨も本降りになって、小さな劇場の入口は観客の閉じた傘で沢山の滴が出来上がり、汚れていた。思っていたより沢山の人が見に来るものだと思っていると、ほとんどが知り合いやら演劇関係者ばかりのようで、誰が客で誰が舞台に上がるのかさえ判らないほど、全員が全員と仲良くしていた。僕も楽屋へ行って晴美に挨拶をしようかと思ったが、手土産を何も持っていなかったし、どうせ人でごった返しているだろうと思って止める。

そこで少し時間が早いけれど先にホールに入ってしまおうと扉の前で四苦八苦(扉を押す方向が反対だったのだ)しているうちに、晴美が僕を呼び止めた。

晴美はジーンズにチェックの重たそうなワークシャツを着ており、一見私服にも見えなくはないが、彼女の趣味からしてそれは恐らく舞台用の衣装として誰かから借りたものに間違いなかった。いつもはもう少し挑戦的な服装を好んでいたので、そのゆったりとしたおとなしい色合いのシャツからは、日焼けした顔だけが浮かび上がっているようだった。

「ちょっとアンタ、何ボサーッと突っ立ってンのよ！」

晴美は挨拶もなしに僕の背中を押した。本当は肩を叩きたかったのだろうが、僕の背が高くて届かなかったのだ。

「ゴメン、君の顔見てたよ。その、何て言うか、その服と晴美の顔って、あまり釣り合いがとれてないなあ、なんて……」

咄嗟のことで、思わずありのままを話してしまっていた。しかし晴美はそんなことなどどうでもいいらしく、僕の背中を何度もつつきながらも、ロビーの入口でたむろしている人混みの中から誰かを捜し出そうとしていた。

「……どうかした？」

「お姉ちゃんが来てたの！」と晴美。「楽屋に花が届いてた」

「花屋の人が持ってきたんじゃなくて？」

「劇団の子が受けたんだって。忙しくて見れないから、とりあえず花だけ届けに来たんだって言われたって」

彼女は辺りをしつこく見回していたが、開演の時間が近づいてきて暇もないらしかったので、僕が表をちょっと見てきてあげると言った。頼んだよと彼女は言ったものの、恐らく見つからないであろうという諦め顔は変わることがなかった。僕にしてもこの雨では、商店街のガード下ででもない限り、誰もがその顔を色とりどりの傘の下に隠し込んでいるので、きっと見つけ出すことは出来ないだろうと判っていた。事実、彼女の姿はどこにもなく、ビルの間からは先の道路を車がのろのろ進んでいくのと、水たまりのしぶきが上がるのだけしか見えなかった。

その後、僕はホールに戻って一応彼女の劇を始めから終わりまで見たのだけど、もうひとつ集中出来なかった。もちろん佐久間さんのことが気がかりになっていたからだし、それを忘れた頃にはすっかりストーリーに置いてけぼりにされていた。

すぐにでも手の届きそうなそのステージの上では、ワークシャツを着た晴美が舞台の端から端へ、何やらセリフを吐きながら歩いていて、どうやら彼女は上京してきたばかりの大学生という設定らしかった。舞台上の彼女はゴールデンウィークが近づくのを楽しみにしていたようだ。

舞台に集中出来なかったせいで、どうしても自分のゴールデンウィークのことなんぞを考えてしまう。

……今年も何となく故郷に帰らなかった。それがなぜかしらんと考えると、一つには早く卒業しろと家族がうるさいからで、もう一つには（これは悲しいことかもしれないけれど）、知らぬうちに僕と故郷の間に、実際以上の遠い距離が開いてしまったからだった。

そう言えば、あれはまだ僕が高校生の頃だっただろうか、真夏の暑い電車の中で読んだ文庫本の中にこんな言葉が書かれていた。「人はみな、どこかに偶然生まれ落ちてしまうので、それからの一生は、自分の本当の故郷を探すことで費やされてしまうのだ」と。その頃、自分がいつか故郷を離れて行くなどと思ってもみなかった僕は、その言葉があまりに強すぎるものに思えた。見慣れた故郷の景色が車窓から走り過ぎるのを見つめながら、その言葉は少なくとも僕ではない、誰かもっと強い人間に向けて綴られたものなのだと思った。仮に誰もが本当の故郷を持っているのだとすれば、僕の場合、紛れもなく初めからここが故郷だったに違いない、と。けれど今では、その言葉の意味がよく判る。きっと僕も、あの文庫本を書いた人と同じように、人生の大半を本当の故郷を探すことで費やしてしまうのだろう。もしかすると佐久間さんが出て行った理由も、それに近いものなのかもしれない。アニーや城戸さんといった、古い故郷から出て行ったのかもしれない。

それにしたところで、何かがまだ足りない気がするのは確かだ。あの少年のことといい、何かがまだ雲の向う側に隠されているような気がしてならなかった。

舞台が終わって楽屋に寄ると、晴美が一緒に帰ろうと言った。傘を忘れてきたらしい。打ち上げには行かなくていいのかと聞いたら、今日はみんなの都合が悪くって、打ち上げはまた別の日にやろうってことになったよ、と答える。それが本当かどうかは知らないけれど、雨の日に一人で歩くよりは、やはり誰かと一緒の方が幸せそうなので、特別深くは問い返さなかった。

傘は青く透かされ、僕たちの頬の上にも肩の上にも、曖昧な青を投げかけた。その青色の中で晴美は、

「お姉ちゃん、来たんだったら顔ぐらい見せればよかったのにねー」

と言った。雨の音がうるさかったので彼女は少し大声を出さなければならなかったが、僕はその方が好きだった。例えば静かな喫茶店なんかにいるよりは、騒がしい町の、騒がしい雨の下で歩きながら話す方が、ずっと好きだった。

「晴美は佐久間さんのこと、そんなに真剣に捜すつもりはなかったんじゃないの?」

僕は、青い雨の下で聞いた。「それとも、そろそろ心配になってきた?」

「私は別に、心配ってことはないよ。でも、アンタたちみんな今でもときどき、時間が出来るとお姉ちゃんを捜して回るでしょう」

確かにそうだ。全て空振りに終わっているが、それでも一応、彼女が関係していた場所には思いつく限り足を運んでいた。

「家じゅうの人がそうしてるから、感染《うつ》っちゃったんじゃないのかな」

「なるほどね」

「ね、ちょっと聞くけどさあ、アンタはどうしてそんなにお姉ちゃんのこと捜す訳なの? だからつまり、どうしてアンタが捜すのよ。それって、アニーのためなの? それとも城戸さんのため?」

「どっちってこともないなあ」

「じゃあ、アンタのため？」

「それも、どうかな」

「はっきりしないよねー」晴美は傘を自分の方へと引き寄せながら言った。「アンタ、執念が足りないわよ。執念っていうか、業ってのが足りないのよ」

「よく言われるよ」

「やっぱり」

彼女はぶっきらぼうにそう言った。体当りして来る雨粒と、いい勝負だった。

東北沢の家に戻って来ると城戸さんが応接間でTVゲームをやっていた。最近になるともう城戸さんは、この家で暮らしているのか、それとも代々木上原の自分のマンションに住んでいるのか、本人でも判らないほど頻繁に、そして自由に家へ出入りしていた。何日か続けて泊まっていくと、思い出したように「洗濯に帰らなければ」だとか、「窓を拭きに行かなければ」だとか言って戻るのだが、用事を済ませるとやはり新しい服を持って家に戻って来た。これではほとんど、昔、彼の家で飼っていたとかいう通いネコと同じである。

さて、城戸さんのやっていたゲームのことだけど、これは昔買った〝人生劇場〟という双六のようなゲームで、サイコロを振って人生を終わりまで進んでゆき、その間に大学へ行ったり、結婚して子供を産んだり、病気になったりするゲームだった。しかしゲームの性質上、一人でやっても到底面白いはずはなく、コンピューターに相手してもらってもやはりもうひとつだった。

僕が応接間に入ったとき、どうしてそうなったのかは知らないが、ゲームの中での城戸さんは演歌歌手などという職業に就いていて、自分でそれを選んだはずなのに、どことなく気に入らないようだった。

「お帰り、雨が凄かったですね」彼は言った。「まるが雨を呼んだんでしょうか」

「僕かもしれないよ」

「そういや大輔クンも雨男だったとか言ってましたか」

「ね、そのゲーム、途中から私も参加出来る？」

晴美は聞いた。それならリセットして、三人で最初からやろうじゃないかと城戸さん。三人なら僕も加わるのかと聞いたら、だって他にやることがあるのですかと、またしても大正調に言われた。

「もう晴美クンの劇は終わったのでしょう？」

「いろいろ、やることがあるもの」

「あ、判った。小説書くんでしょう」と晴美。「まだ出来上がってないの？」

「そんな簡単には出来ないよ」

まごまごしながらそう答えた。小説を書いているなどということは、これまでずっと内緒にしていたからだった。本来はそうだったのだけれど、晴美はノックしないで人の部屋に入るし、勝手に消しゴムがないとか赤のサインペンがないとか言って机の上を探るので、どれだけ秘密にしていても無理なことだった。

「キミは小説を書いているのですか」城戸さんは急に、つぼみの開く瞬間のような顔になって言った。「そりゃいいですね。そりゃ」

「ほんの遊びだよ。あまり本気にしないでね」

「そんなに小説家になりたかったら、ゲームの中でなればいいじゃん」

「いや、このゲームには小説家って職業はないようですよ。これ、もう何度もやっていますが、未だかつて一度でもそんな職業に就けたことはないですから」

「そういえばないね。演歌歌手はあるのにね」

「やっぱり地味過ぎるんだよ」

晴美は笑った。「それに、その仕事だと、最後まで行けなさそうじゃない？」

「最後って何が最後なの？」

「だって、小説家って途中で自殺するじゃない、普通。でもそれじゃゲームにならないもの」

「途中で自殺するものって……そういうものかなあ」

「そういや僕もね、今より若かった頃、人生設計はそんな感じで立てていましたよ」

「へー、城戸さんも自殺するつもりだったの？」晴美が聞いた。

「いや、自殺じゃなくて、何というか、文学青年に憧れていたということです」

憧れてと言うが、今だってどう転んでも文学青年にかわりはない。

「だからねえ、僕は今、二十七歳でしょう？　本来なら今頃、サナトリウムに入ってる予定だったんですがねえ」

「城戸さん、どこか身体悪かった？」

僕はゲーム機のリセットボタンを押しながら聞いた。結局、ゲームに参加している。

「全然。生まれつき健康体ですよ。それが悔しいですねえ、文学的でなくて」

彼は一人、にやにやしながらそうつぶやいていた。

何だか知らないけれども、城戸さんが言うと、小説を書くのならばサナトリウムに入らないといけないような気がしたが、やはりこちらも健康体だし、そういう文学的な生き方はとてもじゃないけれど貫き通せそうにはない。第一、せめて治すと言ったら心配性ぐらいだし、それはもう生まれついてこの方ずっと身についてしまったもので、今更どんな治療を受けても、例えば血を全部抜き替えるだとか、どこかの神経を切断してみるとか、それぐらいやっても、きっと治りはしないだろうと判っていた。

ところで僕の病気と同様、アニーにもやはり治らない病気というもの（要するにそれを性質と言うのだろうが）があって、それはつまり、躁鬱病のようなものだった。ただアニーの場合特別だというのは、その躁から鬱へ、鬱から躁への移り変わりが自分でもはっきりと判るという点だ。その夜帰宅したアニーも、どうやら自分が落ち込みつつあることをちゃんと意識していたらしい。なぜなら、アニーが野球観戦のチケットを持って帰って来たからである。僕は一年を問わず、野球観戦は気が向いたら、あるいはその機会に恵まれれば何を捨ててでも観に行ってしまうのだけれど、野球がそれほど好きでもないアニーが観に行きたがるのは、決まって自分が沈み始めていると感じているときだった。

「野球のチケットが五枚も手に入ったんだ。会社の友達がさ、急に都合が悪くなったそうだから全部買ってやったよ」

アニーは言った。それが多分嘘であり、恐らくは自分で「ぴあ」にでも電話してチケットを用意したであろうことは判っている。でも、それについては黙っておいてやった。

「一枚は多いから、ダフ屋にでも売ろうかな……」

僕は何となく、その一枚は佐久間さんのためにとっておきたいような気がするのだが、来週に突然佐久間さんが帰って来る見込みというのはあまりに薄く、そんな期待など確かに無意味なようでもある。晴美も、その余分なチケットについて思いを巡らせていたのかもしれない。彼女は絶対にアニーが帰って来るなり、今日佐久間さんが劇場に来たということを話すだろうと思っていたのだが、全く話さなかった。ただ、

「やったー、私絶対に行く！　野球場にまだ観に行ったことないんだ」と、言っただけだった。

「凄いですね、こんなに。五枚も」

城戸さんはそう言ってアニーからチケットを全て受け取ると、扇のように広げて、わざわざ僕たちに見せた。急に金持ちにでもなったような様子だった。

「全部、内野指定席じゃない！」

僕が思わず声を大きくしてそう言うと、城戸さんは目の前のチケットをしげしげと見つめ、「ブルジョア階級のチケットですね」と言った。

僕と晴美はそれを聞いて笑ってしまった。城戸さんが笑わなかったのは、さっきのセリフが別に冗談ではなかったからだと思う。

そしてアニーが笑わなかったのは、やはり沈んでいるからだと思う。いつか城戸さんの言っていた言葉は、もしかすると本当のことかもしれない。いや、多分そうなのだろう。確かにアニーはまだ、佐久間さんのことが気がかりなのだ。面倒臭がって佐久間さんを捜さないのではなく、気持ちが耐え切れなくなりそうだから、彼女を捜さないのだ。

その夜、風呂場でアニーとすれ違ったとき、彼はこんなことを聞いた。

「ところで、昔ナオミが使っていたシャンプーとかはどうしたんだっけ？」

「シャンプー？」

バスタオルで頭を拭きながら僕は言った。「ずいぶん前に晴美が使っちゃったんじゃないのかな。どうして？」

「どうしてだかしらないけど、お前からよく似た匂いがするからさ、もしかしてあいつのシャンプーを使ってるのかと思ったよ。別に使うのはいいけど、男の髪から甘ったるい匂いがするのも、ちょっとどうかと思ってね」

「いつものを使ってるよ、僕は。アニーと一緒のやつ」

「じゃあ、気のせいかな」

アニーは苦笑いとも、悲しい笑いとも、どちらとも取りかねるような笑い方で言った。

「アニーは、佐久間さんが使っていたシャンプーの匂いを覚えているの」

「自分のシャンプーと間違うくらいだから、覚えているとは言えないかもしれない」

「僕は覚えてる。雨みたいな匂いって言うのかな。それとも、海みたいな匂いって言うのかな。そんな匂いだった」

「だったかな」

アニーは服を脱ぎ始めたので、僕は風呂場から出て行かなくてはならなかった。ドア越しに声をかける。

「アニー……今日は、晴美の芝居を観に行ってきた」

「学校行かなくてよかったのかよ」

「いいんだ。いや、本当は行かないとダメだけど、別に行かなくても問題にはならないっていうか……」

「ちゃんと行けよ」

「そうする」僕は言った。

「何だ？」

「何が？」

「だから、芝居に行ってどうした」

「晴美が頑張ってた」

「それで?」

「それだけ」

「お前、晴美のことが好きか?」

「何言ってるんだよ、唐突に」

「何だか、様子がおかしいからだろ」

アニーのケラケラいう笑い声が聞こえたかと思うと、それから風呂桶の蓋が外される音が聞こえた。

僕も、これ以上話そうとはしなかった。確かに佐久間さんが花を届けに来ていたなんて教えてやったところで、どうなるものでもない。かけらを分け合えるものでもなかった。

# 4　僕たちはつまり、個人的な雨粒のようなもの

野球のファンは二種類いて、権利を要求するファンと義務を感じるファンがいる。権利を要求するファンというのはつまり、「ファンを楽しませてくれよ、頼むぞ」という権利を選手たちに求めて声援を送るのであり、それはどこか自分に似た境遇の選手――運に恵まれなかったり、移籍したばかりで調子の出ない選手――を見つけ、愛したり野次ったりするタイプ。で、義務を感じるファンというのは、十代の頃の熱狂にも似て、そのチームが勝っても負けても、とりあえず熱狂してしまうファンのことだ。野次は飛ばさない。僕は明らかに後者の方で、一度その選手なりチームが好きになってしまうと、もういつまでも追いかけてしまう人間である。状態や結果は問わない。

そんな僕は、狭い神宮球場の利点を生かし、試合前の練習のために金網のすぐ向こうを通り過ぎていく選手たちを片っ端からカメラに収めたり、一人一人に声援を送ったりしていた。

「頑張れー、清原ーッ！　きよーッ！」

「……ねえ、聞いてる？」

同じく内野側の金網にへばりついていた晴美は、僕の脇腹を突きながら言った。

「ねえ、どう思う？　ああいうの」

「ああいうのって、別にいいんじゃないの？」僕は言った。「元木ーッ、元木ー！」

晴美が何をグチグチ言ってるかと言うと、それは例の余ったチケットのことである。ダフ屋に売ろうとか言っていたチケットだったが、その席には、僕たちの隣の屋敷に住む、令嬢・由美子さんが座っていた。

彼女はアニーと城戸さんに挟まれるようにして座り、仲良くビールを飲んでいる。この彼女を含めた三人は、練習風景までには興味がないらしく、ただ視線をグラウンドの上にぼんやりと落としているだけだった。

「あー、松井はこっちに来ないな……」

「ねえ、ああいうのよくないと思わない？」

晴美は引き下がらず、そう言った。

「だって、城戸さんが誘っちゃったんだもの、仕方ないじゃん」

「おかしいよそれ。城戸さんってお姉ちゃんの恋人だったんでしょう？　だったら、同じアニーの気持ちも判るはずじゃん」

「どういう気持ち？」

金網から顔を離さずに聞いた。

「だからね、あそこの席は、もしダフ屋に売らないんだったら、空けておくべきでしょう？」

「佐久間さんのために？」

「だってそうじゃない」

「別に佐久間さん、死んだ訳じゃあるまいし……」

「アンタまでもうお姉ちゃんのこと忘れてるんだ。呆れた」

「忘れちゃいないよ」

僕は言った。実は、さっきからわざと答をはぐらかしている。本当は、晴美が何を言わんとしているか判っていた。つまりその席は、僕たちみんなが持っている佐久間さんのかけらのための席であり、たとえ彼女が死んだ訳ではないにせよ、いつだって彼女を待っている姿勢を忘れてはいけないと言っているのだ。だったらなぜ僕がはぐらかしたのかと言えば、そうするとますます、アニーと城戸さんがかわいそうな気がしたからである。第一、由美子さんを誘うように城戸さんをけしかけたのは、この僕だった。その方が健康的だと思って。

しかし彼がこうまで簡単に乗って来るとは思っていなかったので、実は内心、驚いてはいる。

由美子さんに鼻の下を伸ばし放題だった城戸さんとは対照的に、アニーの方は由美子さんにいささかクール過ぎるほど事務的な感じで接していた。もっともアニーは女の人を口説くときによくそういうポーズを取るので、そのためなのか、単に興味がないのかは判らなかった。

「でもさ、もしかすると城戸さんだって、佐久間さんのことがあるからこそ、ああしてはしゃいでるのかもしれないよ。まともに考えればつらいだろうし」

「そんなに繊細かな、城戸さんって」

「だからって、何もアニーみたいにブスーッてしてるのもどうかと思う」

僕はもう一度、彼らの座る席を見上げた。やはりアニーはクールなままだった。

「せっかくこっちで誘っておいて、気まずい思いをさせちゃうかもしれない」

「あれぐらいでいいんだよ、あれぐらいで」晴美は言う。「やっぱり城戸さんの方がおかしい。あの弛んだ顔……何だか、ペニスみたいな顔つきになってる」

ペニスという言葉に、隣の家族連れが晴美の顔をじろりと見た。見たと言っても、非難の意を込めていたのは母親だけだったらしく、子供たちには全く意味が通じていない様子だったし、父親の方は、晴美の口からペニスという言葉が漏れたことに対し、特殊なエロティシズムを感じているようでもあった。

「そうだよ。無責任なあの顔はペニスそっくり！」

晴美は再び、まわりのことなど気にも留めずに言った。「それから考えると、やっぱりアニーの顔にはまだ責任ってものがあるね。多分、彼のペニスもそうなんでしょう」

「アニーのペニスが何だって？」

「だから、アニーのペニスには責任感があるんじゃないの？」

その言葉に一瞬戸惑ったが、すぐに腹を抱えて大笑いしてしまった。晴美の方は本気で言ったらしく、何がおかしいのと半分ふくれていた。それでも僕は笑いが止まらず、しばらくして楽しさが尽きると、今度は急に悲しくなった。

「アニーのペニスは無感動なんだ」

「無感動なペニスって何よ」

「言わなかった？　アニーはインポテンツだ。彼のペニスには、責任も何もありゃしないよ」

「……本当に？」

「こんな下品な嘘言う？」

「そうね。それもそうだよね」

晴美は次に何を言えばいいのか判らないようだった。僕に謝ったところでどうにもならないと判っていたのだろうし、かと言ってそのまま放ったらかしにしておくには、いささか好奇心があり余っていたようだった。

「でもよ、そうすると城戸さんと付き合う前のお姉ちゃんは、アニーとどうやって暮らしていたの？　つまりね、セックス抜きで愛し合ったの？」

「さあ、そこまでは知らないなあ」と僕。「でも、今時セックスってそんなに重要なことでもないだろ」

「そうかなあ……私には重要だけど」

「じゃあ、恋人がインポテンツだったら、どうする訳?」

「私、セックスまで一通り済ませてからじゃないと、その人のことを好きだかどうかなんて決めない。そんな早まったことはしないもの」

「そーですか」

うなずいた。別に彼女の言ったことにシラケた訳ではなくて、なるほどそういう恋もあるだろうと思って。どういう形であっても、それは構わないのだ。何より、他人の人生に意見出来るほど僕は歳を取ってもいない。

そんなとき、城戸さんが上から僕たちを呼ぶ声がした。いつもよりこもった声がしたのは、本当に鼻の下が伸びていて、こもった声になったのかしら、とも思う。

「おーい、キミたち! 写真撮ってるのもいいけども、ちょっとこっちに来て談話しないかい! ビールも早く飲まないと」

晴美はまだ城戸さんに怒っていたのか、別にビールを早く飲もうが遅く飲もうが、こっちの勝手じゃないのよと、僕にだけ聞こえるように言った。ただ彼の言うこともまんざらではなくて、実際、野球場でのビールはなるべく早い時間に飲むに限る。理由一として、ゲーム途中にトイレに立つ場合、通路まで出るため隣の人に立ってもらわなくてはならないから。理由二として、イニングが進んでいけばいくほどタンクの中身が少なくなって注がれるビールも泡ばかりになってしまうから。よって、ビールを飲むなら早い方がいいことはいい。

二人は彼らの横に座るなり、早速冷たいビールを注文し、試合の始まるまで、どうでもいい話ばかりした。由美子さんと共通の話題となればやはりネコの話で、当然、まるの話も避けては通れない。由美子さん曰く、最近まるは庭の隅に立っている梅の木に上り、彼女の家の広い庭をのぞいていることが多いらしい。言わずもがな、由美子さん家《ち》のネコが気になっているからである。彼女は、ぜひウチのネコと友達になってくれればいいのにねえ、なんて言っていたが、果たして雑種であり愛想のないB型（調べた訳ではないけれども、恐らくそうだと僕は信じている）のまるが、隣の由美子さん家の、見るからに高級そうなネコと友達になんてなれるのかと疑問に思った。

ただ、そうは思っても、何も実際に口に出してまで言うことはないとも思う。

しかし晴美はわざわざ、

「友達になんてなれるかしら？　由美子さん家のペルシャネコと、うちの雨ネコが」

と、言った。一方、人に敵意を持たれるということに慣れていない由美子さんである。全く皮肉な感じを持たず、

「雨ネコって、何なんですか？」

と、キラキラ聞いた。僕もそれにキラキラと返してあげようと思ったのだけど、晴美に先を越される

「雨ネコって言えば雨ネコだよ。雨男ってあるでしょう。雨ネコってのもいるの」

由美子さんはそれ以上聞かず、はあそうですか、と愛想よく笑った。

その日の試合でジャイアンツは負けてしまうのだが、悪い試合ではなかった。十一回まで同点で競り合い、裏で一点タイムリーにより負けてしまったのである。ここまで競り合った試合ならばと、僕はそれなりに満足して球場を後にした。ただし前述のごとく、権利を要求するファンたちは選手用連絡通路の下からのぞく選手たちのスパイクに向かって罵声を浴びせ、球団関係者専用駐車場に停めてある高級車を足で蹴り付けたりしていた。

それでも僕は熱狂してしまうファンなので、そのスパイクに向かって「また明日も頑張って！　応援してるから！」と、思わず声を掛けてしまう。すると、そんな僕を見ていた由美子さんが、クスクスと笑って、

「弟さんって本当に野球がお好きなんですね」

と、アニーに言った。本来、僕より由美子さんの方が歳下のはずなのだが、その一言は僕を急に彼女より歳下というか、弟的に扱うような言葉だった。つまりは、アニーとの不思議な平等関係があり、どこかで〝義弟〟という心地好い響きがなくはない。晴美の方は相変わらず機嫌が悪いままで、思ったほど面白くなかったなと、みんなに聞こえるぐらいの音量でつぶやいてみせた。

三者三様の思いを胸に秘めて東北沢まで帰ってきたとき、時刻は夜の十一時をまわっていた。玄関の鍵を開けるときになってようやく、昼間に干しておいた洗濯物を取り込んでおくことを忘れたことに気が付く。この間の医者とタイピストの話以来、家事に手を抜かないと決めていた矢先のことだったので、皆に出来る限り気付かれないよう、洗濯物を取

り込んでしまおうと思った。しかし驚いたことに、洗濯物は全て取り込まれていて、きちんと応接間のテーブルの下に分別されて畳まれていたのだった。

かつ、それはとても見覚えのあるなつかしい畳み方で、全ての靴下は、ゴムの部分が伸びてしまわないようにと二枚を重ね、渦巻き状に丸められていた。

(佐久間さんだ！)

急いで元・佐久間さんの部屋に飛び込んでいった。

だがそこには、ベッドに横たわって本を読んでいる晴美の姿しかなかった。ついさっき野球なんて嫌いになったと言っていたくせに、彼女が寝転びながらも結構真剣そうに読んでいたのは、僕が貸してあげた選手名鑑だった。

「何？」

晴美は選手名鑑が見つかってバツが悪かったのか、急に退屈そうな顔付きになった。

「何か用事？」

「いや……別に用事はないんだけど。あ、そう、そう、ついでにね、洗濯物畳んでくれた？　畳んでくれたんだったらサンキュー」

「私、洗濯物なんて知らないよ」

もし彼女の言うことが本当だとすれば、やはり僕たちが留守にしている間に、この家に佐久間さんがやって来て、洗濯物を取り込んでくれたのだろうか？　そうかもしれない。

彼女は僕たちにほんの少しだけ、足りない分のかけらを届けに来てくれたのかもしれなかった。

応接間に戻ってみると、城戸さんはお風呂に入っているらしく（風呂場から、シューベルトの『野ばら』をハミングするのが聞こえた。家でそんな趣味を持っているのは彼しかいない）、アニーだけが薄暗い縁側にぼんやりと座り、庭を眺めていた。どうやら彼も洗濯物に気が付いたらしく、テーブルの下をあごで指し示し、「これはお前が畳んだのか」と僕に聞いた。

どういう訳だか自分でも判らないのだけれど、自分が畳んだのだと答えてしまった。それはアニーに余計なため息を増やさせないようにそう言ったもので、別に佐久間さんのかけらを僕が一人占めしたいという気持ちばかりがそうさせたのではなかった。

アニーはやはりぼんやりとしており——まさに、九回裏で頼むビールのように気が抜けていた——、膝の上に眠るまるの背中を撫でながら、

「やっぱり、靴下はこういう畳み方の方がいいな」

と言った。そうだね、と、僕も答える。やっぱり靴下は丸めた方がいいね。

隣の令嬢、由美子さんの名字は東山崎《ひがしやまざき》といって、長ったらしいし、語呂が悪くもあるので、近所の人たちはみなこの家の人たちをヒガシさん、ヒガシさんと呼ぶ。もちろん僕もそうである。恐らく東北沢界隈で、この名をいちいち厳密に話すのは、城戸さんぐらいだと思う。

城戸さんはこの間一緒に野球を観に行ってからというもの、どうしても由美子さんのことが気に掛かるらしくて、何もない庭に出て梅を眺めるフリをしながら彼女を待ったり、ときどき屋根の上に上って、頼んでもいないのにTVのアンテナをいじり、皆に迷惑をかけていた。

それよりずっと迷惑なのは、むしろ彼の努力が実ったときで、そのたびに僕たちは城戸さんから、

「東山崎さんは……東山崎さんは……」と、ただでさえ文語調で重たい話しぶりなのに、語呂の悪い名字のおかげでさらに野暮ったくなった話を聞かされることになった。六月の梅雨も、彼のこの会話が呼んだのではないかと疑うほどに。加えて僕は雨男だし、まるは雨ネコだし、今年、東北沢上空の雲は長らく晴れ渡ることもないだろう。

今日、梅雨の合間と言うのか、わずかばかりの太陽が顔を覗かせたのは、恐らくまるが朝寝坊をして眠っているのと、僕が大学の図書館へ行く用事が出来たからに違いなかった。多分、雨雲は僕にくっついて、高田馬場までやって来るのだ。

事実、高田馬場駅に降り立ってみると狙いすましたような雨が再び落ちてきて、僕は大きな傘を早速広げた。昔ゴルフショップで買ったものだ。別にゴルフをやりたいとも思わないし、そんなことをする金などどこにもないのだけれど、ゴルフ用の傘だけは素晴らしいと思っている。なぜって、その傘はどこで売られているものより大きく、広く出来ているからだ。身体の大きな人なら判ると思うが、僕などがそこらで売っている傘を差して歩

こうものなら、下半身はおろか腹の辺りまでずぶ濡れになってしまい、これではただ髪の毛が濡れずに済んだ程度のものにしかならない。もっともこの傘も、デザインがもう少し地味であれば、なおいいのだけれど、そういうのはなかなか見当たらない。緑と赤と白の大きなストライプになっていて、僕はまるで避暑地からパラソルを持ったまま街に戻って来たかのような姿だった。

そのせいだか、他人の傘の模様が気になって仕方がなかった。大学まで続く混雑した通りで、彼女の傘の模様がすぐに判ったのも、そのためなのだろう。目立つような柄ではない、藤色と赤の微妙なグラデーションの汚れ具合から（腐りかけている紫陽花の花のような色だ）、佐久間さんの傘だと気付いた。確かに彼女が歩いていた。

急いで人混みをかき分けるようにして進もうとしたが、一向に前に進まないので、仕方がなくガードレールを跳び越え、車道の端を駆けて彼女へ近づいていった。パラソルが邪魔だったのだが、濡れるのがとても嫌だったので空気圧に抵抗しながらぐいぐいと進んでいった。

もう少しで彼女の傘に手が伸びるというとき、横道から折れてきたトラックにぶつかりそうになった。クラクションを鳴らされた。さらに悪いことに僕の傘は反り返っていて、まるで巨大なキノコがクラクションを鳴らされているかのようであり、道行く人々はみな振り返って僕の顔をうさん臭そうに覗き込んだ。

すぐそばには、振り返った佐久間さんの顔もあった。彼女は僕の顔に気付くと、急に顔色が雨のように冷たく変わり、反射的に逃げ出した。

「佐久間さん！」

キノコであることを放棄し、傘を道端に投げ捨て、彼女の後を追いかけた。彼女もまた、紫陽花の中に隠れるのを放棄し、傘を投げ出したまま走り出していた。脚には自信のある僕だったけれど、それでも彼女を追いかけるのにかなり体力を消耗した。佐久間さんの脚が速いというのではなく、彼女がそれだけ真剣に逃げおおせようとしているからであり、その分速く、長く走っていられたのだと思う。これがもし、いつも彼女の習慣だったジョギングの最中であったなら、すぐさま捕まえることも、追い越してしまうことさえも出来たはずだ。

横道にそれた佐久間さんは、おかしな位置に立っている電柱に一瞬戸惑い、その瞬間に僕はようやく彼女を捕まえることが出来た。ずぶ濡れになった身体を抱き締め、引き寄せていた。

狂ったようにもがいていた彼女だったのだが、やがて身体の力を抜くと、体重を僕に預けてしまうように後ろへ倒れかかり、

「それで？」

と、聞いた。なつかしい彼女の声は、少ししゃがれていたけれど、身体の匂いは前と変わらなかった。昔、生臭い感じがしてあまり好きになれなかったマリンノートの匂いなの

だが、いつしかそれは僕の好きな匂いに変わっていた。その名にしたって、彼女が家を出ていってから覚えたものだった。

「どうするつもり?」

落ち着いてきた僕は、急に自分がいけないことをしているような気がしてきて、彼女の身体に巻き付けていた腕を外した。

「ごめん」

「追いかけるなんて、どうかしてる」

「佐久間さんが逃げるからだよ」僕は言った。「ずっと捜してた」

「何のために?」

「もちろん、家に戻ってきてもらうために。この間だって、家に来てくれただろう?」

「あれは、一人で行った訳じゃないの。今、こんなことを言っても、貴方には判らないだろうけど」

「だから、ゆっくり聞きたいんだ」

「じゃあ、これから私を家まで連れ帰るつもり?」

「みんな心配してるんだよ。アニーだって最近元気がないし、城戸さんとも会ったし、晴美さんも……」

何を言っているのか、自分でも判らなかった。彼女に帰ってきて欲しいことを伝えようと精一杯だったのだ。しかし、そう思えば思うほど、彼女に伝えるべきことは何もなかった。いくら彼女のことを待ち望んでいるにせよ、少なくとも彼女にとって、出て行ったその理由は僕にある訳ではないのだから。さらに多分、アニーにある訳でもなく（アニーの性的不能のことは、彼女もじゅうぶん承知のはずだし、ケンカだとするなら、これはもっと別の、難しい種類のケンカなのだろう。アニー一人が原因になれるほどの単純なものなら、もっと早く収拾がついたはずだ）、また城戸さんにある訳でもないだろう。だから、いくら東北沢で彼女のかけらを持ち寄って集まった人たちを挙げたところで、どうにもならないことは判っていた。

「無理に連れて帰ろうなんて思っていない。もし僕がそんなことしたって、また出て行くんだろう？」

「そうね……きっとそう」

彼女は言った。それからタバコを吸おうとして、ポケットから取り出したものが完全に水浸しになったことに気付き、少しだけ笑ってくれた。何かを話すために、どうしてもタバコの力を借りなくては話せないように思っているのだろう。もともと家ではタバコなど吸う人ではなかったのだし。

「きっと出て行ってしまうね。まだ何一つ解決していないことだから」

「他に好きな人が出来たの？　つまりその、今の私には」彼女は言った。「それに、こんな雨の中よ。雨の中で手短に話せるようなことだとは思わないでしょう？　それより……」

「上手く説明が出来るとは思わないの、アニーや城戸さんの他に」

「それより?」

「みんな元気そうでよかった。それで、まるは? まるは元気?」

「もうすっかり大きくなった。アイツは黒ネコじゃなくて、銀色の縞があったんだ」

「そうなの? だったらまるは雨ネコだったのね?」

「同じことを、城戸さんも言ってた」

「そう」

佐久間さんは、クスと一人のときに思わず漏れてしまったような笑い方をした。僕は彼女のそんな笑い方がとても好きだった。今こうして久しぶりに見てみると、昔よりもさらに好ましく思えてきた。なつかしい人のなつかしい手紙を発見したときのように、見慣れた当り前の仕草や言い回しがとても大事なものに思える。

「まるは雨ネコだったのね」

「佐久間さん、とにかくどこかに入ろう。こんな雨の中で突っ立ってたら風邪をひいちゃうからさ」

「大輔クンは学校じゃなかったっけ」

「今日は授業がない。図書館に行って少し勉強するつもりだけだったからさ」

「そう」

「近くの喫茶店にでも入って、温かいものでも飲もうよ」

「そうね」と彼女。「でも、その前にとにかくタバコが必要だね、乾いたタバコが。急に貴方に会っちゃったから、足が震えてどうにもならないもの。しばらくここから動けそうにない」

「すぐそこにあるから、ちょっと待って。銘柄は何だっけ」

「何だっていい。ただ、今すぐ欲しいだけ」

「判ったよ。じゃあ、ライターと一緒に買って来るから、そこで待ってて。絶対に動いたりしちゃダメだよ」

「ごめんね」

佐久間さんはそう言った。僕からすれば、ようやくのこと彼女に会えたのだし、たかだかタバコを買いにもうひと走りするぐらいのことなら何でもなかった。

しかし、タバコを持って帰って来ると佐久間さんの姿はなく、彼女がどうして僕に「ごめんね」と言ったのか、その意味がやっと判った。彼女の消えてしまった横道は、さっきよりもずっと雨が乱暴に降り注いでいるような気がした。

佐久間さんが瞬く間に消えてしまったこと。それはとても名残惜しく、真っ直ぐ図書館へ向かうことも、家に戻る気分にもどちらにもなれなかった。僕はもう少し、この近くで時間を潰して、彼女のかけらを拾い集めようとしていたのかもしれない。だからすぐそばの名画座に入り、映画を立て続けに三本観てから家に戻った。途中で買ったビニール傘はやはり役に立たず、せっかく乾いた服も再びずぶ濡れになっていた。

応接間ではアニーがゲラゲラと笑い転げていて、その横で城戸さんがとても困った顔になっていた。僕はちょっと身体が疲れていたので、すぐに部屋へ戻りたかったのだが、さっそくアニーに呼び止められた。

「なあ、おい、ちょっと聞けよ」

アニーは言った。「やっぱり城戸さんってのは、おかしな人だよ」

「悪気なんてなかったのですが……あるがまま、客観的に話しただけなのに」

城戸さんが困っている顔を見ながら、アニーはさらに笑った。

彼らの話だと、今日は僕が帰ってこなかったので、皆で寿司を取って食べたそうだ。当然そうなると、匂いにつられてまるがテーブルの下をうろうろし始めた。生魚だけでなく海苔までついているのだ、まるが寿司を嫌いなはずがない。しかし僕は、そろそろまるも大きくなってきたことだし、なるべく人の食事中には御飯を与えないようにしつけようとしていた。まるはそこのところは判っていて、椅子には上らず、テーブルの下に並んだ足に向かって誰彼かまわず身体をなすりつけたり――もう、肩には上らなくなった――、のどをゴロゴロ鳴らしたりして媚を売るのである。

しかしそのときになって、まるは突然身体を伸ばし、晴美の太ももに前足を載せた。それを払い退けようとした彼女がふと気付いたことに、まるは頭を彼女のミニスカートの中に突っ込んでいたのだ。

もちろんそれぐらいで怒る晴美ではないから、

「いやだ、まるってスケベねー」と笑った。「スカートの中がそんなに見たいの?」

そうして彼女が優しくまるをテーブルの下に押し退けようとしたとき、城戸さんがとても生真面目な声で、

「晴美クンのスカートの中が、何か臭いのかい？」

と、まるに聞いた。

まるを下に置くため、テーブルの中に頭を入れていた彼女だったが、あまりの怒りにそんなことも忘れ、後頭部をぶつけるようにしてテーブルから出て来ると、顔を真っ赤にして城戸さんに食ってかかった。城戸さんも悪気があったのではないから、どうして彼女がそんなに怒っているのか判らず、よけいに話がこんがらがるような言い訳をした揚げ句、彼女にカッパ巻きをぶつけられたらしい。

後に残されたのは、カッパ巻きの海苔を剝がして食べる、まるの姿だけだった。

「……と、まあそういう訳で」

アニーはまだ笑っていた。「城戸さんは晴美に絶交されたんだよ」

「客観的な言葉に罪は含まれない、と言ったのは誰でしたかね」

「罪はなくたって、怒りを買うことはあるって。覚えとくといいよ」アニーは言う。「しかしあれだなあ、まるにもいよいよ困ってきたなあ」

彼の言葉を聞いて、自分が呼ばれたのかと思ったのだろうか。TVの上でスフィンクスの姿勢で眠っていたはずなのに、いつの間にか片目を開け、こちらを盗み見ていた。

「まるもいよいよ色気付いてきたんだな、つまり」

「それはそうでしょうねえ」と城戸さん。「いつの間にかこんなに大きくなってしまったんですから。ほら、この縞。立派な雨ネコになって……」

「おかげで大輔はずぶ濡れか、アハハ。おい、今日は風呂を沸かしたから、早く入るんだな、そんな所で突っ立ってないでサ」

自分が呼び付けたくせに。そう言ってやろうと思ったが、僕はただ「そうするよ」と素直に答えた。何だか、とにかく疲れてしまったのだ。

「さっさと風呂に入って、今日はもう寝るよ」

「大輔クン、元気がないようですね。何かありましたか？」

「今日、佐久間さんに会った。学校に行く途中でね」

皆の身体が一瞬凍りついたのを感じた。城戸さんも、すでに口もとまで運んでいた湯飲み茶わんを再びテーブルの上に戻す。アニーも、それ以上笑ったりしなかった。

「……彼女、それで何だって？」アニーは聞いた。

「何も話す時間はなかった。すぐに行っちゃったから」

「でも、何か言い残したろう？」

「それを聞く前に行っちゃったんだ」

「どうして追いかけなかったんです？」

「追いかけようにも、もうどこにもいなかった」

僕は言った。「一体、佐久間さんはどうしちゃったんだろうね。何か、個人的な理由だとか言ってたんだけど」

「個人的なんて、何だっててんだ」

アニーは少し声を荒立てて言った。「世の中に起ることなんて、ほとんど個人的なことだろう」

「そうかもしれないけど」

僕は濡れたシャツを脱ぎ、風呂場へ行った。

アニーが言ったことを考えてみる。つまり、世の中に起ることなど大半が個人的なものなのだとすると、じゃあ僕が佐久間さんを捜すのに、一体どんな理由があるのだろうか。考えれば考えるほど答は遠ざかり、はっきりした理由が浮かばなくなっていった。

シャワーを浴びながら、こんなことを考えていた。僕たちはつまり個人的な雨粒みたいなものだと。それが固まって水たまりになるのも、離れてしぶきになるのにも、特別な理由などないのだと。それは生まれたときから定められた性質というものだろうし、今はもう忘れた遠い記憶が残しておいたものなのかもしれない。

どちらにせよ、シャワーのお湯は僕の身体を滴り、雨の跡を洗い流してゆく。そのことに意味など考えるのは健康的なことではない。

湯船の中に鼻までつかった。

# 5　海のスケッチ↓雨に打たれて息絶える気持ち？

車は僕が運転するしかなかった。

城戸さんは免許を持っていないし、アニーは運転が嫌いなのである。晴美は運転を非常に愛していたが、環状八号線をちょっと南下したところで皆に止められてしまった。その技術は、とても万人に愛されるような代物でなかったからだ。

「やっぱりまるも連れて来ればよかったのに」

運転席から引きずり降ろされた晴美は、道路の先を見つめて言った。まだ夜が明けていなかったので、アスファルトだけでなく空も街も、全てにタールが塗り込められ、涼しさに固まっているようだった。

「そうすれば一泊ぐらい出来たもの。まるだって一人で留守番はかわいそう」

「でも、まるは水が嫌いなんだよ」アニーは言った。「雨ネコのくせにね」

「うちのネコも、水を嫌うの。毎日お風呂に入れるのは大変だから、最近はさぼって一日おきにしてるんです」

由美子さんの言葉にみんなびっくりした。まるを前に風呂に入れたのは、確か半年以上も前になる。つまり、佐久間さんが彼をバケツの中から拾って来たその日で、あまりに魚臭かったために入れてやったきりだった。そのあとも一度入れようとしたが、殺されそうだとでも訴えるような哀れな声を出すので止めた。

代わりにノミ退治用の、あまり可愛いとは言えないハッカ色の首輪を着けている。

「ネコにしたら、風呂なんていい迷惑なんだって」

晴美はそんな言葉を、窓から投げ捨てるかのような乱暴さで吐いた。と言うのは、やはり今日、由美子さんが一緒に来ているからなのだろう。僕たちは週末休みを利用して、伊豆へ日帰りの海水浴に行くところだった。今回は僕ではなく、城戸さんが直接彼女に話して誘った。ただし、彼に限らず僕たち全員が皆、海に行く理由があった。言ってみれば、海に行く個人的な理由を、それぞれの胸にしまい込んだまま、一つの車に乗り込んでいるのだった。

前期試験を終えたばかりの僕は（たとえそれが数科目しかないにせよ）、張り詰めた気持ちの弦を元に戻してやる必要があったし、佐久間さんのことで沈み始めていたアニーも、心にシワがついてしまう前に、思う存分広げて乾かせる場所が必要だった。城戸さんの誘いを受けた由美子さんについては、改めて説明するまでもなく、アニーに会いたいがために海へ行くことにしたのであり、城戸さん自身はそういうことに鈍感な人だったから車に乗り込んだ。晴美の理由だけははっきりとしなかったが、想像するに何らかのうさ晴らしをしたかったらしく、車の運転がことさら荒かったのも、そうした理由があったのかもしれない。

「ネコってのはね、身体が濡れるのを嫌がるもんなの。ネコだけじゃなくて、トラでもライオンでも、ネコっぽいのはみんな嫌がるの」

「いや晴美クン、ネコでもね、子供の頃から風呂に入れてやると、それほど恐がらなくなるそうですよ。実際、風呂好きのネコだってたくさんいますから」

「風呂好きのネコなんて、自然体じゃない」

「いやそれでもね……」

城戸さんはそこまで言うと、急にヘッドライトの先を指し示す。「……次、次です。次の交差点を西へ」

「西？」ハンドルを握る僕は、そう聞き返した。「ややこしいなあ。右？　左？」

「西は西」彼も淡々とそう答えた。「西に入るんですよ」

「今どっちなの？　この車は南を向いてるんだっけ？」

「どちらかと言うと、南々東を向いて走ってますね。環状八号線は丸いんだから、当然南に行けば行くほどそうなるでしょう」

「南々東かあ」

南々東という言葉に、不思議な感覚を覚えた。熱風の吹いて来る方角であり、全ての夢が叶うイメージだった。僕たちは今、南々東を向いて車を走らせているのだ。

「大輔クン、どうかしましたか？」

「別に何でもないけど」

「また夢を見てるんだ」

　僕の真後ろに座っていたアニーは、ぼそりと言った。「こいつには空想癖があってね、ときどきこんなふうに夢を見てしまうんだよ」

「夢なんて見てない。ただ、南々東のことを考えただけだ」

「それを空想癖って言うんだろ」

「そうかな」

「だからまだ大学を卒業できない」

「皆で大輔さんをいじめるのはよくないですよ」

　由美子さんはそう言って、皆に缶コーヒーをまわしてくれた。運転中である僕の分は、プルトップもちゃんと上がっていた。

「きっとまだ納得出来ないことがあるんでしょう？　そのままで流されてしまうよりは、ずっといいと思います」

「こいつの場合は納得がいかないんじゃなくて、ふん切りがつかないだけだ」

「二年や三年、どうってことないだろう？　人間、六十年も生きなくちゃいけないんだぞ。そのうちの二、三年なんて、どうってことない」

「三年って、お前、今年も卒業しないつもりか？」

「判らない」僕は言った。「その気になったら、卒業してもいい」

「けれど、大輔クンは偉いですね、まだ大学生でいるなんて」と、城戸さん。「六年生だと、ほとんど知り合いも何もいないでしょう？　会社の方が楽しいでしょうに」

「そんな、サークルじゃないんだから」

「いやね、案外、そんなものなのですよ。ねえ、アニー？」

「ま、そういう部分はあるね。会社ってのは」

「いつかリストラされるよ。絶対に」

会社に勤めた経験のない晴美は、やたらとリストラだとか窓際だとか、そういう言葉を強調するのが常だ。僕が社会を恐れているとすれば、彼女は社会そのものに何かこう、敵意のようなものを抱いてでもいるようだった。

「そんなのになるんだったら、好きなことだけして暮らしたい」

「ところがおかしなことに、案外好きなことやってるんですよ、これが」

「そういうものなのかなあ」

来年の春からTV局で働く予定である由美子さんは、神妙な顔をして尋ねる。

「そういうものです。おかしいですよ会社って所は。家族に似てね、なぜ一緒にいるのか判らないし、していることもバラバラなのに、それでいてやはり一緒にいるので」

「でも、それなら城戸さんはどうして会社を辞めた訳よ？　お姉ちゃんのことだって、最近あまり捜してないじゃない」

「しばらくブラブラしたいからです」と城戸さん。「また行きたくなったら、再び拾ってもらいましょう」

どんな会社だ。僕はそう言おうとしたが、黙って運転に集中することにした。自分のことが話題にされるのは好きじゃない。これ以上話をふられないよう、ラジオに集中するふりをする。

天気予報によれば今日一日、伊豆地方に雨は降らないとのことだ。何かイベントがあるたび、僕はこうして雨ばかり気にしていた。

太陽は水平線とせめぎ合い、僕たちはそのどちらも愛していた。海と空と人間の三角関係のようだ。晴美が高く投げたピンク色のゴムボールは、言わばもう一つの太陽のようで、その太陽と本物の太陽はケンカをするかのごとく頭の上できらめき、自己主張し合っていた。

「ちょっとね、引っ掛かるわ」

彼女は言った。何が引っ掛かるのかと聞き返すと、呆れた顔をして、

「そりゃ、おっぱいに決まってるじゃない」

などと、大声で教える。浜辺で寝転んでいた人たちは一瞬驚いて彼女の顔を見上げたが、七月終わりの開放的な海であるせいか、すぐに注意も逸れてしまう。水着姿である晴美の胸に逸れてしまったのかもしれないけれど。

「男には判んないだろうけど、結構引っ掛かるんだよこれ。走れば邪魔になるし、投げれ

ば引っ掛かるしね。まったく、誰のためにこんなものがついてると思ってるの」

「そんなこと言われても困る」

「アンタって、身体が大きいばかりで頭の中はカラッポね。いい？　女のおっぱいってのはね、男のために大きく進化したんじゃないの。人間以外に、赤ちゃんがいないときまでおっぱいが大きくなってる動物なんている？　男のせいなの。ネコだってイヌだって、おっぱいは必要なときにだけ大きくなるのに」

そんな進化論まで持ち出されると、さすがに何とも言い返すことができない。仕方がないので、僕は黙ってゴムボールを投げ返す。軽くフォークをかけたつもりだったが、球は真っ直ぐ彼女の元へ飛んで行った。

「……で、都合が悪くなると男は黙る」

「何かあったの？　やけにからむけど」

「何かって何よ。何があろうと私の勝手でしょう」

彼女は声を震わせながらボールを投げ返そうとしたが、肩に力が入り過ぎていることに気が付いたのか、ふと我に返ってボールをそのまま下に落っことした。岩場の上で——ここは城戸さん推薦の、小魚がたくさんいる岩場の海だった。小魚がたくさんいるからと言って何なのだという問題は、彼に直接聞いて欲しい——ゴムボールは元気に弾み、アニーたちがエアーソファの上に寝そべってビールを飲んでいる所まで転がっていった。

晴美はそのボールの行方を見限ると、突然海の中に飛び込んで、離れ小島の方へと泳ぎ出した。肩の辺りが陽に焦がされて痛み出していた僕も、追いかけるように飛び込んだ。途中には外海から入江に流れ込んで来る冷たい水流が、ガムシロップのように屈折して揺らめいており、はるか足元には海草が揺れているのが見えた。ときどき淡いルリ色の小魚が驚いて遠のき、小さなクラゲは身体をなめるようにぶつかった。

離れ小島まで泳ぎ着いてみると小さな砂浜があるようで、カップルが一組だけ身体を焼いていた。僕たちがこの島にやってきたのを、少し疎ましく思っているようでもあった。

「アンタ、泳ぐの上手いのね」

僕は、平泳ぎで泳いでいた晴美をいつの間にか追い越していたようだ。彼女は鼻を摘んで、海水を絞るようにしながらようやく砂浜へ上がってきたところだ。

「……何か臭い」

「あそこでエイが死んでるからだろう」と僕。「エイって結構臭いがするもの」

「やだ、大きいよ」

浜に打ち上げられているのを見るのは初めてのことだった。波が届くたびに、横のヒレが生きているかのようにうねり、まるで死ぬ間際のように揺れた。

「生きてるんじゃない？」

「死んでるよ。もう、目が白く濁ってる」

「アンタ、女のことは全く判ってないくせに、エイばっかり詳しいんだ」

何もエイに詳しい訳ではない。図鑑を読むのが好きなので、いつの間にかどうでもいいような知識が増えてしまったのだ。

「でも、いくらエイに詳しくたって、いつまで経っても小説なんて書けないかもよ。世の中は、男と女のどちらかで出来てるものだから」

「ついでに言うと、男と女の、個人的なことで出来てるね」

「知ったようなこと言って」

晴美は、砂浜をゆっくりと歩いて行った。それは、波がおかしな音をたてる方向で、砂浜にぶつかって微粒子のような音に砕けるのではなく、ガブガブ、ガブガブと水を飲み込むような音がする方向だった。近づいてみると、巨大な岩で出来たアーチが、まるで太陽が空から落っことしたイヤリングのようにそびえ立っていて、そこへ打ち付ける波が、こうしたおかしな音を立てているらしかった。

晴美はそのアーチの陰に身体を隠すと、壁にもたれてフーと息を吐き出した。髪の毛から垂れる滴はエロティックで、僕のいけない想像は主人の言うことを聞かず、さっさと一人で彼女の横にじっとひざまずき、唇にその滴を受け止めようとしていた。

「少し休もっと。ただでなくても色が黒いから、陽が当りやすいんだよね、私の肌って」

「僕も肩の辺りがひりひりしてきたよ。これだと、きっと皮がむけてしまうだろうな」

想像を蹴散らすように、晴美の横に自然に立った。

「一度でいいから、ヘビみたいにきれいさっぱり、皮がむけたら気持ちいいのに」

「そんなの気持ちいいかな」

「お風呂に入らなくてもいいかも。まるみたいにね」

彼女は笑った。僕も一緒に笑った。それから爪先で何度もジャンプして、右耳に入った水を抜こうと試みる。落ちてきた水は耳の中ですっかり温まり、気持ちが悪かった。

「まると言えばね、もしも……」

晴美は僕の方ではなく、アーチから見える先の青い海を見つめていた。「もしもこのまま、まるがどんどん大きくなってね、みんなそのことだけを思って暮らせるとしたら、アンタそれで案外幸せだと思う?」

「意味が判らないけど」

「つまり、お姉ちゃんがいなくなって戻らなくなった代わりに、まるがみんなの真ん中になって、そのまわりを私たちがずっと今のように回りながら暮らせたとしたらよ、それは幸せなことだと思う?」

「今のままの状態が続いていくってこと?」僕は聞いた。

「そりゃもちろん、私たちは個人的な理由ってものを各自持っているけど、でも、その中心には、まるがいるの」

「それは、どうかなあ。やっぱり僕は佐久間さんに戻ってきて欲しいと思うけど」

「前にも聞いたけど、それって誰のためよ。アニー? 城戸さん? それともアンタのため?」

「誰のためって一人には限定出来ない。佐久間さんが帰って来ることは、家のみんなが願っているんだしさ」

「それじゃまるで、本物の家族みたい」

「ほとんど、そんなようなものだろ」

「そうかな」

晴美はそう言いながらゆっくりと近づいてきて、僕の顔を見上げた。黙っているのもおかしいことに思われ、意味もなくニッコリと笑って見せると、彼女は僕の胸を指先で押して、岩の壁に押しつけた。冷たくて気持ちよく、そして痛かった。

「それじゃ、家族としてキスしよう」

晴美は目を伏せたりしなかった。こんな状態で本当にキスなんて出来るのかしらんと思っていたが、それが案外どうってこともないらしく、瞬く間に彼女は僕の胸に手をしっかりと置き、爪先立ちになった。確かに恥じらう女の子も可愛いけれど、こういう能動的なキスも、それはそれでいいのではないかなんて思っているうちに、彼女の顔はますます近づき、僕もいつしか身体を屈めて唇に届くような姿勢を取っていた。

唇を離すとき、こういう意味のない、言ってみれば簡単なキスが、とても好きだったことを思い出した。そう、僕は昔、こういうキスをする女の子に会ったことがあった。確かにそのはずだったが、肝腎な女の子の姿は思いつかずに、ただそのキスだけを覚えている。ふと、そのキスをしてくれた女の人に佐久間さん（晴美とのキスの最中に、ずいぶん失礼な想像だが）の姿を当てはめてみた。もちろん決してそんなことはなかったし、これからもないのだけれど、何となく僕はその唇に佐久間さんを重ね合わせていた。

「……こういうのも家族？」

「何かあったね、晴美は。別にとやかく言うつもりはないけど、いつもと感じが違う」

「もちろん、いつもと違う」

彼女はそう言うと、僕の胸の筋肉を強くつねり、岩場に腰を降ろした。

「やっぱり個人的な理由からだよ。私にだって、いろんなことがつきまとっているもん」

「もちろん僕じゃあ、力にはなってやれないんだろうな」

晴美の横に腰を降ろそうとしたが、すっかりと身体を落ち着けてしまう前に彼女はまた立ち上がって、

「そりゃ、アンタじゃどうにもならない。アンタとは全く関係のない話なんだから」と言った。「でも、私とアンタにだって、いろんなことが起こるかもしれないわよ」

「例えば？」

「例えばそうね、いつか私はアンタと一線を越えるときが来るかもしれない。越えないかもしれないし、越えることになるかもしれない。そんなことは、別に大したことなんかじゃないんだけど、でも、家族としては大切なことだよね」

「晴美は僕としたい？」

「バカねー。私がしたくても、したくなくても、そういうときにはそうなるって言ってるの。そういうときが来れば、アンタじゃなくてアニーとだって越えられるでしょう。もち

ろん身体のことはあるにせよ」彼女は言った。「私ね、何となく判ってきたの。何となくね、お姉ちゃんがアニーとどんなふうに愛し合っていたのか」

「セックスがないと愛せないなんて言ってたのに」

「何も私がそうしたいって言ってる訳じゃない」

「じゃあつまり、晴美が一線を越えるってことは、やっぱりセックスをするってことだ」

「まあ、そうよ。セックスをするってことよ。だから、いつかアンタとそういうことをしてしまうかもしれないってこと。そのときが来れば」

「正直に言って、晴美の言ってることはよく判らない。判らないけど、僕はいつでも準備が出来てるから、そのときが来たらいつでも知らせてよ」

「やだ」

彼女は僕の頭を押す。髪の毛が濡れていたので岩のかけらに絡まって、数本ちぎれてしまう音がした。

「でも、そうなったらアンタは嬉しい訳ね?」

「そのときが来ないとどうとも言えないだろうけど」と僕。「少なくとも記念日にはなるだろうな。僕の個人的な記念日には」

「アンタの記念日だと、雨がすごく降るかもしれないね」

「降るかもね」

「雨は嫌ァーだな」

晴美はそう言うと、アーチの陰から太陽の下に出て、冷えた身体をもう一度伸ばした。

「雨は嫌だけど、きっと降るよ。降れば、いつもどしゃ降り」

彼女のそういう言葉がどこか寂しそうに聞こえたので、何か継ぎ足してやる言葉はないものかと考えていると、砂浜と海の本当に境目ぎりぎりの所から城戸さんが突然現れた。ここへ来る途中のドライブインで買った、安っぽいシュノーケルを被ったままの姿で、

「こんな所でエイが死んでいるじゃないですか」

と、見たままの意見を言う。僕たちに言った訳ではないのだけれど、まるで僕と晴美の責任ででもあるかのように言った。

「ねえ、キミ。考えたことありますか？　魚が打ち上げられて死ぬときってのは、何を思ってるんでしょうね？」

「しまったって思ってるんだろう」

と僕。晴美との会話を打ち切られたので、どことなく彼が恨めしかった。

「そうかな？　彼等は水の中で息をするんだよ。そいつが陸《おか》に打ち上げられて死ぬということはですね、僕たちが水の中で死ぬように苦しいものじゃあないですか？」

「そんなことエイに聞いてよ」

「晴美クンはどう思う？」

彼はアーチの向う側に出て太陽を浴びている彼女に大声で聞いた。声がそのアーチにぶつかり、波と一緒になってエコーがかかる。

「エイは、どんな気持ちだったのでしょうか？　陸の上で死ぬのはね」

「多分、私たちが水浸しで死ぬようなものね」

彼女は言った。「雨に打たれて、息絶えるようなもの」

「なるほど、そうかもしれません。彼にとっては、雨に打たれて死ぬようなものだったのかもしれませんね」

「考えただけで、ゾッとする」

そして晴美は、海の中に逃げて行った。

こんな感じで僕たちは一日中、海と寄り添って暮らした。それでも海の思い出というのは不思議なもので、決まって肝腎の浜辺での記憶だけが曖昧になってしまうものだ。だから、今日の出来事を未来の僕はどれぐらい記憶しているかなと考えてみた。すると、太陽と晴美の（そして、もしかすると佐久間さんの）思い出がごちゃまぜになってしまうような気がした。僕が浴びた太陽の記憶と彼女のことが一緒になり、その後は永遠に眩しさの記憶として残ってしまうんじゃないか、と。

けれども、それをまとめて夏の記憶というのかもしれなかった。

帰りの車の中ではみんなが疲れて居眠りをしており、僕の、塩水で洗われた目には沈む太陽が真っ直ぐに差し込んでいた。助手席のアニーだけがいつまでも起きていて、ときどき地図を見ながらそっちを右、そっちを左と簡単なナビゲーションをしてくれた。僕たち兄弟はどうでもいいようなことばかり話し合っていて、そのいつまでも途切れることもなさそうな話題にさえも話し疲れ、いつしか黙り込んでしまった。僕は、アニーと高校生の頃、隠れて父さんの車を持ち出し、ドライブに行ったときのことを思い出していた。

アニーはそのとき、自分がインポテンツであることを初めて教えてくれた訳なのだけれど、僕はそういう生活が一体どんな感じなのか実感が湧かず、アニーはアニーで、こういう身体に気づいてからもう随分と長いのだし、これ以外の身体になるということもまた実感が湧かないんだよと言った。彼があまりにサラリと言ったものだから、僕はどうかしてしまって泣き出してしまい、車の中でいつまでも鼻をすり上げ、涙は白いカッターシャツの袖で拭った。一通り泣き終えてしまうと、僕たちは照れ臭さから一度笑い、そしてやはり黙り込んだものだった。ちょうど今夜のように。いつまでも黙り込んでいながらも、その空白にはちゃんとした何かがあった。スペースキーを押したかのように、はた目には確かにただの空白なのだが、やはりそこには意味が存在しているような気がしていた。

例えば、佐久間さんとアニーの関係も似たものだったのかもしれない。彼らがどのように愛し合ったのかは知らないけれど、もし何か方法があったとしたら、そういうものだったのかも。その方法は悲しくもあり、美しいものでもあり、そして何やらかえって性的な想像を僕の頭の中ににじみ出させた。

「佐久間さんは今年、もう海に行ったかな」

僕は信号が赤の間に、ふとそんなことを聞いた。アニーは何も答えなかった。バックシートからの寝息が、エンジン音の波の上を漂っていた。

「行くときに由美子さんが言っただろう？　解決法は未来で待っているって。アニーはその言葉を信じる？」

「大体は、信じるよ」

「じゃあ、佐久間さんのことも心配ないね」

「それは判らないな」

「どうして？」僕はクーラーの風向きを調節しながらそう聞いた。「それだって同じことなのに」

「全ての解決法が未来にあるとは限らないからな。反対側に残してきたものもある」

「でも、過去に戻れないとしたら、どうやって解決すればいいんだろ」

アニーはすぐに答えることなく、混雑する街道の先をじっと見つめていた。何があるという訳でもなくて、やはり並んだ車のバックライトが見えるだけだった。ルームミラーには後続車のライトが映り込み、それもずっと後まで続いていた。

「どうするだろうなあ。誰かが彼女に手を貸してやらないといけなくなるのかもな」

「置き去りの問題を解決するために？」

「それはまた、人それぞれだ」

「アニーなら」

「俺ならきっと、前に引っ張るだろう。置き去りにしたものから早く遠ざかろうとするだろうな」

アニーは寂しそうな顔で答えた。

やがて車はのろのろと前に進み始める。気が遠くなりそうなほどに進むのが遅いのだけれど、いつか流れに乗るときが来るだろう。それを知っているから、と言うより、それを信じているから、誰もが辛抱強く車に乗り続ける。前の車が進むのをじっと待っているのだった。誰ひとり、Uターンするものはいない。

それを信じている僕もまた、静かにアクセルを踏むだけだった。

# 6 青いビロードとマリンノート

夏休みの終わりと言っても、大学は九月の半ばまで授業がないので、正確に言えば九月の第一週ということになる。その日僕は生まれて初めて、家というものにノコギリを入れた。家の柱に身長を書き込むといったことさえ父さんはとても嫌がる人だったし、そういう人に育てられた僕だから、家にノコギリを入れるということが、どれほどの重大決意かということは判ってもらえると思う。

決意は、まるのせいだった。近頃の彼は、真夜中やら明け方やら、自分の思いついた時間に突然、外に出たいとか家に入れろとか腹の底から絞ったような声を出すので、おかげで家の誰かがそのたびに起き、ドアを開けたり閉めたりしてやらなくてはならなくなったからである。そこで、玄関の扉の横に小さなまる用の扉を作ってやった。仕組みはとても簡単だった。玄関の板を四角く切り抜き、そこにプラスチックの下敷きをフックでぶら下げておいただけのものだ。まるをその出入口に慣らすためには三日ほどかかったが、週末になってようやく自分一人でそこから出入りしてくれるようになった。

真夏の早起き効果で目が覚めた僕が、早速、朝のフォークボール練習（本当に何だってこんなことをやり続けているのだろう？）に出かけようと布団から抜け出してみると、応接間にまるの姿はなかった。どうやら彼も出かけて行ったらしい。一体あのまるがどこで、どんなふうにして遊んでいるのかしらんと思いつつ、グローブを小脇に抱えて東北沢公園に行ってみる。するとなんということはない、彼もそこで丸太のミニ・アスレチックに上って、公園に来るものを観察していた。どうやら彼もこちらに気付いたようだったけれど、かと言って近づいて来る訳でもなく、どこか家の中で見る彼よりも凜々しい顔付きでもって監視を続けていた。

多分、まるだって仕事中に〝家〟を感じたくないのだろうと思った僕は、やはり一人でフォークボールの練習を始める。

三、四十球ほど投げ込んだときだっただろうか。肩が熱を持ち過ぎてきたような気がして、少し休憩を取ろうとグローブを脱いだそのとき、使っていない公園の小さな入口の方から女の人が近づいてきて、僕にはまるでその人が佐久間さんのように見えた。もちろん彼女なら、また前のように逃げ出すことはあれ、向こうから近づいて来ることなどないだろう。それでも彼女は、やはり佐久間さんに見えた。

目を凝らしてみると、その考えはますます強まっていくばかりだった。彼女もこちらをじっと見据えながら、ゆったりとした足取りで近づいて来た。

「おはよう」

その声はますます彼女に似ていた。いや、まさしく彼女本人だった。

「まだ、毎朝ここで野球の練習をしてるの」

「佐久間さん！　どうしてここに？」

額の汗を拭うことさえ忘れ、そう言った。「戻ってきてくれたんだね？」

「ううん、残念だけどそうじゃないの。私、まだ戻る訳にはいかない」

「じゃあ、どうして」

「ちょっとね、どうしても持っていかないといけない荷物が、ここに置いたままになっているから。それを確かめたくて来たのよ。まだ残っているといいんだけど」

「もちろん佐久間さんの部屋のものはそのままにしてるけど」

「日記がね、そこに置いてあるんだ。それをどうしても持って行きたいんだけど」

「日記？　それが一体……」

「それ以上は言わないで。もちろん判ってるのよ、貴方の言いたいことは。でも、とにかく今は仕方がないことだから、許してね」

彼女は公園の空気を胸の奥まで深く吸い込んだ。公園だけでなく、東北沢の全ての空気を、起きたてのタバコのように深く吸い込んでみせた。

「今、晴美もそっちでお世話になってるんだって？」

「そう。一応、佐久間さんの部屋を使ってるけど」と僕。「でも、誤解しないで欲しいな。それは何も佐久間さんがもう帰ってこないと思ってるんじゃなくて、たまたまそうなってるだけ。今だけなんだ」

「ありがとう。嬉しい」

佐久間さんは笑った。

「この間は逃げ出しちゃったりしてごめんなさい。あまりに突然のことだったから、私も驚いてしまったのね。風邪ひいたりしなかった?」

「しなかったよ」

僕は言った。まると一緒で、雨には慣れっこなのだと。

「そうね」彼女はまた笑う。「まるって言えば、あそこに座ってる大きなネコ」

「そう、あれがまるだ。太っただろう」

僕もミニ・アスレチックの上に座るまるの方を向いてみた。すると、いつの間にかこんな朝なのに男の子が一人座っていて、彼の頭を静かに撫でていた。人見知りをするようになったまるであったが、彼にはあまり気を払ってはいないらしく、ときどき目を細めてみせた。その男の子は、あの日の朝、つまり佐久間さんが出ていった朝にメモを運んできた赤いコートの少年にも見えたのだけれど、それを佐久間さんに聞くことが出来なかった。この状況があまりに突然で、それはもう何だか、とても大切な壊れ物のように思えたからだ。砂糖で出来た城のごとく、十代の恋のごとく、甘くて脆過ぎる壊れ物に思えて仕方がなかった。

「まる、顔付きが変わったね」

「外に出るときだけなんだ。外ではああやって格好つけてんだな」

僕はまるを呼んでみたが、彼は振り向きも耳を動かしもしなかった。

「連れてこようか?」

「あ、いいの。それより、家のみんなが起き出す前に、早く日記を見つけたい」

彼女の声はまた寂しそうになった。「でも、晴美が部屋で寝てるんだったら、やっぱり昼間に来た方がよかったかも。それなら貴方しか家にはいなかったでしょう?」

「今なら佐久間さんの部屋には誰もいないよ。晴美はバイトで朝に帰って来るから」

「じゃあ私、家に行っても構わない?」

佐久間さんの家じゃあないか。僕は心の中でつぶやいたけれど、言葉にしなかった。彼女がそんなセリフを自然に言ってしまうということはつまり、心がまだ東北沢から遠い所にあり、未だ僕たちの家に戻って来る時期なのではないのだと、そう感じてしまったからだ。心は遠くにいる。慣れ過ぎた恋人たちのように、どこか知らない場所に心を隠し込んだままなのだ。

彼女は玄関で一度深呼吸をすると、僕に続いて静かに靴を脱いだ。日記と言っても僕はそれがどんなものなのか知らない(それ以前に、彼女がそういった類のものを付けていることさえ初めて知った)ので、佐久間さんにも上がってもらうことにした。彼女はなつかしそうに家の壁に出来た汚れを指先で触れていたけれど、すぐに日記を見つけることを思い出してか、真っ直ぐ部屋へと向かった。家の中ではアニーが眠っているはずだったので、彼女も僕も古い床がギシギシと音を立てないように注意を払う。

佐久間さんが日記を探す間、僕は応接間に戻ってじっと壁掛け時計の音に耳を澄ませていた。アニーがそろそろ起き出してしまう時間だったし、城戸さんも今夜は泊まっているはずだったから、いつ誰が起き出して来るか判らなかったのだ。しかし同時に、誰かが起き出して来て佐久間さんを見つけてしまい、彼女を無理やりにでも留まらせることが出来ればいいのにとも思った。確かにそうしたところでまた彼女は出て行くのだろうけれど、それでも僕は望んでいた。

しかし、彼女はもう日記を見つけ出していた。

どこにあったのかは知らないが、それは見たこともない青いビロードの表紙がついた日記帳で、今ではもう埃をかぶっていた。

「あったわ」

応接間に戻って来た佐久間さんは、日記帳をまるで切符でも切ってもらうかのように差し出した。どこか知らない町まで乗れる、片道切符のようだった。

「じゃあ私、もう行かないといけない」

「ねえ、佐久間さん。本当にアニーに会っていかなくていいの？」

「いいの。今は仕方がないから」

「アニーとケンカしたとかなんとか、そういうことがあったんじゃないよね」

「もちろん、違う。私が出て行ったことは、彼には全く関係のない理由からなの。もしも彼がそんなことを気にしていたら、教えてあげてね。本当に、個人的な理由なの」

「佐久間さん、本当に早く戻ってきて」

僕が言うと、彼女はちょっとだけ涙ぐんだものの、すぐに顔を伏せるようにして玄関へと戻って行った。僕に対する答は何もなかった。

佐久間さんが静かに靴を履こうとしている最中、まるがネコ扉に頭を突っ込んで、玄関に入ろうとした。彼女はこの扉のことを知らないので、一瞬驚いたが、それがまるの顔だということにすぐ気が付き、彼の鼻先へと細い指を伸ばした。彼女が動くと、そのたびになつかしいマリンノートの匂いが漂い、そしてそれはまるにもなつかしいものであるはずだったのだけど、彼は急に恐ろしい目つきになって、その指先に唸りを上げた。

「まる」僕はまだ小声でもって話していた。「まる、どうしたんだよ？　佐久間さんだ。お前、忘れちゃうなんて馬鹿だな」

「仕方がないわ、もう半年にもなるもの」と佐久間さん。「その間にまるはすっかり大人になってしまったのねえ。人間で言えば十年にもなるんだから、忘れて当然よ」

彼女はそれを僕ではなく、まるに向かって言っていたのだが、その間も彼はずっと唸り声をあげ、怯えているようだった。

「ごめんね、まる、驚かせちゃって」

「恩知らずなネコだ」

「まるにそんなこと言っちゃダメ。それじゃあ、私行くから」

「駅まで送って行くよ」

「止めて」

彼女は少し強すぎるほどの口調になって遮った。「ありがとう。でも、止めてね。貴方はここまで」

「きっと戻って来てくれるね」

「そのときが来れば、きっとそうなるわ」

佐久間さんはそう言い残し、玄関から出て行った。

彼女はどこを歩いていても、何を履いていても、足音というものをまるで立てないので、ただ静かに、静かに、マリンノートが薄らいでいくように東北沢から遠ざかって行く。落ち葉よりも、月が沈む音よりも静かに遠ざかって行くのだった。彼女の足音が聞こえなくなるまで、たった十二歩しかなかった。

あっさりした別れを嚙み締めながら思った。僕にはいつも何かが足りない。こういうとき、無理やりにでも彼女をつなぎとめておくような何か、例えば傲慢な野性でも、身勝手な欲望でもいいから、幸福になるためのアクのようなものが、僕の身体にはいつも不足している。物分かりがいいだけでは、幸せは逃げて行くばかりなのに。格好が悪かろうが何だろうが、しがみつくだけの何かが必要なのだ。それはつまり、晴美に言われた通り、僕には執念が足りないのかもしれないし、業が足りないと言えば足りない。いつだって、何かが不足気味だった。それがほんの少しでも僕の中にあったなら、佐久間さんだって何かを考えただろうに。たとえ、今すぐここに戻って来ると言うのではなくても、何かを彼女の心の中に植え付けられたはずだ。

まるが入りやすいように傘たてを脇へずらしてやると、彼もようやく恐怖が解けたのか、落ち着いた顔になって僕の足にまとわりついた。朝御飯をねだる、いつもの優しい、家ネコの顔付きに戻っていた。

「まる、お前は本当に馬鹿なんだな」

僕はそう言ったが、彼には判らないらしく、ひたすら御飯を要求して止むことはなかった。どこかで、そのふてぶてしさを羨ましくも思う。

まるにネコ缶と新しい水をやってから、アニーを起こしに部屋の扉を開けた。彼はもう仕事に行く準備をすっかり整えているくせに、髪の毛だけがまだ寝グセでボサボサの状態といういびつな格好で、窓際に座ってタバコを吸っていた。それはどう見ても、ずっと前に布団から抜け出していたということで、佐久間さんがここに来ていたということは知っているようだった。知っていながら出て来なかったアニーのことを、僕は腹立たしくも思い、かわいそうにも思った。その感情は混じり合うことを許さなかったので、どちらとも取りかねる顔付きでもって、

「アニー、朝だよ」と声を掛けた。「仕事に行く時間だ」

「判ってる」

「さっき、誰が来てたのか知ってるんだね」

「知ってる」

アニーはぶっきらぼうだった。灰皿にタバコを押しつけて消すときの仕草も、いつもと違ってずっと乱暴な感じがした。

「知ってて出て来なかったのか」

「ま、そういうことだ」

「どうして」

「俺にも判らん。出て行ったら何かが破れそうな気がしたんだよ」

「もう佐久間さん、戻って……」

僕がまだ言い終わらないうちに、彼は話を途中で打ち切って、「とにかく朝飯にしよう」と、脇をすり抜けて洗面所の方へと行ってしまった。何だかそれはとても不真面目で、いい加減なことであり、朝食をアニーと一緒に食べる気にはなれなかった。彼が食べている間、僕は黙ってTVの天気予報を気にするようなふりをしていたし、アニーはアニーで、普段はろくに読みもしない新聞を隅から隅まで読んだ後、いつもより五分も早く家を出て行った。一人になってしまうとますますやるせない思いになり、TVの前で寝転ぶと、そのまま再び、浅い眠りの中をさまよった。

目を覚ましたのは、玄関で晴美のサンダルの音がしたからだ。

彼女は雨だろうと何だろうとほとんどサンダルを履いて出かけるし、実際に一番まともな履き物はサンダルぐらいしかなかったのだけれど（他は、泥の染みだらけのスニーカーが一足あるだけだ）、それなのに足音が他の人よりもうるさいのだ。朝から佐久間さんとひそひそしていたし、アニーとは話さなかったので、耳が敏感になったのかもしれない。続いて城戸さんが、晴美の帰宅時間を狙い済ましていたかのような、まさに微妙のタイミングでもって応接間に出て来たが、それはいつものことだった。朝遅い城戸さんがこの時間を逃すと朝食にありつくチャンスを逃してしまうのだが、滅多にそうなったことはない。実際に食べると大して食べはしないくせに、それでもとにかく朝昼晩、きっちり食べなければ駄目な人なのだった。僕は珍しく、その二人と一緒に朝食を食べた。晴美はもちろん家にいなかったのだから、今朝、彼女の姉がここへ来たことなど知っているはずもないが、城戸さんもまた気が付かなかったようだ。佐久間さんの恋人であることなど全く遠い昔の話だというような顔をして、牛肉しぐれ煮の瓶詰から肉のかけらを取り出していた。

「どうして今日は朝から胸の辺りが痛むのかと思えば、昨夜、由美子さんの夢を見たからなのですね」

もしも今朝、佐久間さんがここに来ていたことを知っていたならば、いくら何でもこんなことは言わなかっただろう。

「由美子さんはひまわりの種が好物なようでしたよ」

「それって、夢の話でしょう?」と、晴美。眠たいらしく、瞼が腫れていた。「心理学的に言えば、ひまわりの種にどんな意味があるのかなあ。夢占いだと、恋人や肉親じゃない異性が夢に出てきても、特別な意味はないって言うけどね」

「何とも色気のない話ですね、心理学というのは。文化とはすなわち、色気だと思うのですが」

「じゃ、城戸さんはどう思うの？」

「古来、日本では夢に誰かが出て来るのは、その人が自分のことを考えているからだと言います」

城戸さんは垂れるしぐれ煮のつゆを、上手く御飯の上にキャッチした。

「やだ、それってつまり、あの子が城戸さんのことを考えてるから、夢に出て来たってこと？」

「そういうことです」

「よくもまあ、ヌケヌケとそんなことが言えるわよ」

「万葉集にも、そんな歌が残っているじゃあないですか」

「それじゃあ、あの子にひまわりの種でもプレゼントすればいいじゃない。夢で見たって言ってね」

晴美は疲れた顔で笑っていた。「ね、ところでアンタは何だか今日、元気ないんじゃない？　起きたばかりなの？」

「起きたばかりと言えば起きたばかりなんだけど……元気がないと言えば元気がない」

「朝に疲れているなら、炭水化物の摂り過ぎでしょう。毎日の食事に、もう少しタンパク質のある物だとか、緑黄色野菜を摂るといいですよ。時間がなければ、ビタミン剤を飲むのもいいですし」

「それだけウンチク垂れるんだったら、城戸さんが食事を作ればいいじゃないの」

「知識があるからと言って、料理が上手いとは限らないでしょう。その辺はやはり大輔クンが上手いものです」

「まだ眠り足りないような気がする」

僕は途中で食事を切り上げ、席を立った。「食器は後で洗っておくから、流しに突っ込んでおいて。それと、牛乳を飲む人は、ちゃんとコップを水につけておいてよ」

「アンタ、本当に大丈夫?」

「大丈夫。ちょっと疲れただけなんだ」

僕は言った。

城戸さんが由美子さんのことに心を奪われているのを見るのが嫌だったのか、それとも今朝、佐久間さんと突然の出会いをしたせいなのか、いずれにしても本当に疲れてきたようで、敷きっ放しにしてあった布団に潜り込むと、ちゃんと眠気が襲ってきた。ほんのちょっとした物音でも、ほんの小さい地震でさえも目が覚めてしまう性格なので、こんな時間に眠たくなるというのは、もはや身体が睡眠を欲求してきかなくなっているということである。不可抗力としか言いようがなかった。

しかし、そんなときに限って世界は僕をそっとしておいてくれないもので、まさにこれから本物の眠りに落ちようとしているとき、誰かが強く揺さぶり起こしたのだった。城戸さんの言っていたことが頭の中にこびりついてしまったのか、その人は、ひまわりの種から飛び出してきたように思えた。夢と現実の区別がつかないままに「ウン、ウン」と、とにかくうなずく。片目をどうにか開け、それが誰なのか早く判ろうとしていたが、晴美のような気もしたし、佐久間さんのような気もした。ひまわりの種そのものに起こされているような気もした。

「ねえ、お姉ちゃんが来たんでしょう？　どうして教えなかったのよ」

「ウン、ウン」

まだうなずいていた。ようやく我に返ると、相手が晴美だとは判ってきたが、それでもやはり寝ボケた頭の中では、ひまわりの種の中から生まれた佐久間さんなのだった。

「ちょっと、起きなさいよ」

「ウ……」

首を絞められてようやく我に返ると、それが確かに晴美だとは判った。しかし、いつもの彼女とは何かが違った。

「…起きたよ、もう、本当に起きたから……苦しい」

「どうして、私に教えなかったのよ」

「明け方に来たんだよ。晴美はまだ帰ってなかった」

「だけど、せめて私が帰って来るまで待ってもらったっていいでしょう」

「それが出来たら、してるって」

言い訳をしながら、どうして目の前の晴美がいつもの彼女と違って見えるのか、僕は考えていた。違って見えるというより、違って感じる。それは晴美の身体から発する〝佐久間さん〟の匂いなのだった。マリンノートの香りが漂っていたのである。

「でも、どうして判った?」

「だって、部屋にお姉ちゃんの匂いがするもの」

「晴美からも、今朝は同じような匂いがするな。どうしてだろう」と僕。「ボディーソープを替えたとか、香水を付けたとか何かした?」

「別に私、いつもと同じ匂いじゃない」彼女は自分の腕を嗅いでそう言った。「ねえ、話を逸らさないで」

「だけど僕には、佐久間さんとそっくりの匂いに思える」

身体を起こした。部屋の中は少し寒いぐらいで、どうしたのだろうとあたりを見回してみると、クーラーがつけっ放しだった。それが利き過ぎていたのだろうか、少し頭がぼやけた。僕は再び布団に倒れ込んだつもりなのだが、頭の位置が微妙にずれてしまい、晴美のくるぶしの辺りという中途半端な位置に落っこちてしまった。

しかし、それを慌てて元に戻すのももったいない気がしてきたので、わざとそのままにしておく。

「同じ匂いがするけどね」

「だったら多分、私たち姉妹の匂いでしょ。どんな家にも、特別な匂いがあるじゃない。私たちからは、こういう匂いがするんじゃないの」

「そうなのか」と僕。「これってマリンノートの匂いかと思ってた」

「ねえ、お姉ちゃんがここに来たんでしょう？　何か言ってた？」

晴美はじれったそうに聞いた。

「特別には何も言ってなかった。ただ、日記を持ち出して行ったよ」

「日記…そんなものをわざわざ取りに来るなんて」

「だけど、誰だって日記なんか人に読まれたくないと思うな。僕も、もし突然交通事故に遭ったりしたら、そういうものを残して死んでしまうのが一番嫌だ」

「アンタ、日記なんて付けてたっけ」

「日記は付けてないけど、小説を書いてるもの」

「人に見られて恥ずかしい小説なんてある？　あれは、人に見せるために書くものじゃないの」

「でも、そういうものなの」

「アンタってさあ、前から言おうと思ってたんだけど……」

晴美がそこまで言いかけたとき、突然僕の部屋に城戸さんがノックもせずに入り込んできた。そのとき僕は晴美の膝まで頭を上げようとしていた。晴美もまた、それを許そうとしているような気配があったので、慌てた二人はポップコーンみたいに飛び退き、何もなかったかのように装った。実際、何もなかったのだが、何もしていないというポーズを取るというのは非常に難しい。例えばそれは、満員電車の中で吊り革に摑まれず、かと言って本を読むことも出来ないときに似ている。何もしないでそこにいるという行為が、人間の中では一番難しいことなのだ。なぜって人間は、何かをするために作られた動物なのだから。

とにかく僕たちは離れるのが余りに急激すぎて、かえっておかしかった。城戸さんもおかしいと思ったらしく戸惑っていたのだけれど、ちょっと間を置いてから、

「晴美クン、どうして彼を蹴りつけたりするのです」と、全くおかど違いのことを言った。

「何も寝てる人間を蹴りつけることはないでしょうに」

「いいんだよ、城戸さん。ちょっとふざけてただけだから」と僕。「それよりも、急に飛び込んできて、一体何の用？」

「そう、それなんです！」

彼はそこでようやく自分が何のためにここへ飛び込んできたのかを思い出したようだった。立派な方程式をたった今見つけたように、僕たちを庭へと引きずって行った。

で、庭に何があるのかしらと思っていたら、そこは全くいつもの庭で、やはり梅の木以外に何も見るべきものがなかった。これのどこが〝それ〟なのかと、僕も晴美も訝っていると、城戸さんは縁側から庭に飛び出し、コンクリートの汚れた塀に飛びつく。もちろんそんなことをすると由美子さん家の庭を覗いてしまうことになるのだが、あまりに彼が真剣なので、僕たちまでつられて飛びついてしまった。向こうの庭から見たとすれば、三人の生首が塀に並べられているような状態だっただろう。

「…あ、まるだ」

「まる、恋人が出来たのね」

それは、まるで一〇一匹わんちゃんのような光景だった。風呂に入らず、埃っぽいまると、きれいな長い毛をした美しい由美子さん家のネコが二人してくっついているのだ。僕は思わず手を叩いてやりたかったが、塀にしがみついているのでそれは無理だった。

「やるもんねー、まる。やっぱり男ってお金だけじゃないのよ」

よく考えてみれば、別に由美子さんのネコだってお金を持ってる訳ではないのだが、そのときは晴美の言葉に深く賛同してしまい、本当だ、男は金じゃないねと、一緒になってまるを誉めたたえていた。

「やっぱり、まるは気立てのいいネコだからさ」

「いや、そういうことじゃなくて」

城戸さんはとても真面目な顔をして言った。「たった今、終わったんです」

「終わったって、何のことよ」

「交接していたんですよ、まるは」

「コーセツ?」僕たちは二人して同じ言葉を聞き返した。

「そう、交接。男女の営み」

「……そんなもの、私たちに見せてどうしようっていうの」

「どうしようって訳じゃないですが、めでたいことはめでたいでしょう?」

城戸さんはまだ塀にしがみついたままだったが、僕たちは何だか力が抜けて、とっくに塀からは降りてしまっていた。

「大輔クン、今日は赤飯を炊いてくれないですか」

「まるのために？　まるは赤飯なんて食べないよ」

「それは僕たち用です」

「バッカみたい」

晴美は少し顔を赤くして、さっさと家の中に戻って行った。確かに、それはそれでおかしなものだ。自分のセックスについては場所を選ばず平気で話すくせに、ネコのセックスについては顔を赤くするというのは。けれど、そういういびつさが晴美らしかった。僕は昔から、矛盾を抱えた人間に限って好ましく思ってしまうふしがある。

「まるには、海苔をあげましょう。海苔とシーチキンがいいですか」

「海苔でもシーチキンでも構わないけどさ……つまり、何て言うか……まるには本当に今日が記念日なの？」

「と言うと？」

「だから、まるは今日が初めてだったのかなあ」

「あのまるの顔を見てご覧なさい。あの満足げな顔！　あの勝ち誇った顔！　あれはどうしたって、初めての顔じゃないですか」

「判るはずがないじゃないか、僕に」

いささか呆れ果ててしまった僕も、家に戻った。第一、今朝佐久間さんのことがあったばかりで、とてもこんなことで喜ぶことは出来なかった。

しかし、まんざら城戸さんの言ったことは間違っていなかったかもしれない。

眠気がすっかり飛んでしまった僕は、夕飯の買物をするため下北沢のピーコックまで足を延ばすことにしたのだが、表に出た途端、さっきまで晴れていた空が急に曇ってきて、小田急線の踏切を渡った頃には大粒の雨が落ちてきたからだ。いくら僕が雨男で、佐久間さんのことで心が揺れていたとしても、これほどの雨はとても呼ぶことは出来そうになく、やはりそれは正真正銘の雨ネコである、まるの銀縞が呼んだものに違いない。正真正銘の記念日だった。

シーチキンを二缶買った。

十月に入ったばかりの夜に珍しくアニーを外へ誘ったのは、どうしても聞いておきたいことを彼の口から直接聞き出してやろうと思ったからだった。それは先月、佐久間さんが日記を取りに家まで来たときのことで、どうして彼があのとき部屋から出てこなかったのか相変わらず納得がいかなかったし、少し時間に洗われた今なら彼も気軽に話してくれるだろうと、そう思っていた。

つまり、僕はどこかでアニーのことを疑っていた。アニーが部屋から出てこなかった理由は、やはり佐久間さんとの間に起きた何か些細ないざこざのせいだと信じて疑わなくなっていた。見かけよりも頑固な二人の間に何かがあって、さらに城戸さんとのことも加わり、そのせいで佐久間さんが家から出て行ったのだ。それが複雑にもつれて、どちらからも和解を持ち出せなくなってしまったに違いない、と。

それに多分、僕がこんなおせっかいを焼いてしまったのは、十月のせいでもあったのだろう。過ごしやすくなった十月は人恋しくさせて、誰かにおせっかいも焼いてみたくなるのだ。

けれども、賑やかな新宿の居酒屋で無理やりアニーから聞き出した答は、僕をすっきりさせるどころか、逆に後悔させることとなった。恥ずかしくて、冷たいビールさえのどにつっかえる思いだった。直接アニーが僕を非難したのではないのだけれど、同じことだ。

アニーはあの日の答をこう説明したのだから。

「足りなかったんだよ。俺が彼女を留めておくだけの、何かが足りないんだ。魅力だとか考え方だとか、そういうものじゃなくて、もっと単純で、だから複雑なもので…暴力的に思うかもしれないが、押さえ付ける力とか、それを許す男と女の力関係とか、つまり……何だろうな。昔はそれでもどうにかなったけれど」

アニーはそこで僕の顔を見つめ、今度はキラキラと笑顔で自分にこう問い直した。

「つまり、何だろう？」

アニーが恐らく、セックスなりペニスなりのことを言おうとしているのが判った。

一体何だって、僕は急に正義漢ぶったりして、兄弟とはいえ他人の心の中にずかずかと入り込むような真似が出来たのだろう？　心から自分に失望する。僕は急に話を逸らし、この雰囲気全体を茶化すと言うか、笑いの色合いに塗り替えてしまった。卑怯なことだったと思う。ただ、言い訳をするのではないけれど、もしこれが友人の一人であったなら、最後まで話を聞いておいて、素直に変なことを聞き出したりして悪かったねと謝ることも出来た。僕がそれを出来なかったのは、良くも悪くも二人が兄弟だからなのだった。そして、アニーも優しく許してくれていた。

煙たい居酒屋を出る段になると、どこか空々しく浮ついており、二人とも、もっとこの夜を楽しくしようと、知らず知らずに努力していた。アニーは新宿の人混みの中で僕をつつき、

「やっぱりお前、臭いぞ」

と、大声で言う。僕はその勢いで歩道から弾き飛ばされ、危うく黒いベンツに轢《ひ》き殺されるところだった。

「ネコの小便の臭いがすると思ったら、やっぱりお前だ。いっそのこと、そんな汚いパーカーなんて、まるにやればいいんだ。トイレの代わりに使えばいい」

「古着屋でやっと見つけたやつだぞ、このパーカー」

おおげさにアディダスのロゴをアニーの前で広げて見せた。「それに、ちゃんと洗ったって」

「きっと、またやられたんだ。まるにな」

アニーは笑う。

ちなみに、このパーカーはすでに三度もまるにオシッコをひっかけられている。盛《さか》りを迎えた雄ネコなら仕方のないことではあるけれど、オシッコだけでなく、最近などは目を離すとすぐに由美子さん家のネコの上に乗っかろうとしていたので、家の誰もが、そろそろ彼の去勢手術を行うべきだと口を揃えて言った。よそで作った子供を認知出来るのかという訳だ。だが僕は賛成出来なかった。話題が去勢のことになるたび、まるはその場からいなくなったり、僕にだけ媚を売るように甘えて来るので、さすがに同情してしまったのだ。しかし、僕ひとりの反対では、これも時間の問題だろう。

「やっぱり、早く去勢を済ませた方がいいだろうな。かわいそうだからってあのままにしておくと、そのうち大変なことになるぞ。最近、外に出るたびに、どこかのネコとケンカして帰って来るだろう？　耳の先なんて、ノコギリみたいにギザギザになっちまった」

「悪いネコがどこかにいるんだろう」と僕。「それに、まるは身体も大きいし、ケンカのことは心配しなくたっていいよ」

「病気を感染されやすいんだ、ネコ同士のケンカはな。それに、他にも何をしてるのか判らないだろう。夜になるたびに、外をほっつき歩いているんだから」

「まるは何もしてない。この間、晴美と一緒にアイツをつけてみたから知ってるんだ。ネコ会議に出てるだけだった」

僕は言った。念のため言っておくと、ネコ会議というのはどんなネコでもやる習慣のひとつで、夜の公園だの路地裏だのに、飼いネコからノラネコまで近所のネコが集まることを言う。集まって何をするかと言えば、お互いにただ見つめ合っていたり隠れ合ったりするだけで、特別に何かをするということもない。惰性でやっている国会の風景でも見ているようだった。まるの出かける東北沢公園でもこうした会議は毎夜開かれ、誰かが野良ネコ用に置いていったドライフードや、乾いたネコ缶なんかを中心にして、ネコたちは見つめ合う。ちゃんと家で餌をもらっているはずのまるも、皆と一緒になってグズグズとそれを食べながら、やはりどこかのネコと見つめ合っていた。

「きっと、何か重要なことを決めてるんだろうな」

「飼い主の悪口でも報告してるかな」

アニーはまた笑った。僕たちの演技もどこか本物に近づきつつあり、もしかすると今夜は本当に楽しい夜なのではないかしらと、そんなふうに思い始めていた。

けれど、その気持ちに水をさしたのは、嫌らしい客引きの言った嫌らしい言葉だった。その男は、あてもなく路地を歩いていた僕たち兄弟の間に割って入ると、

「兄さんたち、寄ってって」と、あばた面でタバコ臭い息を吹き掛けた。

もちろん、彼に悪気があった訳ではないのだろう。夜の繁華街でならどこだって見られる、ありふれた客引きの姿ではある。聞き流してしまえばそれでよかっただろうが、僕たちも敏感なときだったので、少しまごついてしまった。それで男は、二人に脈があると読んだのかもしれない。さらに身体を押しつけると、僕たちの耳もとで卑わいな女性器の名

をささやいた。全く何もつけ足したりしない単純な(だからこそ卑わいで、だからこそ剃刀のように鋭かった)言葉だった。僕たちの欲しがっているのはそれだけで、自分にはそれをお前たちに売りつけることが出来るのだと、そんな傲慢な馴れが見えた。

思わずアニーの方を見た。それまでの楽しかった気分は消え失せており、足取りを早めてこの男から逃げ出したい気持ちでいっぱいのようだった。意識していなかったとは言え、こんな路地裏に迷い込んでしまったことに、僕も悪気を感じていた。けれども何か出来ることと言えば、アニーと同様、足取りを早めてさっさと逃げ出すことだけだった。

男は何度も同じ言葉を繰り返した後、しまいには背を向け、

「ケッコー毛だらけ、ネコ灰だらけ」と、古臭い決まり文句を口にして去っていった。ほっとしたものの、嫌な気分だけは相変わらずつきまとい、こればかりはどれだけ急いで歩こうとしても振り切ることが出来なかった。僕たちはそれでも、どうにかその気分から逃げようと速度を緩めず、人混みをかきわけるように路地裏を無言でさまよい続けた。

この夜の散歩はいつまで続くのだろうかと、いよいよ僕が不安に感じ始めていたとき、ようやくアニーが何かを見つけて立ち止まった。それはビルの間に輝く小さなバッティングセンターで、僕たちと同じように酔った若い連中がたむろし、身体に入ったアルコールを落ち着けようとしていた。まるで彼らの吐き出す熱っぽい息そのものが発酵し、光り出したかのようにネオンがぼんやりしていた。

僕はそんな汚れた光に救いを見出し、

「アニー、少しここで休んでいこう」

と、彼を誘った。「酔いを醒ましていこう」

アニーは「そうだな」とうなずくと、後は黙って二階へと続く鉄階段を先に上っていった。二階はさらに酔った若者たちで賑わっており、ボックスのガラス越しにバットを振っているのを眺めている連中、テーブルでビデオゲームに熱中する連中、ただタバコを吸って退屈そうにしている連中が時間を潰していた。

僕はさっそく二階でバッティング用のカードを買い、空いたボックスに入った。後ろで見守っているアニーが何をしているのか不安で、たびたび後ろを振り返りながらバットを振り、二人にまとわりついている嫌な気分を振り切ってしまおうとしていた。バットはほとんどボールを捕らえることが出来なかったのだけれど、それでも構わなかった。

すると後ろの窓を強く叩く音がする。投球の間に再び振り返ってみると、アニーがべったりとドアに張りついて、僕を呼んでいた。球はまだ投げられている最中だったが、ネットをくぐってドアを開ける。するとアニーは僕に手を差しのべ、

「全然当らないじゃないか。ちょっと俺に代わってみろよ」

と、言った。

そのときのアニーの顔を何と言えばいいのだろう？　ずっと子供だった頃に見たことがあるような、爛々と輝く目のことを。すっかりと怯え切った後でいきなり裏返したかのような、攻撃的な目のことを。あるいは単に、彼の気分が直ってきた印だっただけなのかも

しれない。それでも僕は、彼にバットを渡していいのだろうかなどと馬鹿げたことを考えてしまった。

「さあ、俺に代わってみろよ」

アニーは再び僕にそう言った。断る理由もない僕は静かにバットを渡すと、痛んだ手のひらを揉みほぐしながらバッターボックスの見えるベンチに腰を降ろした。酔っていたせいだろうか、それともやっきになっていい気分になろうとしたせいなのか、僕は随分と汗をかいていて、身体の芯もやけに熱っぽかった。冷たい風を探したけれど、そんなものはどこにもなかった。唯一涼しかったのは、アニーが次々と球を打ち返す軽快な音だけ。

アニーは狂ったようになって打ち続けた。球を決して見失わず、大振りでも確実に打ち返した。アニーの強打を受け止めたネットはそのたびに大きく波を打ち、ときどきホームランの的に球が当って、けばけばしい電球が点滅した。隣のボックスでバットを振っていた連中は、自分の番が終わってもしばらくアニーが打ち返すのをほれぼれと眺めており、ようやくボックスを出ても、すぐさま彼の横で打ちたがる人はいなかった。集団からはぐれてしまったのか、それともはなからその人数で遊びに来たのかは知らないけれど、大学生らしき女の子たちが三人、アニーの入ったボックスの真後ろに陣取り、順番を待っていた。待っていたと言っても、すぐに代わって欲しい様子でもなく、しばらくはそこで彼が打つのを眺めていたいらしかった。

彼女たちがボックスに貼りついてしまったせいで、僕の座るベンチからアニーの姿は見えなくなっていた。ただ相変わらず、軽快な音が聞こえて来るだけだ。けれども、僕の耳にはその音もどこか軽快すぎて、音と音の間に意味の判らない不安を胸の中に呼び覚ました。

何だってこんな気持ちになるのだろう？　そんなことを考えていると、ふと後ろからこんな声がした。

――まるで、ペニスだ！

何かを聞き違えたのかと思って後ろを振り返る。するとそこには誰の姿もなく、ただ背の小さなカップルが我を忘れてビデオゲームに熱中しており、さらにその横では、松葉杖をついた男が羨ましそうにアニーのバッティングを見ているだけだった。

酔っぱらったせいだろうか。そう思った僕が、近くの自動販売機で酔い醒ましのサイダーを買おうとポケットの小銭を探ったときだった。松葉杖をついた男は、ゆっくりとベンチから立ち上がって、僕に何かを告げた。遠くて全く声は聞こえなかったし、彼も恐らく唇だけを動かしたのだろう。しかし、その唇は確かにこう言っていた。

――ペ・ニ・ス・だ。

見知らぬ人間に対する恐怖より、その答の意味の方がずっと強烈に僕を引きつける。ポケットを探るのを止めて立ち上がると、アルコールの力を借りて、大胆に松葉杖の男と向き合った。

すると突然、女の子たちの黄色い声が聞こえていたボックスの方から、アニーが出て来る気配を感じた。どうしたことか、ボックスから出てきたアニーは、いつもと違って陽気な声を出し笑っていた。会ったばかりの女の子にしつこく自分のバットを握らせ、キミもやってみるんだと無理にボックスに押し込もうとしている。さらに買ったばかりのプリペイドカードを機械に差し込んだ。けれども彼女が嫌がっていたのは確かだ。残された友達も、彼から距離を置きたがっていた。

何だかおかしいと思って近寄ってみると、アニーの手のひらに血がにじんでいる。バットを強く振り回して、皮がすっかり剝けてしまったのだ。差し込まれたカードも、ボックスのドアノブも、彼の血で汚れていた。恐らく彼が使ったバットも汚れていたのだろう、押し込められた女の子は握る場所に困って、バットの先の方を持ったままバッターボックスに立ちつくしていた。

「アニー!」

僕は女の子に言い寄っている彼（そんな姿を、生まれて初めて見た）に声をかけた。

「アニー、もう行こう。あまり長くいてもしようがないだろ」

「俺はいい具合なんだけどな」アニーは言った。「そうだ、もう一度飲み直そう」

「ああ、それでもいいね」

僕は彼の腕を引っ張るようにして、彼女たちから離れさせた。バットを振り過ぎた手は血で黒ずんでいて、僕の大切なヨットパーカーにもチョコレート色のしみを作った。けれどもアニーはやはりご機嫌で、女の子たちに向かって、さようならと手を振り続ける。そして、ちっとも酔ってはいないのだった。いつしか、ベンチにいたあの松葉杖の男も姿を消しており、バッティングセンターが再びいつもの見慣れた騒々しさに戻るのが判った。ペニスだって？　僕はアニーを引っ張りながら心の中でそうつぶやいたのだけれど、すぐさまネオンの光の中に、言葉の意味を置き去りにしてしまった。

外に出ると、今度はアニーが僕の腕を引っ張った。恐らく、彼が知っているいい酒場があるのだろうとばかり思い、任せるままにしていたのだが、人混みを乱暴にかきわけながら彼が進むのは、もと来た道と全く同じ方向だった。別に、彼がさっきまで飲んでいた店に戻るかもしれないことに驚いているのではなく、そうすると、またあの客引きが立っている通りを抜けなくてはならないからだった。一体、アニーは何を考えているのだろう。明らかに、あの客引きのいる通りをわざと通り抜けようとしていることは、その鼻息の荒さで判った。でっち上げでもいいから、どこか別の店を口に出し、そこへアニーを向かわせることも出来ただろうが、頭が混乱している。初めてこの街にやってきた新参者のようにアニーに引っ張られながら、あたふたとまわりを見回すだけだった。一体アニーは、何をしようと言うのだろう？　急に人が変わったようになって、一体、何がどうしたと言うのだろう？

最悪の場合、アニーがこの勢いに任せて、あの客引きの元へ戻り、食ってかかるのではないかしらとも思ってはいたが、それは僕の取り越し苦労だった。取り越し苦労と言うより、先客がいたのだ。

僕たちがあの通りを抜けるとき、小さな人集《ひとだか》りが出来ていて、近づいてみると四角い柱の下にうずくまるようにして例の客引きが冷たいコンクリートの上に尻をついていた。同業者らしい男が二人、あばた面の彼に汚いタオルを押し当てて、待ってろよ、待ってろよと何度も声を掛けていた。しかし、あばた面の男はすっかり興奮してしまい、彼らの言葉がまるで耳に届いていないらしい。人集りのことなど気にせず、小さな路上劇でもやっているように、友人たちにこう叫んでいた。

「突然後ろから殴りかかりやがった！　誰かが殴ったのよ！　棒切れか何かで、俺の頭を後ろから殴りつけやがンのよ、クソッ！　足を引きずったガキだ」

「オウ、足が痛いのか？」

「奴だ！　奴が足を引きずっていやがった！」

声を荒立たせるたび、首筋には固まりとなった血がずるりと滑り落ちていった。アニーはそれを見ながらぽつりと、

「昔、親父に連れられて、あんなのを食ったの覚えてるか？」

と僕に聞いた。

「あんなのを確かに食ったよ」

「どんなの？」

「あんな血の固まりを食っただろう？　豚だか何かのムースだった。血のムースを食っただろう。覚えていないのか？」

「覚えてるけど、あんな色はしていなかったと思うな」

僕は言った。早くも遠くから救急車が近づいて来るのが、サイレンの音で判った。

「もっと、きれいな色だった」

「いや、あんなふうに卑わいな色だった」

アニーはそう言いながら人混みから離れた。いつの間にか顔は紅潮しており、どこか底抜けな陽気さに身をよじりながら、

「それにしても俺は、何だかすっかり腹が減ったよ！」

と、付け加えるのだった。


晴美に手伝ってもらってアニーを部屋まで引きずり、休む間もなく今度は城戸さんを部屋まで引きずった。アニーはあのまま、身体がすっかり言うことをきかなくなるまで陽気に飲みつぶれ、城戸さんも城戸さんでなぜか一人、家で酔いつぶれていた。そこらじゅうが酒臭い気がして台所の窓を開け放つと、冷たい秋の風が僕の前髪をすうっと持ち上げ、額をさすってどこかへ逃げた。酔い切れていない僕の身体には、少し寒いぐらいだった。

「城戸さん、一人であんなに飲んだの？」

風に目を細めながら聞いた。「珍しいこともあるもんだ」

「あら、別に私が飲ませた訳じゃないよ。バイトから帰ってきたらあんなふうになっていたんだもの」

「何かあったかな？」

「そりゃ何かあったんでしょうね。誰だって、個人的な理由は持ってるものじゃない」

晴美はそう言うと、僕の腰をぐいと引いて冷蔵庫を開けるスペースを作った。ファミリーサイズのアイスクリームをフリーザーから取り出すと、皿にも盛らずにそのままスプーンを突っ込み、もりもりと食べ始める。佐久間さんが思い出に無頓着な女性だとすれば、晴美はカロリーに無頓着な女性であった。

「何かあったと言えば、アニーの方もそうなんでしょう？　アンタたち二人だけで飲むなんて珍しいし、それにアニーがあんなに酔うのも珍しいことだもん。あの人、お酒はそんなに好きじゃないのに」

「ほんのちょっとハメを外しただけなんだよ」

「アニーがねえ」

晴美は疑い深そうな視線を向けたけれど、今は感覚がすぐにアイスクリームの方へ向いてしまうらしい。スプーンを唇に挟んだまま何かを考えてみても、彼女の頭に浮かぶのは、その次のアイスクリームのことだけだった。

「……そうだ、アニーで思い出した。あの人に宅配便が届いてたの」

「宅配便なら、明日にでも渡してやればいいよ」

僕は酔い醒ましのコーヒーを準備する。面倒なので今日もインスタントだ。

「それが、中を開けてみてびっくり」

「何だ、勝手に開けたの？」

「何よ、非難する気なんだったら、言わない」

「別にそう言うつもりはないけどさ、でも……」

穏やかに反論しようと思ったが、先に彼女が喋り出してしまった。

「それがね、なんと、お姉ちゃんの日記が入ってたの。お姉ちゃんの青いビロードの日記帳が、アニーに送られてきたんだってば」

「それ、佐久間さんがこの間、取りにきたやつだ」僕は、すっかり反論のことなど忘れてそう言った。「で、中には何て書いてあった？」

「やーね、私、人の日記を読むなんて無礼なことしないよ」

はっきり言って、人の荷物を勝手に開けるぐらいなら、そこまでしたっていいだろうにと思う。

「でも、何だってお姉ちゃんたら、突然自分の日記をアニーに送ったりしたんだろ」

「送り主の住所は書いてあった？」

「書いてあったけど、ウソ。だって、私が前に住んでいたアパートの住所が書いてあったもの」

それじゃあ中に何が書いてあるのか、ちょっと読んでみようかと言い出しそうだったが、やはりそれは道徳に反するので言えなかった。仕方なく二人で、あれやこれやと想像してみたものの、所詮、想像は想像の域を超えることはないだろう。実際には、想像でさえ大したものは出てこなかった。

「おぬしは何を考えているのかなあ」晴美は不意に言った。「お姉ちゃんの日記を読んでみたいって考えてる?」

「いや、そうじゃないよ。そうじゃなくて、どうして佐久間さんはアニーのところへ送る必要があったんだろうって考えてた。どうして城戸さんじゃないんだろうってね。一応、今だって佐久間さんが頼りにしてるのは、やっぱり城戸さんじゃないのかな……いや、その、頼りって言うとちょっと変かもしれないけれど」

僕は自分で言い出しておきながら、城戸さんを頼るという人の感覚がやはり今一つ理解出来ないのだった。しかし晴美は、いとも簡単そうな顔をして、

「それはだって、役割が違うからじゃない」

と言う。

「役割が違うってどういうこと? だって、佐久間さんは確かに城戸さんと恋人だったんだぞ。今だってその関係はなくなった訳じゃないし」

「だから、役割が違うって言ってるじゃない。城戸さんとアニーとじゃ、まるで違う。アニーはどことなく何かを隠したような感じがあって、気分屋で、そうねえ……舵の壊れた船みたいね。アニーがそうだとしたら、城戸さんは船の錨なんだよ。あのマイペースさは、どんなところへ行っても変わることがないでしょう? 現実に留まらせてくれる。そういう意味で今、お姉ちゃんはアニーを必要としているんじゃないの? 錨じゃなくて、前に

進む船の方を欲しがっているのかもしれない。それが日記とどんな関係があるのかは知らないけど」

「でもさ、もし晴美の言うことが正しいとして、同じ人間なのに、そんなに違うタイプの人をそれぞれ好きになるなんてことが出来る？」

「そんなに難しい話じゃないと思うけどな。私だって、全く別の人間に生まれ変わるときがあるもん」

晴美は銀色のスプーンを、魔法の杖のように僕の頭に振りかざしてそう言った。けれどもその魔法は僕に効かなかったようだ。佐久間さんが生まれ変われると言うか、簡単に変わることの出来るような人だとはどうしても思えなかったからだ。

佐久間さんは、この世に生まれついてからずっとあんな彼女のままだったとしか思えない。僕は布団に入ってからも眠りに落ちてしまうまでずっとそのことを考えた。佐久間さんの子供時代について。僕の知らない彼女の時代について。そのまま夢の中に彼女を持ち越してしまったのだけれど、やはり彼女は相変わらずだった。僕の頭の中では、それが子供の佐久間さんということになっているのだが、いつものようにタートルネックのセーターを着て、ときどき首がかゆくなるのと、白い首筋にそって優しく爪を立てていた。アフリカ大陸の形をした小さなアザだけが、その首筋の白さを濁らせているだけだった。

彼女は、青いビロードのソファに僕を座らせると、こぢんまりとした台所でコーヒーを淹れてくれた。

そして翌朝、僕はとても朝寝坊をした。どういう夢を見たのか全く覚えがなかったが、起きたときには涙に濡れていて、一体自分がどんな悲しいものをそこに見ていたのか、無理にでも思い出したくなるほど不思議な涙だった。

明け方から雨が降っているらしく、雨戸を開けても部屋は大して明るくならなかった。TVの上で眠っていたまるは、僕が入って来るなりそこから飛び降りて朝飯をねだった。昨夜、眠る前にドライフードを多めに置いていったのに、真夜中のうちに平らげてしまったのだ。身体が濡れるのを嫌がる彼は、雨のせいで夜中じゅう家に閉じ込められ、食べるより他に何もやることがなかったのだろう。

「よしよし、まる。御飯は今やるから、アニーを呼んでおいで」

ネコ缶を切りながらそう言ったのだけど、まるは本当に腹が空いていたらしく、こっちが倒れそうなほど強く身体をなすりつけ、ついには立ち上がってシンクに前足をかけた。まるは家だと割合、甘ったるい声を出すくせに、いざ御飯の時間となると何だか声が図太くなる。

『早くネコ缶を開けないと、お前かアニーを食ってやる』

と、ネコ語で僕を脅しているようにも聞こえた。

皿に中身を開けると、まるはさっそく飛びついて、がつがつと食べ始めた。慌てるものだから牙が皿に当り、ガチガチと音がした。

ケトルを火に掛けてからアニーの様子を見に行った。どうせすさまじい宿酔《ふつかよ》いになっているだろうから、コーヒーを飲むかどうか先に聞いておくつもりだった。アニーは酔った次の日の朝だと五十パーセントの確率で味噌汁を欲しがる。宿酔いだと、その確率はもっと上がるだろう。休みの日だからコーヒーメーカーで真面目に淹れても、城戸さんはアイスコーヒーしか飲まないし、晴美はコーヒーそのものを飲まない。だからアニーまで飲まないと言うときは、やはり僕の分だけインスタントを入れた方が手っ取り早いのである。

部屋をノックしてみても、アニーはそう簡単には起き出さなかった。もともと寝覚めのいい人ではないので、ドアを開けて部屋の中に入る。すると部屋の中に彼の姿はなく、その代わりに整い過ぎた空気が居座っていた。マットレスがきちんと畳まれ、本もきれいに揃えられている。そして、畳の上には破られた青い日記帳のページが置かれていた。

――探しものがあって、しばらく帰れそうにない。とても個人的な探しものだから、一切心配はいらないし、生活費も毎月振り込んでおくので、――

その文章は何だかとても急いでいたというか、突然の思いつきで書いたとしか見えないようなもので、最後の部分にしても〝振り込んでおくので、〟と、続きがありそうでなかった。バスに乗り遅れそうなので書き切れなかったとでも言うようだ。僕はその紙をもう一度読み返し、何か続きがないものかと裏返してみた。何もなかった。折りたたんで、コーヒーを淹れに台所へ戻る。

一体、その言葉にはどんな意味があるのか。個人的な探しものとは？　佐久間さんの探しものと、どんな関係が？　コーヒーの力を借りても、その答が訪れる気配はなかった。そして僕の嫌なところなのだけれど、アニーが出て行った理由を考えるのと同時に、果たして晴美や城戸さんに、どうやってその説明をしようかとも考えていた。

アニーは、血豆だらけになった手でもって一体どこへ行くつもりなんだろう。そして僕は、そんな馬鹿げたことを皆に何と言って説明すればいいのだろう。

## 7　「何をするべきか、貴方は知ってるはずだ」と少年は言う

城戸さんがあの日の夜、何だってあそこまで酔っぱらったのか。由美子さんがからんでいたのは確かだと思う。後になって、二人はあの日一緒に映画へ行ったということは、由美子さんから聞いていた。そのときのことを彼女は何だか話しづらそうにしていた点から推測しても、やはり城戸さんと由美子さんの間には何かがあったに違いない。実際、最近の城戸さんは東北沢の家から足が遠のいてしまったし、由美子さんはどこかよそよそしくなってしまっている。

アニーからの連絡も途絶えたままだった。銀行口座に生活費が振り込まれた二十日を除くと、彼の気配を感じなかった。もちろん、佐久間さんはあれから一度も姿を見せていない。

とにかくそうなると、東北沢の家では僕と晴美の全く二人きりということとなる。いくら僕であっても男なのだし、なるようになる可能性があったにもかかわらず、しかし何も起きずに数週間が過ぎていった。と言うのも僕は僕で、学校やら家事やら小説なんぞに忙しかったからだし、晴美は晴美で、演劇やらアルバイトやらビールを飲んでうたた寝する

ことに忙しかったからである。

　ちなみにその頃、つまり十月の終わり頃なのだけれど、僕はもうすでに小説をおおよそ書き上げていて、もし本気になって休日の二日ばかりをつぶしてしまえば、すぐにでもそれは完成するといった状況にあった。それなのになぜ一向に小説を終わらせなかったかと言うと、今まであれほど進むのが遅くて苛立たされたこの小説も、いざ終わりになると名残惜しくなってきて、ひたすら筆が遅くなってきたからなのだった。こういう気持ちは実際に小説を書いている人じゃないと判らないのかもしれないが、書き始めたときにはあれほどになってラストシーンがやって来るのを心待ちにしていたというのに、終わりが近づいて来ると、これで自分はその物語と一生別れてしまうのかと思えてきて、それはつまり二度と帰らないであろう町だとか、二度と出会うこともないだろう恋人だとか、そういうものに思えてきて仕方がないのだ。

　こうした理由から僕の小説は日を追ってペースダウンしてゆくのだが、反比例するように、晴美は早く小説を書き上げろと僕を急かした。まだ制作途中の小説を晴美に読ませてしまったからで（家には二人しかいないのだ。それぐらいの心を許したとしたって無防備だとは言えないと思う）、彼女は早くその結末を知りたくてたまらないらしかった。

　あまりに彼女が僕の小説に真剣になってくれるので、ある日「今後の参考にしたいと思うんだけど、とりあえずここまで読んでみて、どう思った？」と、聞いてみたことがある。すると晴美は呆れたような顔付きになって、僕にこう言った。

「どう思うって、結末が判らないのにどうして感想なんて生まれるの？」

その言葉に初めはムッとしたものの、急にとてもいい言葉を聞いたような気がしてきたのでワープロにメモをしておいた。

〝結末が判らないのに、どうして感想なんて生まれるの？〟

まさにその通りだと思う。そして、その言葉が仮に正しいとしたら、僕にとっては全ての出来事がまだ結末を迎えておらず、そうすると佐久間さんのことや、アニーのことも全て結末がまだなので、今はまだ、それがたとえ個人的なものだとしても感想を述べるべきときではないような気もした。

（そうだ。まだ感想を述べるときじゃない、か）

そんな言葉を心の奥で転がしてみると、今度は急にその言葉を小説の登場人物に語らせたくなってきた。しかし、これもまた実際に書いてみた人でないと判らないと思うのだが、小説というものはある時期を過ぎてしまうと、そこで起きる物語にせよ、そこに登場する人物にせよ、もはや作者の思いを超えて勝手に動き始めてしまう。流れ出るままにするしかないといった部分が出てきて、よほど巧妙に組み入れないことには、なかなか自分の好きな言葉を入れることが出来なくなってしまうものである。

寒波の襲来した十一月の初めも、悩んでいたことはまさにそのことだった。晴美が相変わらずノックもしないで僕の部屋に飛び込んで来たときには、いい加減、堂々と言ってやろうと思った。どれだけ急かされても、書けないものは書けないのだよと。小説には、美味しく熟すまでの時間がどうしても必要なのだ。そう言ってやるつもりで、いかにも小説家らしく額にしわを寄せて振り返ってみた。すると彼女は青ざめていて、もっと真剣な用事でここへ飛び込んで来たということだけは判った。

晴美は僕がワープロの保存ボタンさえ押す暇を与えず、

「ちょっと来てよ。とにかくちょっと来て」

と、僕を表へ引っ張っていった。

確かに彼女はかなり真剣なようだったが、玄関で彼女が履いたのはやはりいつものサンダルだったし、かつ天気も晴れ渡っていたので、そのときの僕は、何かよくないことが起こるのではというよりも、彼女が僕に、何だか知らないけれど重要な秘密を打ち明けてくれるのだとばかり思っていた。

だが、実際に彼女が連れてきたのは見慣れた東北沢公園で、ミニ・アスレチックの木目にしても、ネットの網目にしても、昨日見たのと全く変わりがないのだった。唯一変わっているというのは、ベンチの前に何かが転がっていたということだけで、それにしたって近づいてしっかりと見てみるまでは、何なのか全く判らなかった。

「これ、ねえ、見て……」

彼女は僕の手のひらを掴み、ベンチの前の何かに触れさせた。

「これって、まるじゃない？」

「確かにまるだ」

僕は思った通りにそう言った。事実、まるだった。

少し埃っぽくなった銀色の縞にしても、硬くなってしまった肉球にしても、曲がりしっぽにしても、何から何までまるだった。ただ唯一違っていたのは、彼がすっかり冷たくなっていたということで、身体に触れると、まるで冷蔵庫に入れたボンレスハムのように、ぶっきらぼうな弾力しか感じられなかった。

「……まるだ」

「まるだよね？　まるが死んでいるんだよね」

「うん」

彼が今、死んで冷たくなっているのは判っている。と同時に、まるが死んでいることに心は反対していた。そうしたジレンマから、全く人ごとのようにしか感じられなかったのだ。そこには野蛮な、動物臭い空気があって、僕はそれを頭の外へと押し退けてしまった。

「……ねえ、まるは死んでるよね？」晴美はもう一度念を押して聞いた。「まるったら、今朝になって突然死んでしまったんだね？」

「そうみたい」

「昨夜、ネコ缶を食べてから外に出て行ったときは、いつものまるだったのに。明け方にはまるが女の子を追いかけている声も聞いた。それで今、死んでいるの？」

「そう」

「……何のために？　まるは何のために死んだのよ」

晴美は、まるが〝どうして〟死んだのかと聞くのではなく、〝何のために〟と、確かにそう言った。どのように考えてみても、取り乱したせいだったり、ほんのちょっとした言葉の間違いだったりするものではなく、明らかに意味を判っていてそう聞いたのである。何のためにまるは死んだのか。もちろん判らなかった。晴美にも判るはずがなかったし、近くで僕たちをじっと見守っていた男の子にしても判らなかった。彼は真っ赤なタータンチェックのコートを着ており、一人で誰かを待っているようにも見えたし、あるいはまた、誰かに何かを告げるために待っていたようにも見えた。彼はまるで、僕たちに人生の秘密を告げるためにここでずっと待っていた、内気なメッセンジャーボーイのように映った。

そして僕はこの少年に見覚えがあった。

彼は一向に僕たちへ近づこうとはしなかったし、かと言ってそこからどこへ行こうともしなかった。ただそこでこちらをじっと眺めており、コートには手を突っ込んだままだった。

晴美が硬くなったまるを抱き上げてやると、首がだらりと垂れたので、人間の赤ちゃんを抱くのと同じようにして頭をささえてやった。家に戻ろうとするときには、公園にいた皆が僕たちのことを見ていた。その視線は何となく僕の胸を悪くしたのだが、どういう訳なのか、その赤いコートの男の子だけは別だった。何だか彼に対して、まるを死なせてしまったことがとても悪いような気がした。

彼はちょうど、公園の車両進入禁止用の柵にもたれていた。僕たちがそこから出て行くためにはどうしても脇へ退《の》いてもらうしかなかった。

「ごめんね、そこを通してくれる？　ネコが死んじゃったんだ」

「私たちのネコだったんだよ」

晴美もまだ、まるのことが実感として湧いてこなかったのだろう、少年に笑顔を作ることが出来た。すると彼の大きな目には、みるみる涙がたまり、滴となって落ちた。微かに毛羽立っていた赤いコートの上で弾かれ、きれいな水玉のままそこに留まっていた。彼の胸を深く傷つけてしまったように思え、ますますこちらも胸が痛むのだった。

「どうして死んだのか、僕たちにも判らないんだよ」僕は言った。「でも、とにかく死んじゃったから」

「どうして死んだのかは、構わないんだろう？」

彼は涙声でそう言った。「それより何のために死んだのか、知りたいはずじゃなかったの？」

僕も晴美も、一瞬身体が止まった。少年の口から出て来るには、いささか言葉が重たすぎる。

「ねえ、そうなんだろう？」

「キミは、まるが何のために死んだのか知ってるの？」

「僕はもちろん知ってる。だから泣いちゃったんだ」彼はそう言って鼻をすすった。「でも、そんなことはどうでもいいことだよ」

「どうして？　私は知りたい」

「そんなことどうだっていいよ。知ったからって、貴方たち二人とも、それについては何の感想も言えないんだから」

僕は思わず少年から後退りしてしまいそうだった。どうしてこんな子供が、僕や晴美の会話を知っていたのだろう？　ＴＶドラマか何かで流行っている言葉なのか。

それを晴美が真似たとするなら、彼が真似たっておかしくないはずだ。

「……それはまだ途中のことだもの。何のためにかは知っていても、それはみんな途中のことでしょう？」

「途中？　まるは死んじゃったんだよ、途中も何もあったもんじゃない。終わっちゃったの」と晴美。

「でも、それだって貴方たちにとっては途中のことだ。まだ物語の途中だ」

「ちょっとさ、キミは誰なの？」僕は聞いた。「どこに住んでるのか教えてくれない？もしかするとキミはあの日……」

「僕は、物語と物語の間に住んでいる」

彼はそう言うと、涙を拭いて公園を離れて行こうとした。思わず彼を止めて、もう少し話をしてみたいとも思ったが、その華奢な腕に手を伸ばした途端、触れるのが恐くなって止めてしまう。

ただ、少年は手が伸びてきたことに気付いたらしく、くるりと後ろを振り返った。そのまま下北沢の方角へとゆっくりゆっくり後ろ向きに歩き始めた。デートを終えた恋人たちが、しばしの別れを惜しむような歩き方だった。

「物語は終わってない」彼は言った。「これからだ」

「キミ！　ちょっと……」

「貴方たちがやらなくちゃいけないのは、感想を述べることじゃないんだってば。何のためかという答を出すためには、先にまずやるべきことがあるんだからね」

「何なの？」と晴美。「やるべきことって何なのよ！」

「判ってるだろう？」

彼はそう言うと、またくるりと向きなおり、真っ直ぐに坂道を下りていった。

僕たちはしばらくそのままそこにいた。彼が坂を下り切り、東北沢の狭い路を左に折れても、ずっといた。

冷たいまるを胸に感じる。

今夜、雨は降るだろうか？　彼の悲しい記念日だ。

# 第二章　〈赤い少年の章〉

# 8　アニーの不可解な言葉

朝、起き出してみると充血していたんだ。とても、じっとしていられるような気分じゃなかったよ。そういうのをお前たちが勃起すると呼んでいるのかもしれないが、俺にとっては人に聞いた話やら何やらで想像してみるしかなかった。俺は、本当の勃起を知らなかった。だが、こうして目の当りにしてみると、俺が思い描いていた勃起とは様子が違った。お前は今でも小説を書いているんだろう？　それならお前が上手い言葉を紡ぎ出してくればいいんだが。俺には充血という言葉しか思い浮かばなかったし、今のところ、それが一番しっくりしている。とにかく、その話を続けるのに、ひとつだけ言っておきたいことがある。言っておきたいというよりも、改めて俺の気持ちを伝え直しておきたいだけだ。俺は何も、自分の身体が充血することなんて望んでいなかった。人によっては、そこに何か意味を感じ取ろうとするに違いない。説明のつかないものを人っていうのは嫌うからね。お前だってよく判ってるだろう。けれど俺に訪れた瞬間というものを、性的なコンプレックスとして受け取ってもらっては困る。それはもっと単純なものだったはずだ。どうしても言葉にするなら……今、手紙を書いているのだから、少なくとも何らかの言葉を当ててはめてみるのは当然だが、つまり俺の身体だけが何かを感じ取っていたに違いない。新しい物語が始まるのか、古い物語が終わるのか、何がしかの変化を、俺の身体が頭より先に感じ取っていたのだろう。

はっきり言って、充血というものがあんなに疲れるものとは思わなかった。俺はその朝からまる一日、ずっと充血し通しだったんだよ。コートを着ていかなかったから、皆の視線が自分の股間に集中しているような気がしてたまらなかった。出来ることなら、もう一生、充血なんてしたくないね。そして、毎日そんなものに煩わされるお前たちのことを気の毒にさえ思う。とにかく俺はそいつを抱えて家を出た。そいつに引っ張られて家を出た。俗っぽい言い方をするなら（知っての通り、俺は霧の中にあるような言葉を使うのが大嫌いだ）、自分のペニスがうずく方向へ向かって歩いた。それで、今はどこにいるか？　たとえば東京にいるかもしれないし、たとえば神戸にいるかもしれないし、そうじゃなければもっと違う場所にいるかもしれない。地図にも載っていないような場所に立って、次の電車を待っているのかもしれない。いずれにしたって、次に起こることを頭の中で予測するのは無理だ。だからまた充血するのを待っている。ここに来てからいつもの身体に戻ったということは、ここで何かが起こるのかもしれない。俺はそのまま待っているつもりだ。

ところで俺が今日手紙を書いたのは、それよりももっと重要なことについてだ。俺は何も現実が見えなくなってしまった男ではないし、空想の中で遊び続ける人間でもない。現実に起こる物語をちゃんと読み、理解している。だから、まるが死んだってことがどういうことなのか、判ろうとしているんだ。まるの葬式に出ることが出来なくて、本当に悪かったと思っている。まるはどんなふうにして死んだ？　それなりに幸せそうだったか？　寂しそうだったか？　病気だったのか、それとも車にでも轢《ひ》かれてしまったのか？　俺が尋ねても、きっとお前は答えられないだろう。お前だって何も知らないはずだ。そう聞いたよ、お前は何も知らないって。

そのことについて、何かを知ってる人間がいる。それだけじゃなく、その人はどうやらナオミのことについても何かを知っているようだった。何かって言うのはつまり、ナオミの〝個人的な理由〟についてだ。もしかするとそいつが彼女の手助けをしたのかもしれない。本音を言えば俺はそう思っている。お前や、城戸さんはまだナオミのことを捜し続けているのか？　今でも捜し続けているのだとしたら、きっといつか彼に会う。もしかしたら、もう会ったかもしれない。けれど俺はその人について、どのような態度を取ればいいのかが判らない。彼を信じてみるべきなのか、疑ってみるべきなのか判らない。それでも、ナオミを捜し続けるのだとすれば、必ず彼にぶつかるはずだ。反対に言えば、どれだけ進んでみてもそこに彼が出て来ないなら、その道はナオミのところまで続いていないんだろう。でもきっと、お前はまたその人と会うことになるよ。多分な。けれど、本当に彼と会うのがいいことなのか、俺には判らないので答えられない。あの子は宝石のようにも見えるし、蜘蛛のようにも見える。これについても、俺は霧の中にある言葉を使ったつもりはない。まったく、その通りなんだ…………………………。

読み返した手紙をジーンズのポケットの中に折りたたんで入れた。何でもかんでも勝手にあさる晴美と一緒に暮らしていると、そこだけが唯一のプライベートな場所なのだし、この手紙は彼女に限らず他の誰にも見せたくなかったから。どう考えてみても、アニーはどうかしていた。何を言っているのか判らなかった。彼の言葉とは反対に、これこそ霧の中から届いたような手紙だ。今すぐにでも彼の元へ飛んでいって連れ戻してきたいのだけれど、住所は書き込まれていない。それどころか消印さえ押されていなかった。誰かが東北沢の家まできて、ポストに投函して行ったのだろう。

一体、誰が？　しかし、その答までは同封されていなかった。

「……そうねー、どっちかって言うと、もっと面白そうなものがいいよね」

晴美はクリスマスツリーに綿の雪を載せながら言った。実を言えばクリスマスはまだ三日も先のことなのだが、その日は晴美の劇団がまた公演するそうなので、東北沢の家には、ひと足早くクリスマスが訪れることになったのだ。

「もっと、自分では絶対に買わないような物の方がいいよ」

「具体的に言うとすれば、何でしょう」

城戸さんが聞いた。彼は十二月になって再びこの家へ戻ってきたのだが、それについては晴美に感謝している。どことなく照れ臭そうに戻ってきた彼に、さっそく仕事を押しつけてくれたからだ。晴美がたまたま一人で家にいたときに石油ストーブの灯油が切れたらしく、幸か不幸か、城戸さんはちょうどそんなときに家へやって来たものだから、ストーブの給油タンクを晴美に押しつけられたのだった。ただそれだけの仕事なのだけれども、結局はその空になった給油タンクのおかげで、照れ臭いだの、しこりを取るだの、そういう面倒なことにならずに済んだのだった。久しぶりに会った彼は少し痩《や》せたようだった。きっとすぐに元へ戻るだろうと思った。この、東北沢の家に帰ってこられるのなら。

「自分で買わないようなものを、もらって嬉しいですか」

僕の視線の先で、城戸さんが晴美に尋ねていた。

「クリスマスのプレゼントは、もらえるもの自体が嬉しい訳じゃないもの。それより、その人のことが感じられるものがいいの。そうでしょう？　かけらを分けて欲しいんだもん」

「その人が身につけていたようなものということですね？」

「ちょっと違う。そうねえ、具体的に言うとすれば、昔、私にスルメをプレゼントしてくれた人がいたの。でもね、嬉しいのはそれと一緒に爪楊枝もセットしてくれたってこと。彼らしかったもの、そういうの。彼はいつだって、そういうところにまで気を回す人だったからね、そういう冗談が彼らしいなって思った訳よ。つまり、それがその人のかけらをもらうってこと。爪楊枝を見るたびに、彼のことを思い出せるってこと」

「なるほどねえ。いや、それはとても詩的でいいですねえ」

城戸さんは変に感心しながらうなずいていた。うなずくたびに、ツリーのてっぺんに載せる予定である金の星が反射し、彼の顔をキラキラとさせる。地上のどんな光よりも、それは彼に似合わなかった。

「じゃあ、僕はそういうものを明日までに買っておくとしましょう。で、キミはもうプレゼントを買ってありますか?」

「僕もまだなんだ。本当はあったかそうなマフラーか何かを買おうと思ってたんだけど、ちょっと考え直すよ」

「それは僕にくれても構わないですが」

「城戸さんのはもう考えてるから」

僕は言った。城戸さんには万年筆をプレゼントするつもりだ。それもなるべく大きなもので、なるべく大正時代っぽいもの。いいのがなければ、本でも何でもいい。性格のはっきり判る人は、プレゼントもはっきり判る。問題は晴美の方だ。彼女の言う「僕らしいプレゼント」を考える前に、僕がどういう人間であるか、そっちの方からしてまず判らなかった。

「でもさ、僕らしいってどういう感じだろう。僕ってどんな感じに見える?」

「キミはね、ディケンズで言うと典型的なピップ……」

「城戸さんじゃなくて、晴美に聞いてるの」すかさず遮る。「ねえ、僕ってどんな感じだと思う?」

「そんなこと、突然私に聞かれても困るよ。自分のことなのに判らないの?」

「いや、現代人というのは何でも知っていますが、自分のことだけは判らないものじゃないですか？　つまりディケンズで言うとピップ……」

「城戸さんに聞いてないってば」

再び遮った。最近、そういう部分が結構シビアというか、ストレートになってきている。逆に言えば、僕たちはそれだけ家族に近づいているのかもしれない。

「僕は自分で自分がどんなふうに思われてるのか、全く判んないな。判れば、もう少し違う自分になってたかも。教えてよ」

「そうねえ、アンタは……頭でばかり考えちゃうタイプね。起こってもいないことに怯え過ぎ。もっと単純な神経になった方が、生きていくにはいいと思うよ」

「馬鹿になればいいのか」

「そんなことじゃない。もっと、身体全体で考えろってこと。頭一つで考えると、疲れちゃうじゃない？　だからね、もっと違う場所でも考える必要があるって言ってんの」

「違う場所で考えることなんて出来ないよ」

「それはペニスってことですか？　男の場合、ペニスで考える人間もいるにはいます」

「全く違う！」

晴美は声を大にして言った。「ペニスで物を考える男なんて最悪」

「そこまでペニスに敵意を抱くことはないでしょう」

「何もそんなものじゃなくたって、他にいい例はないの？」

「他の神経っていうと昆虫だ」僕は言った。「昆虫なんかはさ、脳が小さい代わりに他の神経だけでも多少のことは出来るんだ。考えるってほどじゃないけど」

「足が取れてしまっても、昆虫だとかトカゲってのは、それだけでもしばらく動いているじゃないですか。あれもそういうことなのでしょう？」

「そうなんだ」僕は言った。

「僕はですね、昔、コロコロカーペットでゲジゲジを捕まえようとしたことがあるんですよ。異常に巨大なゲジゲジが家の壁をはっていたものだから、思わずそばにあったコロコロカーペットで捕まえようとした訳なんです。するとね、ローラーにゲジゲジがからまってしまったんですよ。身体が節ごとにバラバラになってしまったんですが、節ごとに足が二対ずつついているでしょう？　それが独立して逃げようともがくんです。コロコロカーペットじゅうに足が生えたようになってね、それがそれぞれ逃げようとしてウネウネ……」

「ちょっと、止めなよー。もう少しましな話はないの？」

「でも、そういうことじゃないですか」

「そういうことって、ゲジゲジのどこがどういうことなの」

彼女はそう言いながら、綿の雪を取りつけ終え、今度はいよいよ色つきの豆電球に取りかかった。あの、時間が来ると点滅するやつである。

「晴美は虫って苦手だったか」僕は聞いた。

「鳥肌が立っちゃうほど嫌い」

「それぐらい弱点がないことには困りますものね、まわりの人も。それぐらいの可愛げがあっても損にはならないと思……」

城戸さんは余計なことを言って、また晴美に叱られた。けれど僕たちは幸せを感じてもいる。近づいてきたクリスマス気分に乗せられているだけかもしれないが、もしそうだとしても好い気分になれるのなら、便乗することに何の批判もなかった。世の中と一緒に浮かれていたかった。しかし、もしかすると、この幸せな感じは、佐久間さんやアニーがいなくなった生活、要するに今の暮らしに身体がすっかり慣れてしまったからなのかもしれない。僕は知らぬ間に佐久間さんのかけらをなくしてしまったのかもしれない。手のひらの間から少しずつ落とし、傘と一緒に電車の中へ置き忘れ、テレホンカードと一緒に公衆電話の中へ置き去りにしたりしながら。

豆電球に電源が入れられ、クリスマスツリーは不意に僕を現実に連れ戻した。

そして翌朝、僕は街の真ん中にいた。二十四歳のクリスマスを迎えるにあたって、最優先に済ませておかなくてはならないことは、やはり晴美へのプレゼントについてだった。今夜、みんなで食卓を囲む前に、僕らしいプレゼントを探してこなくてはいけなかった。とは言うものの、年末が近づくにつれて浮き足立ってゆく街をあてもなく歩いてみたところで、なかなか僕らしいプレゼントというものは見つかりそうもない。ふと、サンダルを贈ってみたらどうだろうとは思い立ったのだが、止めた。たとえクリスマスのプレゼントにふさわしいサンダルというものがあるとして、そいつを探し出せたとしても、きっと彼女はその包みを開けながら、僕とこんなやりとりを交わすだろう。

「ありがとう、嬉しい！　このプレゼントって、本当にアンタらしいもの」

「いつでもそばにあるところが？」

「足でふんづけられるから。気軽に」

これほどひどくはないにしても、恐らく近いニュアンスで皮肉を言われるのは目に見えている。もっと心に残って、いつまでも忘れられないようなことは何だろうと僕は考えた。

窓際のマクドナルドの禁煙席に座り、ビッグマックを頬張った。そして、汚れた通りを歩いて行くたくさんのカップルを眺めながら考えた。彼らにとって、忘れられないものとは何だろう？　僕の場合はどうだったろう。

考えてみると不思議なもので、ただの幸せというものは、あまりに忘れやすいものなのだ。今まで付き合ってきた女の子たちの中で一番覚えているのは、高校生の頃にやけばちで交際した女の子のことで、その子に平手打ちを食らったことが一番苦い思い出となり、最後にはなぜだか、もっともなつかしさの漂う思い出になっていた。幸せから遠いはずの思い出が、美しく歳を重ねて大人になったようだった。人の思い出なんて本当に曖昧なものだ。曖昧というより、主観的なものか。あのとき、僕は彼女を、彼女は僕を、互いにへトヘトになるほど憎しみ合って、それでいて平手打ちという最悪の別れ方をしたのに。

そんなことを考えながら、ビッグマックの中に入っているピクルスを取り除いていた。

ところでもし、誰かがピクルスをプレゼントしてくれたなら、きっと僕はその子のことを一生忘れないだろう。ハンバーガーを食べるたびに、マヨネーズまみれのピクルスを取り除き、灰皿やら包み紙の中へ乱暴に捨てるだろう。汚れた自分の指を唇に挟んで、その子のことを思い出すに違いない。思い出とは結局、そんなものなのだ。そこまで考えて、またプレゼントを探すために席を立った。

（昆虫だ。晴美が鳥肌を立てるほど嫌いだという、昆虫をプレゼントしてやろう）

僕は思った。

もちろん、本物の生きた昆虫をプレゼントしてしまうと冗談にもならないので、僕が真っ先に探したのは昆虫標本だった。これが結構探すのに手間取った上に、せっかく見つけたとしても迫力に欠けていた。蝶がたくさん並べられた標本は、美し過ぎて、恐らく晴美も嫌がらないだろう。僕が晴美の思い出となるためには、もっとグロテスクな標本が必要なのだった。

だから上野へと向かった。別にグロテスクな昆虫が上野で手に入る訳ではないが、確か上野の博物館の下にある売店で、日頃はあまり見ないような昆虫の標本を売っていた記憶がある。ついでにそれを買ったら、久しぶりに子供に戻った気分でもって、博物館を眺めて回るのもいいかもしれない。僕は本当に、退屈な時間を潰すのが上手いと思う。一家の主夫を目指している人間にとっては、ありがたい資質であると思った。

上野の科学博物館では、巨大なタルボサウルスが僕を待ち受けていた。昆虫のことに頭を悩ませているこの小さな人間なんて、見下ろすのさえ面倒だと言わんばかりに首を持ち上げ、空に牙をむいていた。本来なら彼の骨に見とれながら順序よく館内を練り歩くはずなのだが、僕が一番初めに向かったのは地下の売店だった。蛍光灯の白い明かりが寒々しく、高級感が足りず、それがかえって懐かしく愛しい場所に感じた。温泉宿の卓球台が置かれたロビーだとか、フェリーの二等客室なんかの明かりにそっくりだった。

誰もいない売店でゆっくりとショーケースの中を眺めて回ると、目当てのものが見つかった。グロテスクさではこれ以上のものはないだろうと思われるような、巨大な蜘蛛の標本だ。映画でしか見たことのないタランチュラの標本は、余りに身体が大き過ぎて、本当にこれが昔動いていたのだろうかとさえ思える。ただ不思議なもので、足が適度に太くて、毛がびっしりとついているためか、やがて、この蜘蛛も可愛いのではないかしらとも思えてきた。自分の美的感覚が不安になってくる。そうなってみると、どこかでタランチュラの可愛いぬいぐるみを見たこともある気がする。そうなってしまうと、まるでプレゼントの意味がない。それとも、普通の人間であるなら、この蜘蛛はやはり気味の悪い蜘蛛なのかしら。ショーケースの前にかがみ込んで、僕は頭をひねっていた。

もともと僕も昆虫が苦手な方だ。ただ、まるを飼っていた間、彼が何度も何度も虫をくわえて家に持って帰って来るせいで、そのうち慣れてしまったのだ。もう少しまると一緒にいたら、バッタをかじることだって案外平気になったかもしれない。僕はそんなことをつれづれに思いかえしながら、ショーケースのガラスに映った自分の姿に、まるの姿を重ねて見ようとした。どうせ死んでしまうのだったら、少しぐらいの悪さを許してやればよかっただとか、肩に爪を立てて上がる癖も直さず、そのままにしておいてもよかっただとか、そんなことばかりが頭をよぎって行く。よぎって行くたびに、僕はまるのかけらをもっと集めておきたかったと後悔してしまうのだった。

そんなとき、ショーケースのガラスに人の姿が映った。誰かに見られているような気がして振り返ると、それはどこにでもいるような少年で、僕に驚いてしまったらしく露骨に怯えた顔をした。僕を遮るように迂回して通り過ぎて行く。確かにこういう場所なのだから、僕のような大人が一人で蜘蛛に見入っている姿の方が珍しいと言えば珍しいのである。てっきり、あの赤いコートの少年だと思い込んでしまったのだ。

しかし、こちらを見ていたのはその子ではなかった。

「僕ならここだよ」

四角く配置されたショーウインドウの向う側から、聞き覚えのある声がした。赤いタータンチェックのコートは、忘れようと思っても忘れられるはずがなかった。

「また会えるなんて思わなかったな」

彼はショーウインドウのガラスに手を触れながら、半周分をゆっくりと回って近づいてきた。

「……蜘蛛を見ているの？　蜘蛛が好きなんだ？」

「どうして僕がここに来るって判ったんだよ」

「貴方のことを捜してなんかいないよ。貴方が僕を捜したんだ」

彼の細い指先は、蛍光灯の明かりのせいなのか生気がなく、手術室の中に横たわる身体を見ているようだった。赤いコートも、まるで暖かそうではなかった。

「貴方が僕を捜し出したんでしょう?」

「僕はただ、用事があってここへ来ただけだ。キミとは全く関係がない」

僕は言った。「あ、でもキミと会いたくなかったってことじゃない。会って、聞きたいことは山ほどある。ただ、会えるなんて思ってもみなかった」

「ふうん……」

彼はこれ以上のものは有り得ないような曖昧さでもって、そう言った。うなずいたようでもあるし、悩んでいるようでもあるし、人を小馬鹿にしているようでもあるし、聞いていないようでもある。

「タランチュラなんて集めてるんだね」

「これ? これは別に集めてるんじゃなくて、プレゼントだ」僕は直ちにそう答えた。

「変わったプレゼントだなあ。こんなの喜ぶ人がいる?」

「喜ばなくてもいいんだとさ。心に残ってくれるならね」

「ふうん。でも僕はタランチュラって好きじゃないな。毛皮を着てるみたいで嫌だ。金持ち蜘蛛みたいで」

彼はそう言うと、不意に僕の手を握り締めた。急に生身の人間の温かみが伝わってきたので驚いてしまった。小さな子供が全くの無意識に手をつないでくることがある。そんなとき、大人は突然伝わる彼らの手の温かさ（小さな子供たちは皆、狂ったように体温が高いものだ）に驚き、そこから愛情が生まれて来るものだけれども、この少年に対しては、しかし気持ちが違った。つまり、この子もやはりちゃんと温度を持った人間だということに驚かされたのであって、そこに安心したとはいうものの、愛しさを感じたのではなかった。

「蜘蛛の中でも特に嫌いだ……それよりも、こっちにもっといいのがあるよ。プレゼントにするんだったら、こっちの方がいい」

少年が引っ張って行ったのは、初めに彼のいた場所のショーケースの前だった。

「ほら、これ」

「これは何？」

「コハクだって」彼は言った。「きれいだろう？」

「どうしてこんなところに、そんなもの売ってるんだろう。どのみち、とてもそんなものを買う余裕なんてないな」

「コハクは化石だよ。松ヤニの化石がコハクになるんだ」

しゃがみこんだ彼は、そう言いながらコハクを片目で透かして見つめた。僕も一緒にしゃがみこみ、彼と同じように片目で透かしてコハクを見つめた。

「ねえ、何が見える？」と彼。

「ゴミ……虫かな？　虫だ。アリが入ってる」

「きっと、垂れてきた松ヤニの中に閉じ込められたまま、化石になったんだね。何万年も松ヤニの中で固まったまま暮らしてきたんだ」

「暮らしてきた？」

「このアリが見てきたものが全部、コハクの中に閉じ込められてしまったんだ。かけらが全部閉じ込められてしまったってこと」

「アリが見たものなんて、たかが知れてるだろうけど」

「そうかな」

少年はますます顔を近づけて言った。「僕たちと変わらないだけの思い出があったと思うよ。それに、もっと大切なことがある」

「何が？」

「僕たちにかけらをくれるってこと。このアリを見ていると、いろんなことを考えてしまうでしょう？　アリを見るたびに、人間の〝かけら〟について考えると思うんだ。そのかけらっていうものこそ、人間にはどうしても大切なものらしいから。そして、僕はアリと同じくらい人のことも好きだ」

僕はそのとき、もうコハクを見てはいなかった。彼の整い過ぎた横顔と、火照ったように赤い頰を見つめたまま次の言葉を待っていた。

「貴方たちはみんな、かけらを探して生きるだろう？　かけらを探すために、いろんなことをする。それぞれ形は違っても、みんなかけらを探して歩いて、つまり、それが貴方たちの個人的な理由ってやつなんだ」

「キミは……」

「かけらが閉じ込められた宝石だ」

少年は、食い入るように顔をショーケースのガラスにべったりとくっつけていた。「かけらが閉じ込められた宝石だね、これは。貴方はどっちが好き?」

「どっちって、何と何の話?」

「だから、アリと蜘蛛の話」

「判らない。それに僕は、キミについて聞きたいことで頭が一杯なんだ」

「どっちが好きか、先に教えて」

「どっちも好きかな。アリも蜘蛛も、きっと」

「金持ち蜘蛛も好き?」

「見てると、だんだん好きになってきた」

「そう」

彼は急に立ち上がった。大人には計り知れない子供特有の気紛れさから、何だか知らないけれど彼が気を悪くしたのだと思った僕は、慌ててその答を直そうとした。けれど予想に反し、振り返った少年の顔はさっきと全く変わらなかった。

「じゃあ、教えてあげる。貴方はずいぶん奥のことを探ろうとしているね? それは、いいことなのかもしれない。美しいことかも。でもきっと、それが貴方の負担にもなると思うよ。いろんなことの負担になるだろうね」

「どういう意味なんだろう」

「人がどうして蜘蛛を嫌うように出来ているか？　簡単なことなんだ。蜘蛛の危険にさらされてきた昔の記憶が残ったからだよ。嫌悪感っていうのかな、それは、無意味なことばかりではないってこと。意味もなく嫌悪するものには、開けてみたらやっぱり危険なことの方が多い。知らずに済ませた方がよかったということの方が多い」

「蜘蛛の話と僕のことと、どんな関係があるの」

「道徳の話」

彼は再び、僕の手を引いてゆっくりと地下の売店から出て行った。再び博物館の入口へと戻ると、来館者を出迎える巨大で無愛想なタルボザウルスの前に立ち、そこから進路に従い始めた。

僕たちは、果てしなく展示された骨を見ながら話し込んだ。そうすることで少年は、いろんな世界へ頭を旅させているように見えた。僕はひたすら彼の次の言葉を待っており、時折その隙間から骨を眺めていた。ここが本当に上野の博物館なのか、次第に自信がなくなっていた。

「貴方は恐竜の骨を見て、嫌悪感を持つ？」

「持たない」と僕。「ただただ、時間の長さに気が遠くなるだけだ」

「でしょう。僕たちとはあまりに時代の違う生き物だからだよ。危険だった記憶がないんだ、この骨がどれだけ大きいとしても」

「確かに、蜘蛛の方が危険といえば危険かな」

「道徳に対する嫌悪感はどうだろう？　僕の話は難しい？」

「難しい」僕は言った。「残念ながら、キミの言うことを理解するどころか、質問にさえ答えられていないような気がする」

「じゃあ、もっと砕けた言い方をすると……」

彼はゴリラの骨格を眺め回すように言った。「例えばもしも貴方が佐久間ナオミを愛していたとして、それは不道徳なことかな？」

「不道徳も何も、僕は……」

「不道徳だよ」彼はすっぱりと言った。「嫌悪するってことはね、きっとそれを犯してしまったら、あとの負担が貴方にのしかかって来ることなんだよ。昔から積み上げた記憶なんだ」

「僕は彼女のことをそんなふうには思っていない」

「じゃあ、彼女を捜していくうちに、貴方が気付いてしまったらどうする？　もしそうだったとして、貴方はもう後に引けないとして、それからどうするつもり？」

「どうするって、何もしない。家に戻ってきてもらうだけだ」

僕がそう答えると、少年はふと手を離した。また何かに失望したのかと思ったが、表情は元のままだった。

「貴方の中の〝蜘蛛〟を愛せるようになったら、きっと僕は手助け出来ると思うよ。醜い金持ち蜘蛛までね。僕はそうしてアニーの手助けをした。佐久間ナオミの手助けもしたんだ」

「どうしてそんなことを？」

「一つだけ言っておくけれど」

少年は古代ネコの骨が展示されたケースの向う側から僕を見ていた。骨越しに。

「僕は何も貴方たちを幸せにするためにやって来た訳じゃない。それだけは覚えておくことだね。だから、例えば佐久間ナオミが自分の瞬間を摑んで、かけらを探しに出かけて行ったとしても、それから先のことは僕の責任でも何でもないんだ。彼女がどんな人の元に身を寄せているのか、それだって僕の責任ではないし」

「彼女の居場所をキミは知ってるんだね？　一体、どうして彼女は……」

「貴方たちが知るべきことは、どうしてそうなったかじゃなくて、何のためにそうするのかなんだろう？　彼女は何のためにかけらを探しているのかを知ることだ。何より、貴方は何のために佐久間ナオミを捜しているのか、それを知ることだ」

胸の中の蜘蛛を見つめてごらん。彼がそう言ったときに閉館の放送が流れた。僕がほんの少し辺りを見回して、出口を捜している隙に、少年はさっさと出口の方向へと歩いて行った。

彼を追う気持ちになれなかったので、しばらくネコの骨の前に突っ立って、今日ここでした話の整理を続けた。続ければ続けるほど、頭はこんがらがって、心の中がわさわさとしてくるのを感じ、その感触はまるで毛皮を着た金持ち蜘蛛が、胸の中を気怠そうに移動しているようでもあった。

由美子さんの家でクリスマスパーティーが始まるらしく、昼過ぎから人の出入りする音が絶えず僕たちの家の庭まで届いた。幸せの雑音が胸にしみるのか、城戸さんも昼過ぎから絶えず僕に、早く出かけよう早く出かけようと急かした。そんなに早く出たって、晴美の劇が始まるのは夜の七時からだといくら言っても、彼は全く聞き分けがなく、それなら古本屋をめぐろうだとか、映画を観ようだとかあれこれ理由を付けて、しつこく連れ出そうとした。しかし僕も、かたくなに拒む。なぜならクリスマスは、恋人たちと家族のためにある日で、男が二人して歩いたところで気持ちのいいはずもないのだし、さらに僕には、その日の午前中にやっておくこともあったのだ。

やっておくとたいそうな言い方をしてみたけど、実を言えばおでんを仕込んでおくだけの話だった。買物を含めても二時間ほどで一通りの仕事は終わる。それでも煮込んでいる間に家を留守にするという訳にもいかないので、出かけるのを拒んだのであった。

もともと、何だってクリスマスの日におでんを作らされているかというと、城戸さんも晴美も甘いものが全く駄目（正確に言うと、彼女はケーキのスポンジが苦手だった。息が詰まりそうになるらしい）なので、クリスマスケーキなど食べたくないと二人して言い張ったからだ。僕とアニーは甘党だった。佐久間さんはやはり甘いものが苦手な人だったけれど、そのとき東北沢の家にいるメンバーだと、一対二で甘党は少数派だ。それでもせめて皆で囲める食べ物をと思い、おでんを作ることにしたのだ。

とにかくそんな訳なので、早く出かけることは出来ないのである。

そこでさらに、城戸さんの提案。

「じゃあ、二人の間をとって三時には出発しようじゃないですか」

その間というのが、一体何と何の間を計算して出た答なのかは知らないけれど、さすがに彼がかわいそうにさえ思えてきたので、僕もしぶしぶ同意した。

こうして出かけた僕たちは下北沢で時間を潰してから、晴美の劇団がいつも借りている高円寺の小さな劇場へと向かった。それでも一時間弱も早く着いてしまい、どうしようかとグズグズ考えていると、城戸さんは珍しく、

「こんな寒いロビーで待っていたら、二人とも風邪をひいてしまうだろうから、それまでどうです、喫茶店にでもこもっていませんか」

と、建設的な意見を言った。

「そうしよう。本当に風邪をひきそうだ」

と僕も答える。「こんなときに風邪をひいちゃったら、年明けの卒業試験で困ってしまうものね」

「確かに、キミの言う通りです」

彼はそう言いながら、劇場に一番近い、アーケードの中にある喫茶店に入った。しかし窓際の席に着くなり、またしても彼は「それじゃあ、アイスコーヒー二つね」と、勝手に人の注文をした。さらに身体が凍えそうなアイスコーヒーを飲まされるのだと考えただけで、げんなりとしてしまう。どうせまた、頼みもしないのに僕のグラスにシロップを入れるに決まっているのだろうと眺めていると、案の定注ぎ入れ、「ミルクは一つでいいんでしたっけ、キミの場合?」と、親切なんだか、遠慮がないのか、どちらとも判りかねるようなことを聞いてきた。僕はもうそういうことにすっかり慣れており、一つで十分だとしか答えなかった。

城戸さんはコーヒーをストローで一口分、昆虫のようにすすってから、

「ところでキミ、さっき卒業試験の話をしていましたが」

と話し出す。「何ですか? すると卒業するつもりになった訳ですか?」

「どうしようもないよ。今の状態じゃ僕も早く卒業して、何か仕事を見つけないとどうにもならないもの」

「アニーはまだちゃんと生活費を振り込んでくれるのでしょう」

「一応はね。でも、いつまで続くか判ったもんじゃないしさ」

身体をよじると、僕のジーンズのポケットに押し込められていた、アニーからの手紙がゴソゴソと音を立てた。まるで、今ここで自分は出て行くべきだと、手紙本人がそう訴えてでもいるようでもあり、そうじゃなければ自分の方へ話題が向いてきそうなのを察知し、

逃げ出そうとでもしているようだった。ただ、いずれにしても手紙の想像は見事に的中していたことにはかわらない。僕は身体をよじったついでにポケットから手紙を取り出し、濡れたテーブルの上にそれを置いたのだから。

城戸さんがアニーからの手紙を読む間、僕はじっと彼の顔を盗み見していた。この間、上野で会ったあの少年の言葉が気になっていたからだ。実を言えば僕も佐久間さんのことを好きかもしれないのだと、そう城戸さんに打ち明けた場合、彼はどんな表情をするだろうかと考えていたのだった。しかし間近で城戸さんを見ていると、その後どんな言葉を僕にぶつけてくるのか、まるで予測がつかなかった。それは恐らく、暖かい喫茶店に入ったのにジャケットを脱ごうともしない彼の頰が、いつの間にか火照っており、気立てのよさそうな赤が差していたからだと思う。その色からはとても、何らかの険悪なものが返って来るようには思われず、僕としても、そうなってしまうと次にどんな言葉を継ぎ足してやればいいのか想像もつかなかった。僕自身が本当に佐久間さんのことが好きなのかどうかも判らない。今まで晴美のことをそういう対象として何度か考えてみたことはあるものの、佐久間さんについては、全くと言っていいほど考えたことがなかった。ただ、いつかアニーと彼女が結婚して、ほんの短い期間だけだとしても三人一緒になって住めたとしたら、それはどれだけいいことだろうと、ありそうもない空想をしたことがあるだけだ。

「これは……」

城戸さんは不意に顔を上げると、僕の顔を見ようとした。しかし自分の目をまだ疑っているようだった。顔だけは上げたものの、視線は手紙に落とされたままだった。

「これは本当にアニーが書いたものですか？　誰かの悪い冗談では？　たとえば晴美クンだとか」

「晴美がここまで悪い冗談をするって思う？」

「いえ」と城戸さん。「ですがね、やはりそれでも、この手紙をアニーが書いたとは思えないのですよ。まるで違う人間の言葉を聞いているようで」

「僕もそうなんだ。でも、その右上がりの字にしても、やっぱりアニーが書いたことには間違いないと思うよ。だから恐がってる」

「なるほど、それで早く卒業すると言い出した訳ですか」

「ちょっと違う。むしろ、卒業して働くことがどうだとか、社会に出るのがどうだとか、そんなことはもう僕の心配のタネにはならなくなってしまったんだ。そんなこと、大した問題じゃなくなった」

「たくましくなって」

「からかわないでよ、城戸さん」

僕はそう言うと、手紙を受け取り、再びポケットの中にしまいこんだ。「それより、アニーのこと自体が心配なだけだって」

「佐久間クンのことも」

「……そうなんだけど」

「どうかしましたか?」

「いや、そうなんだよ。佐久間さんのことも心配なんだ、やっぱり」

僕は、結局そんなことしか言えなかった。アイスコーヒーで身体が冷えたのか、それともよくない予感からなのか、突然恥ずかしくなるほど身震いしてしまう。それを見た城戸さんは、「どうやら、本当に風邪をひいたようですね」と言った。

「身体を温かくしていないと、今年の風邪は長引きますよ」

それならホットコーヒーを飲ませてもいいと思うが、そこまでは気が回らないのが城戸さんなので、僕も、そうだねとだけ相づちを打っておいた。

晴美の芝居は、前回出演していた人たちがまるまる今回も同じように出演しているらしい。確かに、どの顔にも見覚えがあるような気がするが、潤んでいた僕の目では、はっきりと確かめることは出来なかった。身体が少し熱っぽい。どうやら本当に風邪をひいたようだ。今夜は早く帰って、ゆっくり眠ろう。そんなことばかり考えながら(正直に言うと晴美の劇団の舞台は、あまり面白いとは思えない。もしこれが全く見ず知らずの人間ばかりが出演していたとしたら、僕はお金をもらってでも、この劇は見ないと思う)晴美の出番を待っていると、ようやく登場した彼女は、何が何だか判らないけれどもネコの格好をしていた。雨ネコの模様をした衣装で、隣に座っていた城戸さんをちらりと見てみると、やはり彼も僕の方を見つめていた。ただ、僕ほど驚いているようではない。どちらかと言うと、かえって個人的な興味をそそられたようだった。

しばらく見ているうちに、この劇が『一万回死んだ猫』だか『百万回死んだ猫』だか、そういった絵本を下地に作った劇だということは薄々判ってきた。さらに努力を続けてみたところ、これは、前の飼い主だった女の子のエプロンに首を引っ掛けて死んでしまったネコの話らしかった。ネコは七度目に生き返ったとき、ある男に拾われて、最後の一生を彼と暮らすことに決めた。大まかにはそういうストーリーのようだ。七度目の命はその男のために捨てた。

舞台の上の晴美が言った。ネコは、飼い主に大きな転機が訪れるとき、命を引き換えにしてチャンスを与えてやるのだと。あるいは、何かとてもよくないことが起こるとき、やはり命と引き換えに、不幸を減らしてやることが出来るのだと。

僕は雨ネコの格好をした晴美を熱っぽい目で眺めながら、死んだまるのなつかしい銀縞を思い出していた。

(あの赤いコートの少年が言っていたのは、一体どういうことなのだろう)

(まるが何のために死んだかを、彼は知っていると言った)

(何のため?)

(僕のチャンスのため？　それとも、僕たち家族の不幸を減らすため?)

(あるいは、もっと違う何か?)

(僕は……)

舞台の上の晴美は、汗びっしょりになってネコ招きをしていた。先に転がっている自分の物語を引っ張っているようにも見え、またあるいは、誰かの物語をその可愛い手のひらで弄んでいるようにも見えた。

確かなことはただひとつ。

僕の熱は、七度五分より上だ。

午前のうちに煮込んでおいたおでんをつつきながら、僕も城戸さんもグズクズと酒を飲みたかったのだけれど、今夜の晴美にはかえって難しかった。何せ、初めて自分で脚本を書いた舞台が終わったばかりで、劇団の仲間と一緒に打ち上げに出なかったものだから、解放感を全て東北沢の家に持ち帰ってきてしまったのである。城戸さんは城戸さんで元から何事もグズグズやるタイプな上《うえ》、こうした状況に置かれても自分のペースを変えようとしない人であるから、やることなすこと晴美の目に留まり、そのたびに「ちょっと、さっさとしなさいよ」とゲキを飛ばされるのだった。

「そんなにグズグズ食べてたら、おでん冷えちゃうでしょう」

「確かに、冷たくなってきましたね」城戸さんは何食わぬ顔でそう言った。「じゃあ、この大根、鍋に戻しましょう」

「汚い!」晴美が怒鳴る。「そんなもの、一口で食べちゃいなさい」

「しかしですね」

「晴美」

僕は城戸さんの代わりに晴美のいけにえとなってやった。「おでん、全然食べてないじゃないか。飲むのもいいけど、少しは食べた方がいいよ」

「あら、私食べてるよ。喋ってる間に、どんどん食べてる」

「何だか、えらく興奮してますね」

「そりゃそうじゃん！　初めての舞台だったんだもの。初めての自分の舞台よ。私が書いた脚本で」

彼女が家に戻ってきて、これを言うのはこれで五度目だった。ただし、家に着くまですでに十回は同じことを言ったと思う。

「いいよねー、やっぱり、自分の舞台って！　アンタも早く自分の小説を完成させると判る。そうすれば私の気持ちも、十分の一ぐらいなら理解出来ると思うな」

「書き上げたいのはやまやまなんだけど」

「出来るよ。アンタなら出来る……ちょっと城戸さん！　何してるの？」

城戸さんは小皿の上で煮込んだキンチャクのおあげを分解し、中に入っている銀杏を取り出していた。銀杏が嫌いなら、そう言ってくれれば全て餅入りのものにしておいたのにと僕が言うと、

「銀杏は別に嫌いじゃないですが」

と、素っ気なく答える。

「だったら、餅が嫌い？　それとも、中が熱いから？」

「いや、僕はね、この結び目が好きなんです」

「かんぴょうが好きなんて、変わってるなあ」

「かんぴょうじゃなくて、結び目が。結び目のところは一番味が染み込んでいて美味いじゃないですか」

「ちょっと、ねえ、城戸さん」

晴美がまたイライラとし始めた。「アンタねえ、そんなみみっちいもの好きでどうするの。中身と一緒に食べなさいよ」

「そうは言っても、これが僕の食べ方ですから」

「気が遠くなりそう、本当に」

晴美は、まだ今でも舞台が続いているようなオーバーアクションでもって、長い髪を乱暴にかき乱すと、そのまま真っ赤な顔をして後ろに倒れ込んだ。「ああ、やっぱり自分の舞台って最高」とつぶやく。これで六度目。

「おやおや晴美クン、酔っぱらいましたね？」

「酔ってるよ。それに、もっと酔うもんね」

「ダメですよ、今夜は。彼は今日、風邪をひいてるんですからね。後片付けは僕たちでやらないとならない」

「あら、風邪ひいたの？」

「ちょっとだけ」

何気なくそう言おうとしたが、風邪のせいで唇がすぐに乾き、互いに貼り付いてしまう。その結果、かえっておかしな話し方になってしまった。何だか弱ってる自分をやたらと強調するみたいでバツが悪い。

「じゃあ、今日は早く寝ちゃうのかあ。残念だなあ、今夜は一晩中付き合わせるつもりだったのに……アンタって大事なときに使えないんだよね。それって、まあ確かにサンダルみたいではあるけど」

昨夜僕がプレゼントしたのは結局サンダルだったので、彼女はそれを受けてこう言ったのである。

「彼じゃなくても、僕が最後まで付き合います」

「城戸さんじゃね。でも、ま、いないよりましか」

晴美は再びがばりと起き上がって、新しいおでんを箸でつまみ上げた。乱れた髪の毛が唇の端に貼り付いた。酔っている彼女は箸を使い、それを取り除いた。その乱雑さが晴美らしく、またそこが晴美を好きな理由であるからして、今夜は逆にそういう仕草を見るたび、僕は胸の中にちくりちくりと痛みを感じてしまうのだった。

僕は、あの少年に会ってからというもの、ますます佐久間さんのことばかり考えているのだ。さらに強く、彼女のかけらを欲しがっていた。彼女が出て行ってからの生活にすっかり慣れ切っていた僕の身体が、再びあの少年の一言で〝かけら〟を欲しがるようになっていた。いや、そのかけらを手に入れたところで、果たして満足するかどうか自信がない。

もしかすると（自分では決してそうとは思いたくないが）、彼女本人を欲しがるかもしれない。自分への不信があった。かつてあの雨の日に、学校へ行く途中の道で彼女を見つけたとき、僕は彼女をほんの一瞬捕まえた。抱き締めて、この腕の中に捕まえた。あれはきっと、突然彼女が逃げ出してしまったことに動転してしまっただけだと思っていた。しかし、あるいはそれが僕の望んでいたことなのか。

彼女はそのときこう言った。「それから、どうするつもり？」と。果たして僕は、どうするつもりだったのか。彼女を抱いて、それからどうするつもりだったのだろう。ふと、僕の胸の中でまた何かが動き出したような気がした。かさかさと、金持ち蜘蛛が僕の胸の中を這っていったような気がした。

「そう言えば本当に顔色が悪いね、アンタ」

「そうだ、そろそろ眠りなさいな。もう、十分飲んだのでしょう？」

「そうするか」

僕は自分の胸を二人にさらさないよう、つい手を置いて隠していた。気分が悪くなってきたかのように見えてしまったのだろう。

「少し、眠ることにするよ」

僕は立ち上がって、自分の部屋に戻ることにした。

（自分の蜘蛛まで愛してやれと、あの少年が言っていた……この、金持ち蜘蛛を愛してやれと。本当にそんなことが出来るのか）

(蜘蛛を愛してやるには、どうすればいい？　どうすれば、またあの子は僕に会ってくれるのだろう)

(会ってくれたら、そのときこそ、佐久間さんの居場所を教えてくれるのか)

(アニーはどこで何を待っているのか)

(そもそも、あの少年は一体誰なのか)

応接間からいつまでも聞こえる二人の騒ぐ声も、今夜だけは救われる思いがする。家族の騒ぎ声くらい、人を落ち着かせてくれるものはない。それがなければ、きっと僕は熱と複雑な出来事にすっかり混乱してしまったに違いない。


……熱を出したときの眠りは、いつも浅く短くて、現実と区別がつかない。眠ったときに見る夢にリアリティーがあるのではなく、現実の方が揺らめいて見えるので区別がつかなくなってしまうのだ。真夜中に僕の部屋の雨戸をがりがりと誰かが引っ掻く音を聞いたとき、生き返ったまるが家の中に入りたがって雨戸を引っ掻いている音なのだと思ってしまった。玄関を切り抜いて作ったネコ扉は、風が吹き込んで来るために閉じられたままになっていたので、締め出しをくらったまるが外で困っているのだと思ったのだ。だからパジャマ姿のまま、急いで玄関の扉を開けに行ったのだけれど、扉の鍵を回している間に、それがまるの音であるはずがないと気が付く。まるは確かに、この僕が、庭にある梅の木の根元に埋めたのだ。この手でシャベルを握り、ダンボールの中で冷たくなった彼に土を被せてやった。だとしたら、一体、雨戸を引っ掻いていたのは誰だったのだろう？　そう思いながら、結局僕は鍵を開け、狭い庭へ出てみた。

すると、そこには美しいネコがいた。真夜中に日付が変わった途端、浮かれた赤いクリスマスを丸ごと吹き飛ばすかのように風は強まっていたので、美しいネコの毛も、今は不吉なたてがみのようにたなびいている。僕が近づいていっても、逃げようとも驚きもせず、そこにじっと座ってこちらをにらみ続けているだけだった。

しゃがんでネコの頭を撫でてやると、それがどうやら隣の由美子さんのネコであることに気が付いた。この首輪には見覚えがあったし、暗闇の中でもかすかに見えるマーブルチョコレートのような毛の色と艶やかな毛なみは、間違いなく彼女のネコだった。

僕は静かな声で彼女に聞いた。

「お前、どうしてこんなところにいるんだ？　夜中に抜け出したりしたら、きっと由美子さんが心配するぞ」

彼女は何も答えなかった。いつもと違って、頭をかいてやっても、のどを鳴らしもしないし、かといって嫌がりもしなかった。

「まるが恋しくなったのか。それとも、僕に用事？」

彼女に再びそう聞いてみると、ふいに隣の部屋に明かりがついた。それは二階に張り出している由美子さんの部屋の出窓で、きっと僕の声を泥棒か何かと勘違いして起きてしまったのだろうと思った。もし彼女が窓を開けたら、素直に謝ることにしよう。

するとすぐ窓が本当に開いて、そこから当然、由美子さんが顔をのぞかせた。僕は近所の迷惑にならないよう声を出すのを止めて、彼女のネコを抱き上げ窓の上に掲げて見せた。さいわい、それだけで由美子さんは判ったらしく、今そっちに行くから待っていてと、そんな仕草をした。

温かな彼女のネコを抱いて庭から玄関の方へ出て行くと、しばらくして由美子さんが家の前に現れた。彼女の家で行われていたパーティーは、もう随分と前にお開きとなっていたが、彼女はまだ洋服を着たままだった。パーティー用なのだろう、とても大きく大胆なデザインのイヤリングもまだ耳から外していないようだったが、なぜだか片方しか付けられていなかった。彼女にその理由を聞いてみようとも思ったが、僕はただ「こんばんは」と挨拶をしただけだった。真夜中の二時にそんなことを聞いて、一体何になるのだろうと思ったのだ。

「由美子さんのネコが遊びに来てたみたいだ」僕はそう続けた。「珍しいことがあるもんだね、この子、自分では滅多に庭から外に出ようとはしないのに。まるのことを思い出してしまったのかもね」

そして僕は、彼女にネコを返した。

「僕には気付かないけど、きっとまだ、まるの匂いが庭に残ってるのかもしれない」

「あの、私、話があるんですけど、今、大丈夫ですか……どうしても、今じゃないと駄目な話なんですけど」

「別に構わないよ。こんなところで何だから、中に入りましょうか」

「いいえ、ここでいいです」

月明かりの下にいるせいなのか、由美子さんの表情はいつもより優柔不断と言うか、どこかまごついているような陰があった。

「それで？」

「それで……私、今夜、アニーさんに会ってきたんです」

彼女はそこまで言うと、一度、たまった唾液を飲み込んだ。「パーティーが終わってから、彼に会っていたのです」

「アニーと？」

矢継ぎ早に質問を浴びせた。「どこで？　アニーは何をしてたの？」

「それは絶対に言うなって言われてるんです。もし、私が話したら、きっと貴方は捜しに行くでしょう？　その、私、何のことだか判らなくて……つまり、アニーさんが家を出ていたことなんて全く知らなかったんです。だから適当に、うなずいてしまったんですけど……もし、貴方たちに自分の居場所を話したりしたら、とんでもないことになるって言われて」

「とんでもないことって、どういうことなの。アニーが一体、何をするって？」

「判らないんです。でも、きっとそうするって」

「頼むよ由美子さん、捜したりしないから、とにかく居場所だけでも教え……」

「駄目なんです。本当に駄目なんです」由美子さんは遮るようにそう言った。「本当に、今は何をするか判らない感じだったんです。私には言えません」

「アニーは他に何か言ってなかった？」

「何も。ただ」

「ただ？」

「ただ、とにかく人が変わってしまったようでした。それは、外見が変わったとか何だとかそんなものではなくて、つまり、その……」

彼女はさらにもじもじと、話しづらそうに唇を噛んでいた。僕にはその意味が全く判らなかったので、じれったさをやり過ごすしかなかったのだが、やがて由美子さんは決心をしたらしく、顔を上げた。

「その、アニーさんは普通の男の人だったってことです」

「普通の男って、由美子さんはアニーと……」

「私がアニーさんを好きだってことは、貴方も気付いていたはずでしょう？　私はそう、彼のことが好きなのです」

「でも、アニーはずっとそういうことの出来る身体じゃなかったはず」

「私も、城戸さんからそう聞いていました。でも、そんなことはなかった。だから私、こう思ったんです。きっとあの人はどこかで内緒に身体を治して、それからまたここへ帰って来るつもりなんじゃないかって……それで、確かめてみたくなったのかもしれません。

そう考えたくはないですけど、もしかすると」

僕は、そんなに簡単な話ではないような気がした。百歩譲って、そうやって皆を驚かそうとアニーがしたにせよ、だからと言って真っ直ぐ由美子さんを抱いてしまうような男ではないはずだ。ペニスに支配される男ではないはずなのだ。

けれど、それは本当だろうか？　僕が知っているアニーは、少なくとも充血する前のアニーだったのだし、そうなると今の彼がペニスに支配されないなんて、どうして言えるのだろう。しかしそれでも反論せずにはいられなかった。

「アニーがそんなことする人じゃないって、由美子さんだって知ってるじゃないか」

「そうですね。そうなんです」彼女は言った。「でも、もしそうだとしても、やっぱり私はアニーさんのことが好きですから」

「きっと、思い違いだよ」

「私もそう信じます」

彼女はそう言うと、大きな自分のネコを再び抱き直した。「とにかく、貴方に伝えてくれってアニーが」

「何だい」

「それが、何のことだか判らないんですけど……」

「言ってみて」

「蜘蛛を捜せって。判らないですか？　言えば判るって言われたんです」

僕はその言葉を聞くなり、なるほど判りましたと、戸惑いを全く見せない薄っぺらな感情を添えて言った。実はなぜアニーが僕にそんなことを望むのか、まだはっきりとはしてこなかったのだけれど、それでもきっと、いつかその答を自分で出さずにはおれないことも、薄々感付き始めていた。この現在が、和音を迎えるための不協和音だということに気付き始めていた。月を覆っていた雲が、風に吹かれてゆったりと姿を消すように、僕の疑問は、その後ろにある何かに存在を譲ろうとしているのだ。

由美子さんのネコは、死んでしまったかのようにじっとしており、黙って僕の顔を食い入るように見つめていた。それは、僕たちがまだ見出せない答を伝えようとでもするような、静かに透き通るコハク色の目だった。

## 9　松葉杖の男（＃1）

年が明ける前にはどうしても大掃除をやらないといけないのが僕の性分で、それをしたからといってただ気持ちよくなるだけだということは知っているが、それでも気持ちいいのなら、やっぱりやらないよりはやるべきだと思う。ついでに、風邪のため一週間近くも布団に寝かされたままになっていたので、無性にはりきってしまうのだった。せっせと窓を拭いたり、換気扇のフィルターを取り替えたり、冷蔵庫の中身を整理したりと忙しかったのだが、残りの二人に関しては、始めから頼りにはしていなかったし、実際、ほとんど役にたたなかった。晴美に頼んだトイレの掃除にしても、ブラシを濡れたままでホルダーに差し込んだせいで床は水浸しにされるし、玄関では皆の靴をそのままにしてホウキをかけ、そのまま水を撒き散らされた（自分の靴はサンダルだから構わないのだろうが）ものだから、僕のNBは、この調子だと正月に一番汚い状態になってしまいそうだった。これはまずいと思って、外へ行って映画でも観るなり、パチンコでも打つなりしてきたらと言うと、「どうして私を追い出そうとするの」と怒り出す始末。

彼女よりも性質《たち》が悪かったのが城戸さんで、彼は年末の混んだ床屋には行きたくないから、自分の髪を切ってくれと僕について回って始終頼むのだった。

「ねえキミ、頼みますよ。その仕事が終わったら、僕の髪の毛を切ってくれないですか」

「その仕事が終わったらって、これが終わったら、今度は買い出しに行かないといけないじゃないか。正月はどこのスーパーも休みなんだよ」

「だってね、早くしないと、髪が伸びたまま年が明けてしまう」

「だったら、晴美に切ってもらえばいいじゃないの」

「そんなこと、よく言いますね、キミは」

庭に出て、梅の木のまわり——そこがまるの墓だった——を掃除している晴美に聞こえないよう、城戸さんは必要以上に小さな声でそう言った。「彼女に頼んだら、どんなことになるか、やる前から大体の想像はつくでしょう」

「僕だって、人の髪の毛なんか切ったことないんだよ」

「だからって、彼女よりはましなはずです。違いますか」

城戸さんはしつこく言った。あまりにまとわりついてくるので、あるいは彼の髪の毛を先に切ってしまった方が、かえって仕事がスムーズに進むのではないかとさえ思えてくる。

そこで僕は、庭へ出て城戸さんの髪の毛を切ってやることにした。本当に人の髪の毛など切ったことがないのでどうなるか知らないが、文句を言われる筋合いなどない。とにかく縁側に座らせ、首の回りに新聞紙をそれっぽく巻きつけてみて、襟足から思いきって切り始める。

しかしこれが案外難しいもので、どうしてもラインが揃わず、襟足が揃ったのはうなじよりも少し上の方になった。ついでに性格から、襟足を片付けてから耳のまわりに取りかかったのだけれど、それ自体はいい出来だったのに、先に仕上がっていた襟足の部分と足並みが揃わず、結局、襟足はまた少し上に上がってしまった。

そうこうするうちに晴美が家に戻ってきて、買い出しの品物を冷蔵庫に入れるより先に、アニーの部屋に置きっ放しにされて埃をかぶった、大きなCDラジカセを応接間に運んできた。何をかけるのかと思ったら、下北の駅前で買った安いセール用のCD・サイモン＆ガーファンクルのベスト盤だった。どうせならそれは、クリスマスの夜にかけた方がもっとしっくりしたのだろうけれど、ツンとした大晦日の空気にも、それなりに似合ってはいた。『アイ・アム・ア・ロック』〜『早く家に帰りたい』〜『水曜日の朝、午前3時』まで、晴美は買物袋もそのままに歌に聴き入り、どんどん短くなってゆく城戸さんの頭を眺めながら、やはりツンとした大晦日の空気を、開け放たれた縁側から吸い込んでいた。

「何だかねー、この歌声はいつ聴いても心がスウッとしますねえ」

城戸さんが庭の梅の木を眺めながらそう言うと、晴美はぼそりと、

「それって、髪の毛のせいじゃないの？」と返す。

「髪の毛のせい？」

「スウッとするんだったら」

「晴美。早く買物してきたの、冷蔵庫に入れなよ」

僕は話を急いで逸らした。「冷凍食品が溶けちゃうだろう」

「何？　ちょっと、何ですか、僕の髪の毛がスウッとするって、何なんですか」

「もう、うるさいなあ。頭、動かさないでよ」

「だってねえ」

「もう、本当にじっとしてないと、途中で止めるよ」

城戸さんはブツブツ不満ながらも、おとなしくなった。もっとも、おとなしくなられても、切ってしまった髪が元に戻るはずもないので、結局どうにもならないのだけれども。

この調子で髪の毛全体を整え終える頃、後ろを切り過ぎてしまったと城戸さんに白状するときの笑顔はどんな感じがいいのかしらと思っていたら、ふと二階の出窓から由美子さんが顔を出した。城戸さんはぎくりとして肩を急に硬くしたものの、髪の毛を切っているこの最中に家の中に引っ込んでしまうのも大人げないと思ったのだろう、そのままじっと凍りついていた。由美子さんも彼の姿に気付いて一瞬は戸惑ったようだったが、それよりもっと大切な用事があるらしく、彼のことには触れないまま「そちらに、うちのネコ行ってませんか？」と聞いてきた。

「ちょっと見当らないんです」

「見当らないっていつから？」

「昨日から……今までこんなこと一度もなかったから、近所を捜してみたんですけど、やっぱり見つからなくて」

「それはおかしいな」僕は言った。「どこかで道に迷ったかな」

「何だか、おかしいことになっていなければいいんですけど」

由美子さんが不安げな顔でさらに身体を乗り出し、僕たちの家の庭かどこかにいるのではないかと眺め回した。ネコにはときどきそういうこともあるものだよと僕が答えようとしたとき、サイモン&ガーファンクルは『四月になれば彼女は』という美しい歌を唄い出し、どういう訳かその瞬間に皆が黙ってしまって、おかしなその間を音楽だけが埋めた。音楽に埋められると、僕は日頃そんなことをしないくせに歌詞の意味をいちいち思い出していった。

四月に彼女がやって来るだろう。五月には留まるだろう。六月に感じが変わって、七月に飛んで行って、八月に死ぬだろう。そして僕は九月に彼女のことをきっと思い出すだろうという歌だった。

急に何かおかしな感覚に捕らわれた。とてもおかしな感じだった。それは全く目に見えない不安で、さらにおかしな言い方をすれば、例えばフォークボールや逆上がりが出来るときのような、あの瞬間に似ていなくもなかった。ただ決定的に違ったのは、瞬間を捕まえたという感じではなくて、〝捕まえられた〟ような感じなのだ。するともう僕はじっとしていられず、城戸さんの散髪を放り出して表に飛び出した。二階からそんな僕を見ていた彼女も、何かおかしな気分にかられたのか、遅れて庭まで降りてきた。

やがて彼女は、屋敷の大きな玄関越しに、僕と不安げに向かい合った。

「……どうしたんです？」と由美子さんは言った。「ねえ、大輔さん。どうしたんです」

「何だか、僕にもよく判らないんだけど、さっき、とてもおかしな感じがしなかった？」

「やっぱり、あの子に何かあったんですね」

「判らないけど」

そう、その感じは今ではもう腕をすり抜けていったが、確かにまだその感触が残っていた。ただ、その感触をどうやって説明すればいいのかが判らない。生臭いものが腕の中をすり抜けたというか、美しいものが身体に触れていったと言うべきなのか。

違う。それは不安げであり、懐かしい感じでもあった。

違う。それは性液と、海の匂いが入り混じったような匂いだった。

違う。蜘蛛の匂いと、そしてマリンノートの匂いだった。

「由美子さん」

僕は彼女と同じように玄関の鉄柵にしがみつき、それを揺さぶった。「ねえ、由美子さん、教えて」

「何を教えるの？　あの子の居場所を知ってるの？」

「残念だけど、それは知らない。でも、アニーの居場所さえ判れば、少なくとも近づくことは出来るような気がする」

「何のために？　それを知れば、あの子が見つかるの？」

「連れて帰れるのかどうか、それは判らない。せいぜい、何のためになのか知るだけなのかも」

「私には、貴方の言っている意味が全く判っていないのかもしれないんだけど」

「由美子さん、アニーの住んでいる所を今すぐ教えてくれないか」

由美子さんは戸惑った。やはり彼女の言う通り、アニーと彼女のネコの間に一体どんな関係があるのか、全く判らなかったからなのだろう。そして僕も、どんな関係があるのか判らなかった。ただ、そこから何かに触れられそうな気がしただけだ。ほんの些細な突起物だとしても、何かの〝かけら〟に僕は触れようとしているような気がしていた。

それはきっと、今までに僕が集めていたものとは違った類の、もっと鋭く、冷たいものだ。そしてきっと、何かを切り裂くために生まれてきた〝かけら〟なのだ。物語と物語の隙間に置き忘れられた、剃刀のような鋭いかけらだ。自分の胸に、そのかけらが触れてしまったようで、思わず手を当ててみると、心臓が強く鼓動していた。少し気分が悪くなった。きっと、興奮し過ぎたに違いない。

「由美子さん。アニーの居場所を教えてくれるね」

「……判りました。今、メモを書いて渡します」

彼女は鉄柵に強く額を押しつけ、うなだれるようにしてそう言った。大晦日の昼下がりも、決して僕たちを浮ついた気持ちにはさせてくれなかったのだ。質問は年を越えても何ひとつ解決されないどころか、謎ばかりがいたずらに深まってしまう。三六五日で区切りを迎えるはずの一年が、僕たちにはもっと長い、だらりと伸びた蜘蛛の糸のように思えるのだった。

「でも、私が教えたとは、決して彼に言わないで下さい。約束してもらえますか」

「喋ると思う?」

「そうですね。少し心配性になっているみたいです」

それは恋のせいなのだろうか。それとも、何か別のものなのだろうか。メモを取りに家へ戻ってゆく彼女の細い肩を見つめながら、僕はそんなことを考えた。

こうしてその足で、由美子さんにもらったメモを頼りにアニーを訪れたのだが、そこは確かに、かつて晴美が住んでいた古いアパートの、全く同じ、二階のつきあたりの部屋だった。刺すような冷たい風が、鋭角に廊下を駆け抜けていた。

僕はその部屋のノックをする前に、もう一度メモを見直し、それから自分が何か勘違いしたのか、あるいは由美子さんの方が何やら勘違いしたのかと考えてみたが、どちらにしても有り得ない話だった。つまり、僕が半年前にここへ訪れたときには城戸さんに連れてきてもらった訳なのだし、由美子さんはかつて晴美がどこに住んでいるかなんて知っているはずもなく、ましてや住所までぴたりと一致するはずなどなかった。

そうなると、これはどういう偶然なのか。この偶然に、由美子さんの家のネコが消えてしまったことに何か関係があるのだろうか。その答は薄っぺらな扉の向こうに用意されているはずだった。相変わらず全体とアンバランスなチャイムを押し、僕はアニーが出て来るのを待った。アニーが今どんな仕事をしているのか知らないが、今夜は大晦日なのだし、きっとここに戻って来るはずだ。中からは微かに人の気配もした。

電気のメーターが三周としないうちに、ドアが開いた。しかしそれはアニーではなく、全く違う男の顔だった。狭い玄関の中で、彼は器用に片方の松葉杖だけへと重心をかけ、残りの一本は風で閉まりそうなドアに噛ませた。その姿は、傷付いた蜘蛛のようだった。彼は僕の顔を一目見るなり、昔からの友達のように気安く言葉を投げかけた。

「少し遅かったようだ」

「失礼だけど、貴方は誰ですか？　もしかすると人違いなんじゃないかな」

「お前もアニーを捜してここまで来たんだろう」

「アニーの友達ですね？」

「とにかく扉を閉めなよ。寒くて死んじまいそうだから」

彼の松葉杖は畳の上でギシギシと鳴り、まるで誰かの悲しみを踏みにじっているかのような音をたてた。真冬の森を進む足音のようでもあり、道に迷った靴底から聞こえて来る、不安げでヒステリックな音にも聞こえた。

「ごらんの通り、俺たちは一歩遅かったってことだな」

がらんとした部屋に立ちつくして彼は言った。よく見てみると、コートはおろか靴も脱いでいない。

「これで全く、彼の手掛かりはなくなったよ」

「彼ってアニーのこと？」と、僕。「貴方もアニーを捜してるの」

「そうじゃなけりゃ、こんな部屋に何の用事があるって言うんだ」

彼はオーバーな仕草でそう答えた。それは、いつも自分以外の誰かを全て小馬鹿にするタイプの人がよくやる、どこか鼻につく仕草だった。

「泥棒に入ったところで、この部屋には壁と床の他に、何も盗むものはない」

「どうして貴方がアニーを捜しているのか、それを聞いてるんだ」

「〝何のために〟だろう？　アハハ、アイツの口癖だ」

彼はそう言うと、きしむ窓を開けて外の空気を部屋に招き入れる。空気は鋭く、部屋中の汚れたものを削ぎ落としてくれそうだった。窓の外からは、がやがやと連れだって歩く人たちの喋り声が届いて、どうやらみんな年末の街に繰り出すらしかった。車を暖める音も聞こえて、そこに子供たちやら母親たちが乗り込む音も聞こえた。彼らは初日の出を見るために、これから遠出をするらしい。

松葉杖の男は、そんな彼らに少し眉間を寄せ、顔をしかめてみせてから、「何のためにだなんて、まったくもって上手い言い回しをするんだな」

と、つぶやく。「何のためにだなんて、一体全体、どこのどいつが答えられるって言うんだ。どこのどいつがその答を知ってる？　誰も、そんなこと判るはずがないじゃないか。それとも、お前に判るか？」

「貴方の言ってることが、僕には何のことだかよく判らない」

僕は玄関にそのまま立ちつくしていた。「それに、貴方がどうしてここにいるのかも判らない。僕はアニーを……つまり、僕の兄だけど、彼を捜してここまで来たんだ。まさか、違う人が出て来るとは思わなかったよ」

「俺に自己紹介をしろってことか？」

男は松葉杖をつきながらゆっくりと僕の方へと近づいてきた。この状態では、万が一のことがあったとしてもこっちに勝ち目があるのは明白なことなのに、それでもなぜかたじろいでしまう。彼が近づくにつれて、おかしな圧迫感を感じ始めたからで、それを口で説明をするのは難しいのだけれど、ちょうど、赤道直下の太陽の下で肌をさらけ出しているときのように、じりじりと表面だけが焦がされるような圧迫感だった。

しかし同時に同じ圧迫感でも、あの赤いコートの少年に感じた圧迫感とは随分違ってもいた。

「自己紹介してもいいが、それで俺のことを理解出来るとは思えないな。例えば俺が何の経歴も持たない人間だとしたら、どうやって説明する？　経歴も何もないから、ただ俺の生まれた場所を教えれば、それでお前は気が済むのか」

「それだけでも違うだろ」僕は扉に背中をぴったりとくっつけて言った。「貴方だけが僕のことを知ってるようだけど、それじゃ感じが悪いのも当然だ」

「自己紹介なんて、はなから全くのでたらめかもしれないぜ」

彼は笑いながらそう言った。「じゃあ、そうだな、俺は違う本からはみ出してしまった登場人物だ。誰だか判りもしない奴の物語に迷い込んでしまって、すっかり我を忘れている男だ。おかげでイライラしている。これでいいか？」

僕はその言葉に答えることなく、ただ、彼のことを考えた。もっと動物的に考えた。つまり、彼が味方なのか敵なのか、ただそれだけに集中して考えたのだった。しかし僕の頭からは、その答がどうしても絞り出せなかった。

「冗談で言ってる訳じゃないぞ」

「じゃあ、その貴方がどうしてこの部屋にいるのさ」

「それはつまり、俺もアニーのことを捜しているからだ。お前と同じような理由でな」

「僕はアニーを……」

「それは佐久間ナオミから聞いてる」

「佐久間ナオミを知ってるのか？」

「今のところ、知ってるな。もっとも俺が彼女の何を知ってるんだと問い詰められれば、どう言えばいいのか判らんが」

彼は手のひらで唇を隠すように、ククク と笑った。それでも、色白の整い過ぎた顔は歪むことはなかった。「要するに、彼女も俺と同じ人間だからな。誰かの物語に迷い込んでしまって我を忘れている女だよ。俺も、彼女も、結局は同じなのさ」

「佐久間さんの居場所を知っているのなら、僕にも教えてくれないか。今、何をしているのかだけでも教えて欲しい」

「何のために？　アハハ、またあいつの口癖だな。そう、何のために？　彼女のかけらを集めているからか」

「そう」

「残念だけど、お前には教えてやれないな。お前は別に、誰かの物語に迷い込んだ人間じゃあない。帰る場所だって持っているだろう。今のお前に佐久間ナオミの居場所が判るはずはないし、教えたところで、きっと見つからんだろう」

彼はそう言うと壁に手をつき、松葉杖を低い天井の方へと向けた。

「それに今、彼女はお前たちからずっと遠い所にいるよ。俺にも手の届かない、ずうっと遠い所にな。恐がって、一人だとそこから一歩も外に出ようとしない。外に出ると、また誰かの物語の中へ引きずり込まれそうになるから」

「それじゃあ、どうして貴方はアニーを捜しているんだい。彼女のことと何か関係があるからなのか」

「それはもっと違う理由からだ」

言うと彼は、さらに僕へと近づいてきた。「あの男のことが恐いからだろうな。あの男は、きっと俺を捜し当てる。だから俺から先に会いに来た訳だ。けど、見ての通り逃げられちまった」

「貴方が何を言ってるのか判らないけど、アニーはそんな危険な男じゃないはずだ。誰かに恐れられるタイプじゃない」

「昔の彼は知らない」彼は言った。「俺が言ってるのは、今の彼の話だ」

僕はじっと彼の顔を見つめていた。彼が一体、アニーの何を恐れているのか、全く判らなかったからだ。たとえ今のアニーがどのような人間に変わってしまったからと言って、この男が恐れるほどのものなど一体どこにあるのだろう。答を探そうとすればするほど、僕はどこかへ落ちてしまいそうになるのを感じていた。過去と現在と未来の不安が一度に押し寄せる森の中に迷い込んでしまいそうになり、そのたびに先へ進むことを身体が拒否するのだった。

「とにかく、俺は俺の個人的な理由から彼を捜している。そう簡単にお前に説明出来るものでもない訳だ」

彼はそこまで言うと、ゆっくりと玄関に降りて扉を開けた。「ところで、ネコがいなくなっただろう」

「由美子さんのネコのことかい」

「さあ、誰のネコかなんて俺は知らないが、とにかく、ネコがいなくなったはずだ」

「確かにいなくなったけど」

「そのネコのことは捜しちゃいけない。そいつは今、アニーと同じ所にいるから、捜しちゃいけない」

「あんたがどう言おうと、こっちもアニーを捜してるんだ。それに佐久間さんのこともね」

僕は言った。「もしそこに由美子さんのネコがいるなら、当然それも見つかるさ」

「その前に、金持ち蜘蛛には会ったのか？」

「何だって？」

「金持ち蜘蛛には会ったかって聞いてる」

「何のことかな」

「お前、あの少年とは会ったはずだろう？　だから金持ち蜘蛛には会ったかって聞いてるんだ」

「その少年には会ったことがあるけど、金持ち蜘蛛には会ってない」

「それを先に捜すといい。そうしないままであの男に会うと、今度はお前が森の中に迷い込むことになるぞ。自分の物語を見失ってしまう」

「僕の兄弟だ、そんな……」

「判ってる、判ってるよ。でも、きっとそうなる」

彼はゆっくりと扉を開けた。風通しの悪い部屋なのに、窓が開いているせいなのか扉を開けた途端に埃風が入り込んできて、部屋の中のものをまき上げる。ビリビリと何かが破れてしまいそうな音がするので、それが何なのか確かめてみると、壁に貼りつけられた古いカレンダーだった。

「とにかく、俺とお前はまた会うだろう」

男はアパートの廊下に身体を出して、そう言った。「そんな気がするよ」

「待ってくれ」

「蜘蛛に会うのなら、まずは晴美を抱くといい。お前だって、それを望んでるんだろう？

全て解決する世界は嫌いかな」

「何のことだか」

「じゃあな」

僕の答は埃風に連れさらわれて、そのままになった。男が松葉杖をついたまま、整然とした東中野の街並みに消えてしまったからである。真冬の街が持つ、くすんだあの灰色に消えてしまい、それ以上いくら目を凝らしてみても、きっと彼は見つからないだろうことぐらい、僕にも判っていた。


夜のカーテンが引かれた東北沢の家では、晴美が一人寂しそうにビールを飲んでいて、僕が帰って来るなり少し不満を漏らした。家には城戸さんもいないらしく、一人のまま新年を迎えたりしたら、その年は一年、寂しい年になってしまうからだそうだ。日頃突っ張って生きているわりには、そういうことを気に掛ける晴美も、考えてみれば確かに女の子なのだし当り前のことかもしれない。僕は今日会ってきた男のことを彼女に話したくなかった（と言うより、一体あの男の何を話すことが出来る？）ので、さっそく年越しそばの用意にかかった。

「とにかく、いい？　年が明けて、ゆっくりするまで外出禁止よ」

彼女は言った。すでに一人でいい気分に酔っているらしく、彼女はきっと来年もいい具合に年を送れることだろうと思う。僕も、そんな彼女と一緒に年を送れたらいいだろうと考えていた。少なくとも、あの男に会うまでは、そんなことを考えていた。

「気にする訳じゃないんだけどね、やっぱり、みんな一緒にいた方がいいじゃん。ねえ？　別に気にする訳じゃないよ、本当に。でもまあ、昔からうちはそういう家だったし、ほら、それでね、もし来年嫌なことがあって、それがこの正月のせいかなって、そんなふうに思うの嫌だもん。確かにお姉ちゃんは昔から、そういうのを全く気に留めない人だったけどね。でもよ、全然意味のないことだとしても、それで胸がすっきりするんだったら構わないと思うの」

一人で本当に寂しかったのか、それとも酔っているせいなのか、晴美はいつもより口数が多く、その話もどこかとりとめがなかった。そこで僕はさい箸を探しながら、「城戸さんはどこに行ったの？」と、それだけ聞いた。「あの人が他に用事があるなんて珍しいね」

「あ、それはね、髪の毛が気にいらなかったからよ。アンタ、襟足をあんまり短く切っちゃったでしょう。それで頭が全部前にずれたみたいになっちゃったから、急いで床屋に行ったの。年末だから、どこも混んでるだろうし、年明けにしたらって言ったんだけど、あの頭のまま新年を迎えるのは嫌なんだって」

彼女はクスクスと笑いながら、冷蔵庫を開けて次のビールを探した。正月用の買いだめのせいで、いつもならきれいに並べられている缶ビールも、今夜はわずかな隙間のいたるところに無理やり押し込まれていた。

「う〜ん、やっぱりビールはやめて、そろそろお酒にしようかな。アンタも飲む？」

「晴美。ちょっと聞いていいかな」

「何よ。私、靴下はちゃんと洗濯機の中に入れておいたでしょう」

「そういうことじゃなくて」

深鍋の中の白い泡を見つめながら聞いた。僕の言葉とは反比例するように、泡は消えても消えても、見えない鍋底からいくらでも沸き上がっていた。

「つまり、もし僕が晴美と寝たいって言ったら、どうする？」

「寝たいって、セックスしたいってこと？」

「そう言うこと」

「アンタねえ、若い男がセックスしたくなるのは仕方のないことだけど、もう少しマシな誘い方があると思うよ。そんなこと言われて、じゃあセックスしましょうなんて、言えっこないじゃあないの」

「そうだね。ごめん、僕が悪かった」

「何よアンタ」

「何が？」

「だからアンタ、私とセックスしたいんでしょう？　それで何がゴメンなのよ」

「いや、ちょっと僕もおかしかったんだ」

「何で私とセックスしたくなるのがおかしい訳？　もしかして、アンタ、失礼なこと言ってるんじゃないの？　失礼なこと言ってるんだったら、私も受けて立つよ」

「そんなつもりじゃないけど」

話がおかしな方向へ流れてしまい困り果てているときに、城戸さんがちょうど帰って来てくれて助かった。彼は照れ臭そうに台所へ入ってくると、自分の頭を撫でてみせた。僕も晴美も、先に驚いてみせるべきか、先に笑ってみせるべきかとっさに判断が出来ず、結局両方同時にやって、のどがつっかえる。

「いやね、もうここまでだと、全部刈った方がいいって言われて……」

「いやー！　ねえ、ちょっと触らせて！」

晴美は早速彼に飛びかかり、坊主刈りの頭を撫でた。城戸さんも、気立てのよい犬のようにされるがままにしていた。

「ちょっと、気持ちいいー！」

「城戸さん、わりと似合うよ」

「客観的な意見もいいですが、こうなったのはキミにだって責任のあることなんですよ」

「だって城戸さんが、どんな髪形になっても気にしないって言ったくせに」

「そうよ、そう。私も聞いた」

「だからって、限度があるでしょう」

彼は自分の頭を撫でながら、真っ直ぐに冷蔵庫に向かった。「とにかく、今日から髪の毛の話は禁句です。もう、今日は飲んで忘れてしまいたい」

酒で紛らわさなくてはならないほど坊主刈りが胸にこたえるとは思わないが、晴美もようやくそれで酒に付き合ってくれる相手が出来て嬉しいらしい。彼女は城戸さんの頭をしつこく撫でながら、

「そうだそうだー、坊主頭のことなんて、酒で忘れてしまえー」

と、まくしたてた。「ほら、アンタも飲みなさいよ。アンタにだって責任があるんだから」

「でも本当にさっぱりして、案外似合ってるよ、城戸さん」

「同情は要りません」

彼は缶ビールを開けると、ただでなくても狭い台所の床にぺったりと座り込んだ。それだけでも十分邪魔だったけれど、なぜだか今度は晴美がシンクに腰をかけ、また新しいビールを飲んだ。僕は鍋が噴きこぼれてしまわないよう、片手でしっかりそばをかき回していた。潜水艦の中で年越しソバをゆがいているような気分である。しかし、こうした狭い場所というのは何だか楽しくて、僕はおかしなことに微笑んでいた。そして微笑みながらも、心の裏側ではあの松葉杖の男のことを考えていた。あの男が僕に伝えようとしていたことを考えた。

あの男は一体僕の、それから僕の家族の何を知っていると言うのだろう。物語と物語の隙間に落ちてしまったと言った。そこから、まるで小説を読むかのように、この現実を見ていると言った。確かに彼の言う通り、彼自身、現実味の欠けた風体ではあったけれども、

そんな若者を僕たちは簡単に街でも学校でも見つけることが出来る。今までだってそんな人間と何度も接してきた。そういう時代だ。なのに僕は、まるで幽霊を見たような気分でいる。自分の影に突然驚くように、ありもしない何かに恐怖を感じていた。由美子さんのネコがいなくなったと聞いたときに感じた不安は、あの男から来たものなのだろうか。あの男の存在感のなさが、それを増幅させているだけなのだろうか。そしてあの言葉。

〝まずは晴美を抱けばいい〟……………僕は不意に、シンクに腰を降ろした彼女のことを強く意識した。

「正月に病気になると、その年一年、病気になるんだよ。正月に嫌な思いをすると、その一年は嫌な年になる。だからみんな、お正月は笑って過ごすの。城戸さんもあんまりクヨクヨしないで、笑って過ごしましょうね」

晴美は僕の思いなど全く気付かず、笑ってビールを飲むばかりだった。一瞬、彼女を恨めしくさえ思う。

「じゃあ、僕は来年一年、坊主の年ってことですか？」

「めでたそうでいいじゃない」

晴美がビールを高く掲げる。

「坊主にカンパーイ」

僕も一緒に乾杯をしながら、彼女を抱いている自分を想像してみた。すると想像だけが蛇のようになって彼女の身体に巻きつき、どこに牙を突き立てようかと悩んだあげく、結局は彼女の小さな脇の凹みに頭をはめこませて休んでしまうのだった。意味の判らない、どこか卑わいな想像を吹き飛ばすため、僕はますます鍋を強く突っつき回した。

一年がゆっくりと脱皮しようとしていた。

こうして何かを忘れようと飲み散らかし、いつの間にか眠ってしまった僕が、痛む頭を押さえて起き上がる頃には、すでに年が明けていた。僕も城戸さんもすっかり酔いつぶれてしまい、毛布をかけられたまま応接間に寝転がっていたようだ。誰一人、新年のカウントダウンも出来なかったということからして、おそらく今年も僕たちはこんな感じで自分たちの時間でもってゴロゴロと暮らすのだなあと思う。それはそれで幸せなことだとも思う。松葉杖の男が僕の胸に与えた不穏でいびつな空気も、いつの間にか少し中和されていた。

ちらかったテーブルの上を軽く片付けた後、顔を洗いに洗面所へ行った。すると、風呂場からザバザバと晴美が身体を洗っている音が聞こえた。どういう洗い方をしているのか見たことがないので判らないけれども、彼女が身体を洗う音は洗車マシーンよりずっと勢いがあるのだ。

「晴美」風呂場の彼女に声を掛ける。「今から顔を洗うから、急に上がってきたりしないでよ」

「ねえ、そこに下着が出たままになってるから、洗濯機に放り込んでおいて」

「そんなこと自分でやればいいじゃないか」

「だって、寒いんだもの。洗濯機の中に入れる暇がないの」

ここで口論しても仕方がないので、素直に下着を洗濯機の中に放り込んでおいた。もっとも、これだっていつもの話ではある。

「ここから何だけど」晴美はザバザバとお湯をかき回しながら言った。「新年おめでとう」

「おめでとう」と僕。「ところで二人とも、どれだけ飲んだの？　城戸さん、すっかりダウンしてるけど」

「私も、どこまで飲んだか思い出せないや。とにかく、すごく飲んだ。今、お湯に入ってアルコールを抜いてるところ」

「オジサンみたいなこと言うね」僕はそう言って、洗面台にお湯を張った。「この調子だと、みんな正月は布団の中か」

「それもいいじゃないの。私たちだけでゴロゴロしてられるなんて、幸せじゃない」

「それはまあ、そうなんだけど」

僕は洗顔クリームを使うつもりでキャビネットを開けて、そういえば余りに残りが少ないので昨日、捨ててしまったことに気付く。仕方がないので薬用ミューズを泡立てた。オレンジ色の泡を顔に塗りたくっていると、晴美が風呂場から妙な笑い声を立てる。軽いのだけれど、どこか薄っぺらで寂しげに聞こえたのは、風呂場の中で声にエコーがかかっていたからなのだろうか。

「アンタって本当に正直ね」

「何が？」

泡が目に入らないよう――ミューズが目に入ったときの刺激は半端じゃないのだ――、固く目をつむって話すと、なぜか口もとも硬くこわばった。

「僕が正直だって？」

「私たちだけでゴロゴロしようって言っても、嬉しそうじゃないもの。やっぱり、お姉ちゃんのことが気になってるんでしょう」

「別にそんなことないよ。ただ、みんな揃った方が本当はいいもんね」

「ま、そう言うなら、それでもいいんだけど」

そのとき、突然ドアの開く音がした。思いもよらなかった音に驚いた僕は、思わず顔を洗う手を休めてじっとした。

「ちょっと今、外に出てるから、顔を上げないで」

「何だよ、ちょっと、何」

「歯ブラシ取りにきただけ」

「風呂場の中で磨くの禁止だって言ってなかったっけ。湯船、汚れるから」

「新年早々、歯ブラシの話なんてしたくない」

僕だって別にそんなことを本気でとやかく言うつもりはない。晴美を意識しているせいなのだろう、何か話を続けていないと胸がつっかえて窒息しそうに思えたからだった。

「新年にまで言われる方も悪いと思うよ」

「ねえ、アンタさあ」

晴美がふと話を変えた。背中に、茹《ゆ》だった彼女の体温を感じる。甘い体温だった。

「アンタってさ、まだお姉ちゃんの〝かけら〟を探してる？」

「何だよ、脈絡もなく」

「新年だから、そこだけ本気で答えて。ねえ、アンタはお姉ちゃんのかけらを今でも探してるの？」

「晴美は探していないの？」

「私のことはどうでもいい。アンタはどうなのよ」

「多分、探してる」

僕の悪い癖。多分、探してる。多分、そうだったと思う。多分、そんな感じだったと思う。多分、好きだと思う。多分。いつだってグレーを好んだ。

「じゃあ、ついでにもう一つ聞きたい。アンタにとって私って何？　要するに、私もやっぱり、お姉ちゃんのかけらなの？」

「変なこと言うなよ」

「私は真剣に聞いてるでしょう。ね、私はアンタの何なの？」

「そんなこと言われても困るよ。第一、僕たちは半年近く一緒に暮らしてるけど、実際に晴美のことをどれだけ知ってるかって言われると、まだ何も知らないしさ。表面的なことならある程度は判るんだけど」

「もしも私たちにそのときが来たら、セックスをするかもしれないって、いつか私、言ったよね」

「そんなこと言ったっけ」

本当は覚えている。伊豆に皆で行ったとき、岩のアーチの陰で、キスの前後にそんなことを話した。「忘れたよ」

「言ったよ、私。絶対に言った」

「そう言われれば、そうかも」

「さっきがそのときだったのかもしれない」

急に背中が濡れた。晴美が裸のまま身体を寄せたらしく、背中に彼女の乳房が温かくつぶれるのを感じる。逆に僕の胸は凍りついてしまいそうだった。

「でも、そのときは過ぎちゃった。アンタ瞬間を取り逃がしちゃったの。残念ね」

「晴美?」

彼女は何も言わず、ただ黙ったまま身体を押しつけているので、僕の背中はますます湿っていった。うなじに額を押しつけているらしく、束になった髪の毛が僕の胸元にしなだれかかり、そこから滴が垂れていた。このまま振り返って彼女を見るべきか、あるいはそこからもっと進むべきなのかしらと思ってはみても、そうする前に一通り顔をすすがなくてはならず、その行為はどう考えても収まりが悪かった。

そうなるとミューズの泡に包まれたまま、じっと彼女の話に耳を傾けているしかない。

「ねえ、アンタって本当に優柔不断な男。男のそれって犯罪行為だよ」

「反省してる」僕は洗面台に顔を突っ込んだままで答えた。

「反省ついでに言うと、お姉ちゃんに恋してるなんて、それも犯罪行為。そりゃあもう、アニーとお姉ちゃんには何の関係がないとしてもよ、それはやっぱり感心出来る話じゃないよね」

「僕はやっぱり、佐久間さんのことが好きなのかな」

「アンタって、本当に馬鹿なのね」

彼女はそう言うと、後ろから僕の胸に手を回した。「自分の気持ちが自分で判らないなんて、どうかしてる」

「本当に判らないんだ。ただ、佐久間さんのことを知りたがっているのは確かだと思う。彼女が何のために家を出て行かないといけなかったのか、それがとにかく知りたい」

言い訳をしている最中に、晴美がため息を漏らしたのを聞いて、僕はそれ以上話を続けなかった。ため息は湯気と一緒になって、鏡を曇らせたことだろう。僕はそんなことを考えながら、じっと彼女の言葉を待った。ミューズが干乾びてきて、皮膚がひりひりとし始める。

「アンタにお姉ちゃんが扱い切れると思っているの？」

「思っていない」

「なのに好きだって言うんだね」

「そこが、一番判らないことなんだ」

僕がそう答えると、晴美は再び大きなため息をついた。

「男って、本当に馬鹿ばかりで嫌になるよ。食べ切れないって知っていても、みんな自分の皿に盛りたがるんだもん」

晴美はそう言いながら、ゆっくりと身体を離した。「ううん、女も馬鹿か。結局同じようなもの」

「そうかな」

「恋してる人間がみんな馬鹿なのかもしれない。きっとそう。私だってそうだったし、今のアンタもそうだし。それに、お姉ちゃんだってやっぱりそうだった。アニーと出会った頃は、本当に」

「その頃の佐久間さんやアニーのこと、知ってるの？」

「お姉ちゃんから来た手紙でならね。手紙にはアニーのことばかり書き込んでいた。今度こそ生まれ変わりそうだって、何度も書いてたなあ」

「全然知らなかったよ」

「でも結局は同じことだったのよ、アニーもお姉ちゃんも、お互いを持て余すようになっちゃったんだから。本当は、そんなこと出会ったときから気付いていたのにね。あの二人だもの、きっと。知ってるくせに、手に取ってみたくなったんだよ」

僕から完全に身体を離すと、晴美は風呂場のノブを滑る片手でガチャガチャやりながらそう言った。「食べ切れもしないのに、取りたがるの。アンタも、そういう感じなんでしょう?」

　僕は顔をすすいで聞こえないふりを続けていた。晴美も晴美で湯船に再び飛び込み、歯ブラシを動かして、さっきの質問を湯気とスペアミントの泡に包んで保留した。

　それでも僕が洗面所を出るときになって、泡に閉じ込めた彼女の言葉がひとつだけ弾けてしまう。

「でも、そうなると由美子さんのネコは見つからないよね。きっともう、見つからない。私には判るんだ。恋をしていないから、頭が冴えているのかもね」

　ずきずきする頭の中に、言葉の泡がしみとなって残った。

# 10　松葉杖の男（#2）

年が明けてから、晴美とぎくしゃくし始めた。

僕が、晴美と関係をする瞬間を取り逃がしてしまったからなのだろう。取りこぼしてしまった瞬間をちゃんと埋めておかなかったから、そこが二人ともシクシク痛むのだ。もちろん二人とも、そういう痛みを全く知らないような子供ではないので、どうにか意識しないように努めてはいる。かえってそういうことは痛みを長引かせるということも知ってはいるが、いざそのときが来ると結局同じことをしてしまうのは、若さのせいなのか、それとも性質なのか、僕には判らない。

とにかく晴美は、僕に対してよそよそしく接してくるようになった。出来る限り僕を男として意識しないように努めているからなのか（もちろん、もともと彼女が僕のことをどこまで男として意識していたのかは知らない）、表面的にだけ乱暴になり、それがかえって痛々しかった。僕が乱暴に扱われるせいではなく、彼女が彼女を乱暴に扱うからだ。

そして僕も、彼女を女として意識しないように努めた。するとこちらも、ただ乱暴になってしまったように感じたり、逆になれなれし過ぎじゃないかしらと戸惑ったり、これもまたかえってぎこちなさが目立つ。もともと初めから男と女の間に中性的な関係なんて成立しないのだ。自分が男であり、相手が女であると考えたそのときから、そんな関係は成り立たない。それは判っているが、無理な理屈ばかり考えて頭と心をすり減らしていた。きしみ始めている僕たちには、潤滑油が今すぐ必要だった。スムーズに日常の会話をやってのけるのに、城戸さんという油をこれまでになく必要としていた。

ところが彼と言えば、正月早々から東北沢の町をうろうろするので、昼間は家にいるのかいないのかも判らないような始末だった。日頃暇を持て余しているくせに、一体何だって表をうろついているのかと言うと、彼は人が少なくなってがらんとした町を行ったり来たりしながらネコを捜していたのだった。

第一目的のネコとは、つまり由美子さんのネコで、これは特別彼が頼まれた訳ではないのだけれど、自主的に捜しているらしい。美しいペルシャ猫であるから、ほんのちょっとでも見かければそれが彼女のネコだとはすぐに判るだろうが、そんなネコはついぞ見かけなかったそうだ。それでも懲りずに捜していたのには、もうひとつ目的があるからで、それもやはりネコだった。まるが死んでしまってから少し家も寂しくなったので、どこかでネコを捕獲してこようというのである。口では簡単に言うけれど、捕獲出来るようなネコがそうそう都合よく町を歩いているはずもなく、彼の言うように捨てネコでさえ、近頃では道端にゴロゴロ転がっているというものでもなかった。

いずれにしても城戸さんはネコ捜しに出ずっぱりになっていて、これと言って特別な用事も見つけられない僕と晴美は、ぎこちないまま一緒に応接間でゴロゴロとしているしかなかった。それでも芸能人を頭数だけ揃えたような退屈なTV番組にはさすがに我慢し切れなくなって、各自、無理やりに用事を見つけ、それをこなしていた。

僕がやったのは、一月の終わりから始まる後期試験の勉強。今まで正月早々からそんなことをやったこともないし、やるにしたって六年生の今では、勉強しないといけない科目もそれほどある訳ではない。それほどどころか、テストが行われるのは一科目しかない。カッコつけて言うなら「暇なのでテキストをぱらぱらと眺めてみたりする」で、正確に言うなら「暇なのでテキストを読みながらあれこれ佐久間さんのことを考えたり、こたつの中にある晴美の足の位置を考えたりしてみる」ということになる。

佐久間さんのことを考えるのは別に正月だけの話ではないので少なからず慣れてはきたけれど、こたつの中に放り出されている晴美の足については、触れるたびにこっちの気持ちが変になりそうだった。そうは言っても、ちょっと触れたぐらいで足をどかすのも、彼女を意識し過ぎているようだ。どっちにしても仕方がないので、晴美の足の下に敷かれたまま、しばらくそのまま放っておいたら、

「ちょっとねえ、アンタ、足どかしなさいよ」

と、彼女がじろりと僕をにらんだ。「寝てるの？」

「試験勉強してる。今年は絶対に卒業するつもりだからね」

「じゃあ、足をどかしてから勉強してよ」

晴美は冷たい口調でそう言うと、再び彼女の仕事に取り組み始めた。仕事と言ってもそれは単にイモ版の制作で、そういえば彼女が昔住んでいたあのアパートを初めて訪ねたときに使った年賀状にも、やはりイモ版が押されていた。どうやらイモ版を作るのは毎年の行事であるらしい。彼女が数日遅い年賀状を書いた相手は、劇団の友達とバイトの友達、それから故郷の友達と家族へ。全て合わせても十枚にさえならなかったと思う。それでも、干支の模様が彫られたイモ版のスタンプをひとつひとつ丁寧に押していた。模様はガタガタして、そんなに上手いものでもなかったのだが、きれいな青インクのスタンプは、晴美が大切な人たちのために使った時間を、そのまま色に置き換えたようだった。

「何よ?」晴美は言った。「何を見てる」

「そのイモ版、ここにも押してくれる? 教科書の端っこに押しといてくれないかな」

「こんなもの押したってどうにもならないじゃん」

「嫌ならいいけど」

「別に嫌ってもんでもないけど」

言うと、やけばちな感じで教科書のど真ん中にスタンプを押した。おかげで生産特化のテキスト部分が見えなくなってしまったが、僕はそれに怒ることなく、二人の関係を元に戻すきっかけにしてやろうと考えた。

「晴美さ……」

「ただいまー」

突然城戸さんが縁側から戻って来る。いつだって、見計らったように悪いタイミングで戻って来るのだ。「何だかねえ、捨てネコってのも、そう簡単にはうろついてないもんですねえ」

「子供の頃ならイヌでもネコでも、道端をウロウロしてたのにね」と晴美。「ペットショップで買えばいいんじゃないの？」

「お金を出してネコを買うというのも、何じゃないですか」

彼はそう言いながら、こたつの中に冷たい足を突っ込んだ。その途端に晴美が「ちょっと冷たいじゃない、止めなさいよ」と怒鳴ったところを見ると、熱を分けてもらおうと足をくっつけたらしい。彼女が駄目だと判って、すかさず僕の足を探していたようだが、すでに隅の方へ避難させていた。

「どうしても僕はネコにお金を払う気になれませんよ」

「まるみたいなネコが、またどこかにいるといいのに」

晴美はスタンプを押しながら、ふとそんなことを言った。その途端、僕は急にまるのことが懐かしくなった。梅の木の下で眠っている彼にまだ新年の挨拶をしていなかったことを思い出す。こたつから抜け出し、台所のクッキー缶の中に入っている海苔を数枚取り出して庭に出た。

まるの入っていたダンボールの分だけ盛り上がっていた土も、いつの間にか沈んでしまい、今では逆に小さな凹地になっている。僕はそこに海苔を数枚置き、一枚だけは自分でもそもそと食べながら、眠っている彼を起こさないよう静かに、静かに、お祈りをした。

　こうしてセンチメンタルに浸っていると、不意に隣の家の出窓に由美子さんがもたれていることに気が付く。僕たちの家を見下ろすふうでもなく、かと言って景色を見ているようでもなく、ただレースのカーテンに身体を巻き付けて繭のように丸まったまま、中途半端な視線を窓の先へ向けていた。彼女のような人なら、ただ誰かを見つめたり、ただ何かに見とれたりするだけで、すぐに相手を魅きこんでしまうだろうからして、意味のない視線は何だか美しさの無駄遣いのようにも思える。けれど、地球上で僕だけがそんな無駄遣いをしている視線に気付いているのだとすれば、それはそれで得した気分になった。

　すると、由美子さんも僕の視線に気が付いた。海苔を飲み込んで、どうもと挨拶をしようとしたら、彼女は分厚い冬用のカーテンを急いで閉めてしまう。暗くなった出窓には、あっけらかんとした一月の空が身軽に映り込んでいるだけだった。何だか知らないが、今は誰とも話したくない気分なんだろう。そう思って、とりわけ気にも留めなかった。実際そのときの僕が考えていたことと言えば、地面に置いた海苔が風に飛ばされてしまわないかしらということと、晴美の押したイモ版のことぐらいだった。

「ねえ、それにしてもキミたち、いい加減どこかに出かけませんか」

　応接間から城戸さんは不意に言った。

「行くってどこに行くのよ」

「スケートにでも行きませんか、スケートに。ねえ？　酒ばかり飲んでいるんですから、ここらで身体も動かしましょうよ」

そのとき僕は、城戸さんの頭の中に何やら考えがあるのではと訝った。そもそも彼は、自分からどこかへ出かけて行って、そこでわざわざ何かをするという考えを持ち合わせていない人だ。もちろん、何かの拍子で砂漠の真ん中にいれば砂遊びをするだろうし、海の真ん中で漂っていれば泳ぐこともあるだろう。けれども、砂遊びをするために砂漠へ出かけたり、泳ぐために海へ出たりするタイプの人間ではない。単なるずぼらな男だとも言えるし、好意的に言うのなら、幸福も楽しみも、全てが自分の足元にあると信じて疑わない人でもあった。そんな彼がスケートにでも行こうなどと言い出したのだから、何やら考えがあると僕が感じたのも当然ではある。けれど、そう感じていながら彼の提案にすんなり賛成した。どんな思惑があるにせよ、この狭い家で晴美と向かい合ってギスギスしていなくて済むというだけでも、何だかとてもありがたい話に思えたのだ。重心を取るのに忙しいスポーツなら、その間、ただ自分の身体のことだけを考えて過ごせるだろう。

晴美も、男二人で行かせるのはかわいそうだからという理由付きで、賛成してくれた。自分で賛成したくせに、何だか少し怒っているようでもあった。

高田馬場のスケート場へやって来ると、僕たちは靴を借りてリンクに降りた。正月早々だというのに、リンクの中央では美しい少女たちが、細い身体を鞭のようにしならせてフィギュアの練習をしていた。その周りを厚ぼったい冬服を着込んだ人たちがグルグルと滑り続けているのを見ていると、まるでここにいる全員が、彼女たちの舞台を回す歯車のように見え、それでいて悪い気持ちはしなかった。いっそのこと何も考えないでいられる歯車の方が、気楽でずっと快適に思える。けれど現実の人間はそれぞれに、いつも問題を抱えて、いつもあさっての方向へ回ったり止まったりしなくてはならないのだった。

僕も例に漏れず、リンクに降りてからというものずっと、晴美と二人きりで話せる機会を待ち望んでいた。互いの心のわだかまりを、この機会に解きほぐそうと考えていた。しかしなかなか好機には恵まれず、かと言ってわざわざ彼女を呼び出すのも不自然に思えた。

いつまでもリンクのフェンスにもたれたまま、スピンを続ける少女たちを眺めるはめになった。果たしてここまで二人きりになるチャンスが少ないのは、僕が何やら急ぎ過ぎており、そういういびつな空気を晴美も感じ過ぎてしまっているのかしらとも考えてみたが、見た限り、やはりいつもの晴美である。僕だって、それなりにはいつもの僕だった。そうすると何がおかしいのだろうと、一度頭の中をクリアにした状態で三人を見回してみた。

答はすぐに見つかった。城戸さんの行動がおかしかったのだ。彼も僕と二人きりになっている機会を待ち望んでいたのだ。試しに、身体が冷えてしまったからちょっとトイレに行って来るよと言うと、すかさず城戸さんもついてきた。もちろん実際には、二人とも大してトイレに行きたかった訳ではないので、申し訳程度に並んで立ち、申し訳程度に放尿して、そのくせ入念に手を洗いながら、時間を手繰りよせようとしていた。

城戸さんは、鏡に映った自分の頬をちょっとさすりながら、「そう言えば大輔クンね、この間何を話していたのですか」と、何気なさを装って僕に聞いた。

「何だか、由美子さんと二人きりで話していたようですが」

僕は少しあっけに取られていた。二人きりで話したいといった理由が、まさかそんなことだとは思ってもみなかったからだ。早く晴美と話し合いたい気持ちが先行し、じれったくなる。

「ああ、あれか。大したことじゃなかった。要するにネコの話だったんだよ」

「他に何か話をしていませんでしたか? アニーのことだとか、例えば僕のことだとか」

「特別には何もなかったな」

極力何もなかったかのような顔をしてそう答えると、城戸さんは「そうですか」と萎むようにつぶやいた。少し意地悪過ぎるだろうかと思いながら、手を乾かすのに使ったペーパーをゴミ箱の中に投げ入れようとしたとき、城戸さんは何だかもうひとつの決心をしたらしい。鏡の中の僕としっかり向かい合った。

「僕はね、ここはひとつもう一度粘ってみるべきじゃないかと思っているのですよ」

「粘るって?」

「だから、由美子さんのことです」

城戸さんは一語一語嚙み締めるように言った。「彼女がアニーのことを好いているのは知っています。それでも僕はもう少し粘ってみようかとも思っているのです。彼女のネコを捜して一日中町の中を歩くうち、そんな結論に達した訳なのですよ」

「でも、佐久間さんのことはどうなったのさ。城戸さんたちはまだ恋人同士のはずだろう?」

「もちろんそうですとも。それは判っています」

彼はますます、鏡の中の僕をじっと見据えた。何か強い信仰でも手に入れたかのようなしっかりとした目つきになっていた。

「ですが、もう止まらないのです。不道徳なことかもしれませんが、止まらないのです。誰に許してもらおうとも思ってはいません。多分、キミだって許してはくれないでしょう」

「僕には関係のないことかもしれないけど……」そう言った。「いや、多分、僕が意見を言うべきことじゃないね。ただ、確認してみようと思っただけ」

「僕のこういう気持ちに対して、仮にキミが軽蔑をしたからとしても、仕方がないことだと思っています」

「もちろん、いい気がしないっていうのは事実だけど」

「判っています。キミがそう思うのは、仕方がないことでしょう」

城戸さんはせっかく乾かしたはずの手のひらにもう一度滴を受け、指先で自分の唇を濡らした。

「でも、やはりこれが本当のことです。理性でなく、心で思っているのですから」

「判るよ、そういうことも」

「そう言ってもらえると嬉しいのですが、でも無理をして理解をする必要なんてないのですよ。心で恋をしているということはつまり、僕の本能によるということですから。僕の性質とキミの性質は違うので、理解が出来なくて当然のことなのです」

「じゃあ、由美子さんを好きになるってことに理由はないの？　本能で好きになるって言うのなら」

「もちろん、理由はいくらでもつけられるでしょう。けれど、そこを説明したくないのです。汚してしまいたくないのです。手付かずのままとっておきたいのですよ」

城戸さんはたまっていたものを吐き出すように、今は鏡の中ではなく、はっきりと僕の方を向いて話し続けていた。

「本当に、人の心なんてやっかいなものですね。空っぽだった方が、どれだけ幸せに暮らせたか判りませんよ。僕も馬鹿じゃありませんから。由美子さんがいつか僕の気持ちに応えてくれる日が来るだろうなんて、そんな楽観的なことは思っていないんです。自分でもよく判っているのですが、それでも恋ってのは別で、そういう事実を受け止めてくれないからやっかいなんですよ。勝手に行き着く所まで行きたがる。僕に彼女がなぜ必要なのか、あるいは彼女が僕のことを振り向いてくれなくても僕はそれで幸せだとか、そういう理由をいちいちでっちあげる必要もないのです。彼女のペルシャ猫を捜して、それが見つからないとしても幸せだという気持ちの他に、意味はないのです。さらにやっかいなんですが、この馬鹿げた気持ちが心地好いんですからね。もちろん、あくまでこれは僕の気持ちですよ。キミの性質からすれば、こうした考えに納得がいかなくなるのも当然です」

「確かに、必ずしも納得はいっていないよ。でもね、だからといって城戸さんを非難する気持ちにもなれない。どうしてだろう」

「それは恐らく――結局これも僕の意見なのですが――、君も僕とそうは変わらない部分があるからなのでしょう。自分では気付かないとしても、僕よりもっと本能的な人間の部分を、胸のどこかに隠しこんだまま忘れてしまっているのですよ」

「本能か」

「恋の話の最中は、〝情熱〟と言った方が判りやすいですかね？　擦り切れた言葉だとしても」

城戸さんは言った。「星野兄弟が秘めているものですよ」

「アニーはクールだ。由美子さんを前にしたときのこと、覚えているだろう？」

「そうでしょうかね？　元はきっと違うと思いますが。きっと本当の彼は、やはり情熱家だと思いますよ。僕が言うのもおかしな話でしょうが、何か中に秘めたものを感じていましたよ。そしてキミにもね」

「僕にしたって、自分が情熱家だとは思わないな。惚れっぽくはあるけど」

「つまり、佐久間ナオミと佐久間晴美のことについてですね？」

「まさか！」

いささか敏感に反応し過ぎたらしい。トイレの中では、自分でも驚くぐらいに声が反響していた。「おかしなこと言わないでよ」

「情熱を隠し続けることなんて出来ません。ただ、キミたち兄弟は、それを隠すように育ってきただけです。理由は知りませんがね、キミたちの場合それを表に出さない方が都合よいと、誰かが判断したのでしょう」

城戸さんはまた鏡の中を覗き込んだ。そしてこう言った。

「キミたちの情熱は、自分自身まで焼き尽くしてしまうほど強いものだったのでしょう。そういうふうに生まれついてしまったのです。だから、隠されたままにしているのですよ。けれど、漏れ出しても来るものです。そのときが来れば、キミが言っていたように、僕のことを本当に理解出来るのでしょうねえ……」

今度は僕の方が城戸さんの方を見つめていた。けれども彼はすっかり話し終えたらしく、鏡の中を見つめたまま、そこから視線を外そうとしなかった。そこで僕はひと足先にトイレから出た。胸のどこかが熱くて、火種を移してもらったかのような気持ちだった。冷たいリンクではあったけれども、そこだけはもう冷えることがないような、小さいけれどもしっかりとした熱だった。

そんなとき、いつの間にかリンクから上がり、ベンチで休んでいた晴美が、僕の姿を見つけ出した。彼女は訝しげな顔をして、「アンタたち、トイレ長いのねえ」と言った。こうしたことには、とかく鼻が利く彼女だった。

「それとも何か二人して話し合っていたの？　まあ、別にそんなこと私にはどうでもいいことだけど」

「トイレが混んでいただけだよ。滑り続けていないと、すぐに身体が冷えて駄目だな」

彼女の隣に腰を降ろしながら僕は言った。どこかまだ、よそよそしくもあった。

「晴美はもう滑らないの」

「私はしばらく休む。足が少し痛いよ」

「つま先の方を少しあけてやればいいよ。そうすれば暖まる」

「そう」

晴美は話す間もずっと手のひらに温かい息を吐きかけていた。指先がかじかんでしまったのだろうと思い、彼女の靴紐を解いてやろうと屈み込む。すると、僕の指が靴に触れた途端、彼女は急いで足をわきによけるのだった。

「自分でやれるから、いい」

「だったらいいけど」

元の姿勢に戻ってそう言った。

晴美は真っ赤な指先でもって、自分の靴紐を解こうと一生懸命になった。

「ただ、指が凍えてるんじゃないかって思ったからね」

「恋人同士みたいに勘違いされるのが嫌なの」

「……ねえ、晴美。最近の僕たち、何だかぎこちなくないかな」

「何よ、突然に」

「何だか判らないけど、ぎこちないような気がするんだよ。晴美の緊張が伝わって来るような感じがして」

「私は別に何も変わらないじゃない。ぎこちないって感じてるんなら、アンタの方がそうなのよ。私がぎこちなくなる理由なんてないもん」

「その、この間話したことでね、それで」

「この間話したことって何？」

「だから、佐久間さんの話」

「アンタが誰を好きだろうと、私には関係のないことじゃん」

「だけど、その日から何となく僕たちはぎこちないだろう」

「ねえ、ぶっちゃけた話すると、私たち、ぎこちなくて何がいけないの？　別にそうだからって誰も困らないのに」

晴美は紐をまだ解いている最中に顔を上げたので、片足の紐だけがだらしなく解け、床の上で溶けた氷の水を吸っていた。

「だけど、気持ちよくはない」

「気持ちよくなりたいんだったら、お姉ちゃんに頼めばいいよ」

「変なこと言うな。それに……」

「それに何よ？」

「何でもない」

「何でもなくはない。何よ」

「こう言うと、多分晴美は怒るんだろうけどね、僕はまだ佐久間さんのことが本当に好きなのかどうか、判らないままなんだよ」

「だから、何？　そんなこと私の知ったことじゃないでしょう」

「上手く言えないな。だから、僕は彼女に何を求めてるのか判らなくて、その前に、本当に何か求めてるのかさえも判らないんだ」

「セックスに決まってるでしょう。男が求めるものなんて、それだけだよ。若い恋って、いつでもそこへたどり着くじゃない」

「そんなことないよ。セックスなら、どこでどういうふうにも処理出来るもの」

「嫌な話！」

「言いたいのはね、僕はやっぱり晴美のことも好きなんだってことなんだけども」

「も？　アンタ、何言ってるの」

「その気持ちは自分でも判るんだ。ただ、佐久間さんに対する気持ちが、よく判らない。それでおかしくなってしまう」

「そんな気持ち、二つ一緒に持てるはずがない。本当の恋なら」

「でも、そうなんだから仕方がない。どうにか説明しようと考えたんだけど、そのたびに晴美に怒られそうな気がしてたんだよ。実際にそうなったし」

「つまり、何が言いたいの？　結局、お姉ちゃんのことが気になって仕方がないって、そう言う訳？」

「そうかもしれない」僕は言った。「それとも、晴美のことが好きだって、ずっと言いたかったのかもしれない」

「身勝手な話しないで」

「でも、身勝手な話なんだ」

それから僕たちはしばらく黙りこくった。話すべきことを話しつくしてしまったような気分で、一瞬の平和が二人の間に訪れたような気がした。けれどもそのうち、晴美の顔は見る見るうちに赤く煮えたぎって来て、ついにすっくと立ち上がった。

そして言った。

「憎らしい。何だか知らないけど、私はそういう気持ち」

晴美はそう言い捨てると、片方の靴紐が解けたまま、リンクに降りた。それが少し僕には不安だったのだけれど、彼女が滑り出すその先には、相変わらず滑り続けていた城戸さんもいたし、そのまま彼女が氷の上を過ぎ去って行くさまをじっと見つめていた。話し合いは上手くいったかのようにも思えたし、何もかもぶち壊しになってしまったかのようにも思えた。でも、それが何だって言うのだろう？　考え過ぎはよくないことだし、僕がやれるべきことはやった。みんな、自分にやれるべきことをちゃんとやっているし、それ以上のことは始めから出来るはずもない。もしも関係がもつれ合い、いつかちぎれてしまうようなことがあったとしたら、それはもう、始めからそういうふうに出来上がっているのに違いない。やれることをやったら、後はもう何も考えずにいることだ。

そこまで判っていながら、僕はやはり不安だった。晴美を知ってからまだ一年と経っていないくせに、彼女が消えてしまった生活のことを考えるだけでもぞっとしてしまうのだった。

そんなとき、不意に視界を誰かが遮った。リンクの先の晴美がよく見えるよう、頭をずらそうとすると、今度は肩を触られた。見上げた途端、心臓が冷えて縮こまった。

「女を口説くの、あまり上手くないようだな」

それは、つい数日前会ったばかりの男だった。アニーが住んでいたとかいうアパートにいた、あの男だ。嫌らしいほど白い顔は、忘れようにも簡単には忘れられなかった。

「冗談だ。そんなに怒ることもないさ」

「僕の後をつけて来たのか？」

「それだって別に驚くほどのことでもない。まさか俺がこの足で、本当にスケートを滑りに来た訳じゃないってことぐらい判るだろう」

彼の足をじっと見つめた。確かにまだ松葉杖をついたままであったが、ほんのわずかに目を離しただけで、誰もがそのことを忘れてしまいそうな雰囲気があった。それは彼の威圧感がそうさせるのかもしれないし、また逆に（この言い方が正確に伝わるといいのだけれど）彼がその足を必要以上に強調して見せるような仕草が、どこかにあったからかもしれない。

「さあ、とにかくここは寒くて足に悪いから、少し暖かいところに移って話をしようぜ」

「貴方と話す必要なんて、僕には何もないと思うな」

「話す必要なんて、今どき、どこのどんな奴もないさ。ただ、何か喋らないと落ちていきそうな気がするから喋るだけだろう？　それで十分だ」

僕の肩へ置かれた手に、さらに力を込めて彼は言った。

僕たちは連れだってストーブのある休憩室に入った。部屋の中はシューズのブレードにくっついていた氷が溶け出す臭いでいっぱいで、壊れた真夏の冷蔵庫に頭を突っ込んだようだった。男は柔らかなカーブで作られたベンチの、もっともストーブに近い場所へ座り、さっそく足を暖め始めた。僕はその隣に座ってスケートのかかとを床に打ちつけ、シューズの中に押し込められて痺れてしまったつま先に、少しだけ広いスペースを確保してやった。

十分につま先のスペースは確保したのだけれど、彼が何か話し始めるだろうと思って、僕は相変わらずそのままかかとを床に打ち付けていた。しかし、男がまず最初に話しかけたのは僕でなく、二人に向かい合うようにして、やはり一番ストーブに近いベンチに座っていた男の子にだった。潜水艦の窓のような眼鏡をした彼は携帯ゲーム機に夢中らしく、足にはシューズも何も履いていなかった。

「どうしてお前はスケートをしないで、こんなところにいるんだ？　そのゲーム、そんなに面白いのか？」

「面白いよ」

男の子は面倒臭そうにそれだけ答えると、視線を遮断するようにまた膝の上に置かれたゲームに集中し始めた。松葉杖の男も、それ以上しつこく話しかけることはしなかった。

「どうしてスケートをしないのにこんな所にいるんだなんて、俺が聞いてもどうにもならないか」

「僕に話があるとか言ってたけど、何だ?」

かかとを床へ打ち付けるのを止めてそう聞いた。「用がないなら、早くリンクに戻りたい」

「つれないことを言うね」彼は再び真っ白な顔を卑屈に歪ませて笑った。「じゃあ、単刀直入に聞くが、どうして晴美を抱かなかったんだ?」

自分の頬が真っ赤になるのが判る。それは恥ずかしさからではなく、怒りからだった。

「どうして僕が彼女にそんなことをしなくちゃいけないんだ。貴方に言われる筋合いもないだろう」

「抱く必要があるから、そう言ってる。事実、そのせいでアニーには会えなかった訳だ。お前が会えなきゃ、俺もまた会えない」

「この間もそうだったけれど、貴方は一番大事なところを端折《はしょ》って話す癖があるみたいだな。そこから説明してもらわないと、僕には全く理解が出来なくなる」

「由美子にはもう会ったんだろう? それなら理解出来るさ。彼女がどんなふうだったか思い出せば理解出来る」

「彼女に会ってはいない。ほんのちょっと、窓にもたれてたのを見かけただけだったよ」

「それで十分だ」

男は再び向かいの男の子に視線を向けてそう言った。「彼女の様子を見ただろう」

「僕とは話したくないようだったな。それが？」

「お前と話したくないだけじゃなくて、今は誰とも話したくないんだ。彼女が昨夜、アニーにされたことを思えば、それも仕方のないことだろう」

「アニーが一体何をしたって言うのさ。彼女に何を？」

「言うと、口の中が汚れてしまいそうだから、話せない。とにかくとてもひどいことだ。とても、ひどいことを彼女にしたんだ。昔、彼が佐久間ナオミにやったのと同じようなことをな」

「それじゃ何も判らないよ」

「言ったって、どうせその意味は判らないんだろう？」

「じゃあ、僕たちが話し合う理由もないね」

僕がそう言って立ち上がるような素振りを見せると、彼は松葉杖を僕のシューズの前に突き出した。

「そんなに知りたければ、言ってやる。あいつはペニスで脅したのさ。意味が判るか？」

僕は何も答えなかった。

「勘違いするなよ。言葉通りの意味じゃない」

それでも何も言わなかった。すると彼は唇の右端だけを押し上げて笑い、「知らない顔するなよ、ボク」と言う。「兄弟の話だ。お前にだって、その血は流れてるんだぜ？」

「意味が判らない」

「判ってる。お前は判ってるんだよ。ペニスで殴りつけるってことを、お前たちはよく知ってるんだな。アイツ、何をしたと思う？　あの子が……」

男はそこで一度、げっぷを我慢するように空気と一緒にして言葉を飲み込んだ。

「……待った。待てよ、俺の口が汚れる。俺は全てを話すつもりなんてないんだ。とにかく、ひどいことさ。だが、佐久間ナオミにとってはそれでよかった。いや、よかったっていうのはおかしいか。それで構わなかった。いや、それが好きだったのか？　俺には判らん。女のことは判らん。けれど、由美子にはつらいことだったろう。とても、ひどいことだ。心も身体も犯されるような気分だった」

「まだ僕には判らない。第一、どうして貴方がそんなことまで知ってるのさ」

「それは前に会ったときに教えたろう。俺は自分の本からはぐれて、この物語の中に放り込まれてしまった男だってな。言ってみれば小説を読むようにして、俺もこの物語を読むことが出来る。読むことも閉じることも、俺にとっては別に不思議な話でもない」

恐らく、僕は疑いの目を投げかけていたのだろう。一瞬彼の目の中に炎のようなものを感じ取ったのだけれど、再び冷たい氷の中に閉じ込められて見えなくなった。

「……俺を疑うのは無理もない。おかしな奴だと思ってるだろう？　でも、これだけは言っておくが、知らない物語に放り込まれてしまった奴なんて、いちいち数え上げればキリがないぜ。居場所の見つからないままの人間がゴロゴロしてるんだ。そういう人間たちは、ただ読み捨ての小説を読むようにして、この現実を読んでいる。現実には痛みも何もない、ただの物語だ。たとえば、目の前にいるあの子のように……」

彼はそこまで言うと、急に答を出してしまったらしい。僕にはどういうことなのかまるで意味が判らなかったのだが、立ち上がって、男の子のゲーム機を無理やりはたき落とした。

男の子も、一体全体、自分がどんな悪いことをしたのか判らなかったのだろう。彼を見上げたが、男の冷たい目の中に、どんな答のかけらも探し出せなかった。怒りのかけらさえ見出すことが出来ず、ただ黙ってそのまま次の瞬間を待っているしかなかった。

「お前は友達とスケートをしに来たんじゃないのか？」

男の子は何も答えなかった。

「親は？　兄貴はどうした？　一人で来たんじゃないんだろう。それなのにどうしてこんな所で一人ゲームなんてしてる？　お前も居場所をなくしたのか？　違う物語からはぐれてしまったのか？　そのゲームの中の、バカげた国で暮らしていくつもりか？」

たたみかけるような質問に、初めのうちは必死についていって何か答えなくてはならないと思っていた男の子も、ついに追い付くことができなくなって、ただの子供らしく泣き出した。もちろん、彼はただの子供なのだから仕方がない。

男の子の泣き声に圧倒されたのか、松葉杖の男は一度だけ椅子に座ろうとしたものの、再び立ち上がって、僕を外へと連れ出そうとした。多少はバツが悪く感じたらしく、男の子の頭を撫でてやろうとした。が、触られた途端にますます泣き出すので彼もそれ以上触るのを止めた。加えて、その激しい拒絶のせいで男の方もすっかり元に戻った。まるで小脇にでも抱えるように松葉杖をまとめると、

「とにかく、今のアニーはそういう状態にあるのさ」と言って、休憩室の重たいドアを開けた。「それでも俺は、まだ彼のいる場所には遠いんだ」

「アニーを見つけたとして、貴方は何をするつもり?」僕は聞いた。「アニーには、貴方のこと自体、一体誰なのか見当もつかないはずだ。そんな相手に向かって、一体何をするつもりだ」

「別におかしなことにはならない。ただ会って、それから彼を見るだけだ。佐久間ナオミが魅かれたとかいう男を、ほんの少しだけ見てみたいだけさ」

「佐久間さんがアニーに魅かれたのは、もう昔の話だ。今は……」

「判ってる。判ってるって言ったろう、俺はこの物語に参加しているんじゃなくて、読んでいるだけだって」

「何が判るって言うのさ」

「今は確かに、あの城戸っていう男の恋人なんだろうよ。だが、佐久間ナオミがあいつに

魅かれた理由なら簡単に判る。つまり、何のために愛したかが判るんだ。あの男は、錨なんだよ。この物語に留めてくれる錨なんだ。それは判る。判ってしまえば、俺はそれ以上に何の感情も持たないね」

男はそこで一息つく。一息つくというより、もう一呼吸分、余計に空気を吸い込んだようだった。「だがアニーは何だ？　佐久間ナオミはアニーを愛した。愛して、それを手に入れようとした。だが、アニーの何を？　俺じゃなく、アイツの何を？　同じ、物語の隙間で生きてきた人間なのに、何がどう違う？」

「アニーが、物語の隙間で生きてきたはずだ。お前はただ、目をつむっていたのさ」

「いつからか知っていたはずだ。お前はただ、目をつむっていたのさ」

男はそう言いながら重たいドアを再び開けると、休憩室の中にいた男の子を振り返って見た。相変わらず泣き続けていて、その声は圧倒的な力でもって彼の神経に触るらしい。眉をひそめ、吐き気を我慢しているような顔で話を続けるのだった。

「だからお前は、アニーを本当に見つけ出したいと思っていない。理解し切れない何かがあるからな。今の暮らしの方が、ずっと性に合っていると思っている」

「何言ってる、帰って来て欲しいんだ。アニーがいた頃は何だって上手くいってた。貴方は知らないだろうけど、本当に何もかも上手くいってた」

「アニーのいる家が、お前にとっては全てが解決する場所だって言うことか」

「全てが解決するも何も、問題さえ起きなかった」

「俺はずっと探し歩いているが、そんな場所にはついぞお目にかかれなかったね。もともと、そんな場所はないのかもしれない。始めからそんな場所なんてどこにもなくて、ただ俺に出来ることは、目をつむっていることぐらいなのかもしれないな。ちょうど、今までのお前のように」

「いい加減にしろ」ついにカチンときて、強い調子で言った。「僕がいつ目をつむっていた？」

「そうかな？　お前はお前の中にいた〝金持ち蜘蛛〟を見ないで過ごしてきたんだろう？　見ないでと言うより、飼い慣らしてきたつもりだったんだろう？」

「そんなもの自体、感じたことがなかったぞ、あの男の子に会うまでは。貴方も会ったことはあるんだろう、あの、赤いチェックのコートを着てる男の子に。彼に言われるまでは何も感じたことがなかった」

「それでもいつからか、かけらなんかじゃ我慢が出来なくなった。お前は結局、佐久間ナオミを欲しがってる。だから俺は聞いてるんだ。アニーを捜し出して、またお前は自分の中の蜘蛛を飼い慣らそうとするのか？　それとも、いつかは佐久間ナオミを手に入れるつもりか？」

「そんなこと考えたこともない。僕はただ、目の前に何か起きたら、それに対処して生きてきただけだ」

「お前のペースが許されていた季節なら、それでもいいだろう。でも、忘れるんじゃないぜ。背中を押されるのをいくら嫌がっても、いつかは押されるんだ。お前がいくら足を踏ん張ってみても最後には押し出されて、まるで自分とは関係のなかった物語の中に放り出されてしまうのさ。もっとも、お前はもう放り込まれているようなものだけどな」

彼は冷たい口調を全く崩さずにそう言った。「最後にこの物語の中から一体誰が抜け出せるのか、それはちょっとした見ものだな。ハッピーエンドで終わる詐欺師ってのをみてみたいもんだ。でも、金を賭けたぐらいでは、勝負にならないだろう？　賭けに勝って物語から抜け出しても、負けた奴から金を取り立てることが出来ないからな。もう、二度と会えなくなってしまう。きっと、もう会えない」

「いやに自信があるんだな。貴方だけ抜け出せると思ってるのか」

僕の質問に彼はちゃんと答えず、黙ってドアを閉ざした。曇ったガラスの向こうでは男の子が相変わらず泣き続けていて、それはまるで実験室に閉じ込められて慌てるネズミのようにも見えた。けれども、ドアが完全に閉まってしまうと、後はもう氷の削れる音と、大勢の人々がはしゃぐ声しか残っていなかった。彼がどれだけ大きな泣き声を立てたところで、それに気付いてくれる者はいなかった。物語と物語の隙間に落っこちて忘れ去られたように。

「とにかく、もう一度言っておく。お前は晴美を抱くんだ。そうしないと、物語が前に進まない。進まないまま、錆びついてしまう」

「そんなことは出来る訳がないだろう」

「それでも結局、抱くんだ。お前が一番よく知ってるはずだけどな」

「いいか？　僕は……」

「晴美の足でもさすってやれよ」

男は意味の判らない言葉を言い残すと、リンクのまわりに敷かれた人工芝の上へ松葉杖をつき、網目に引っ掛からないよう慎重に足を前に出した。僕にはそのとき、彼から聞き出したい何かがまだたくさん頭の中に残っていたのだけれど、もう男には振り返る気配がなかった。

もう一度かかとを床に打ち付け、それから晴美たちを捜した。リンクの上には二人の姿はなく、ただ、フィギュアの練習をする少女だけが目に留まった。大きなスピンに失敗した少女は、冷たい氷の上にしばらくうずくまっていた。

ふと、彼女はもう立ち上がれないのではないかと思ったのだ。

東北沢の家に戻ると、真っ先に晴美の足首を診てやった。紐が解けたままの靴で滑ろうとして、軽く足をひねってしまったらしい。少し痛むそうなので湿布を貼ってやろうとしたが、彼女は僕にやってもらうのを嫌がり、救急箱を持ったまま部屋に閉じこもってしまった。本当を言えば、さらに痛ましかったのは城戸さんの方だ。彼はあごの部分に随分とおおげさなガーゼを貼り付けられており、それは、晴美が氷の上で転倒したときに道連れをくらったものだった。あごを氷の上に強く打ち付け、切ってしまったのだ。けれども傷を負っているときの彼は、むしろいつもより行動的だった。替えの包帯を自分で買いに行ったり、洗面台の下からマーキュロを見つけてきたりする姿を見ていると、何だか台風でも近づいてきたかのように、どこか溌剌とさえして見え、心配も吹き飛んでしまう。

その分、僕はますます晴美のことばかり気に掛けた。

夕食の時間になっても晴美は部屋から出てこなかったので、おにぎりでも握って部屋へ運んであげようかと伝えに行った。すると彼女はくぐもった声でもって、「今は何も要らない」と部屋の中から答えるだけだった。彼女に何があったのかは知らないが、とにかくこうなってしまったのには少なからず僕にも責任がある訳なので、それ以上には追及しないでおいた。そっとしておくのが一番なのだろう。

仕方がないので、城戸さんと二人、静かな夕食を摂ることにする。二人だけだと何となく会話がもの足りず、TVの助けを借りるために応接間のテーブルで食べた。城戸さんは、あごのガーゼを手で押さえ付けるようにしながら、ハヤシライスをもそもそと口に運んだ。

「今日はハヤシライスでよかった。あごを強く動かすと痛いものですから」

「まだそんなに痛い？　もし痛みがひどいなら、一度大きな病院で診てもらった方がいいよ」

「あまり続くようだったらそうしましょう。ところで晴美クンの方は大丈夫でしたか？」

「何だか僕にもよく判らないんだよ。どうしてあんなふうにふさぎ込んでるのか」

今日、彼女と話した内容については黙っておいた。

「でも、その理由が判らないといけないということもないでしょう」

「いけないって何が？」

「だから、彼女を診てやるのに、何もそこまで知らなくても出来るってことですよ」

「診てやるって言っても、湿布を貼ってやるぐらいしか出来ない」

僕は口もとに運んでいたスプーンを皿へと戻しながら言った。

「それに、彼女がふさぎ込んでいるのは足首のせいじゃないってことぐらい、僕にも判るよ」

「だったらなおさら、キミ以外に誰が診てやれるんです」

城戸さんの言葉に、僕は少し驚いた。「僕だって、足首の話をしているのではないのですよ」

「そりゃあ彼女のことを心配ではあるよ。でもね、調子の悪いときの彼女を知ってるだろう？　いくら何を聞いたって、話してくれるような子じゃないもの」

「話す必要はないでしょう、キミたちの場合」

「僕たちだって、そこまで仲が良い訳でもない」

「でも、彼女はキミのことを好いているでしょう？　気付いていたはずですよ」

「晴美が僕のことを？　城戸さん、どうかしたの。頭でも打ったんじゃないかな」

「確かにそうですねえ、こんなことを言い出してしまうなんて」

城戸さんは皿の中を見つめてそう言った。「それじゃ頭を打ったついでに言うと、もし貴方が彼女の気持ちに気付いていないんだとしたら、それはそれで罪ですよ」

「罪だなんて大げさな。第一、もしもそうだからと言って、僕にはどうすることも出来ない。口を出せる場所なんてあるはずもないさ。恋人たちにだって、互いに口を出せない場所があるんだ。そうじゃなければ、なおさらじゃないかな」

「どうして、そういうところだけ物分かりのいいふりをするんです？　かえって晴美クンを傷付けてしまいますよ」

城戸さんは、一度口もとへ運んだスプーンを戻した。ただしネコ舌の彼の場合、単にスプーンの中身を冷まし忘れただけのことだ。

「物分かりのいいスタイルは格好もよくて、自分は傷付かないかもしれませんから、確かにいいものでしょう。でもね、その生活はとても味気ないものです。僕がそうだったから判るんですよ。案外、相手を傷付けてしまうものですし、味気ない生活はいつか自分まで傷付けることになります」

僕は何も言わずに食べ続けていた。ときどきスプーンに前歯がカチカチと当る音がTVのCMの間に挟まって聞こえると、ますます静けさが増すように感じた。

「僕も昔は、本当にそういうタイプでしたよ。直っていたのですが、佐久間クンと付き合うようになって、そんな昔の自分が甦ってきたんですね……彼女はそれを臆病の虫だなんて笑っていましたよ。でも、そうなんです。臆病の虫なんです。僕はもっと彼女にしがみついて、引っ張りまわせばよかったのかもしれません。彼女がいなくなりそうな予感を感じたとき、恥ずかしさなんて忘れて、すがりつけばよかったのかもしれません。でも僕はそのとき、自分にこんなことを言い聞かせていたのです。仕方がない、好きな人がそう感じているなら、それは僕に何かが足りなかったせいだなんてね。だから僕はいつも、彼女のことを少し距離を置いて見ていました。そして、それが知らないうちに彼女を傷付けてもいたのです。臆病の虫が出てきたんですよ。どこかで、こうありたい自分、格好のいい自分で動いているんです。自分の中身を見られるのが恐いんです。自分でも恐いですから。彼女の足元にすがりついているかもしれない、そんな自分の姿を想像しただけでも恐かったんですね。だから、佐久間クンはアニーと完全に関係を絶てなかったのでしょう。僕では力不足だった。関係を完全には絶てなかったのです」

城戸さんはそこまで話すと、もうすでに冷めてしまっているのに、思い出したようにスプーンの中身に息を吹きかけ、それからもう一度口へ運んだ。

「……関係を絶てないっていうのは、アニーがまだ佐久間さんの支えになっていたってこと？　つまり、心の」

「支えというなら、むしろ僕なんでしょう。彼女が脱線してしまいそうに感じるとき、そんなときには僕が必要だったのでしょう。でもね、僕のような生き方では、支えにはなっても、根本から折り曲げるようなことは出来ない。支えてはあげられても、結局傾いているのです。でもアニーは違うでしょう。アニーは、根本から折り曲げてやることが出来るのです。もちろん、それはとても乱暴かもしれませんね。曲げてもらった人の根本が、ぽっきりと折れてしまうこともあるかもしれない。全てはアニーの力加減次第なのです。けれど、男には少なからずそういう部分が必要なのですよ」

「佐久間さんが、そんなふうに支えを必要にしたりする人だとは思えないな。もっと、強い人だよ。きっとね」

「佐久間クンが強く見えたのは、きっとその陰にいつもアニーがいたからであり、また僕がいたからでもあったのでしょう。彼女の本心を判ってやるには、確かにとても時間のかかるものではあります。もうひとつ、大きな視点から彼女を愛してやらなくてはならない。でも、貴方はもうそろそろ、そういうことが出来るはずですよ。違いますか?」

あっけに取られて何の言葉も返すことが出来なかった。城戸さんもそれを判ってか、違いますかと僕に聞いておきながらも、後はただちょっと微笑んだだけで、また元の彼に戻った。初めて彼を見たとき、どうして佐久間さんはこんな人を恋人にしたのだろうと正直に思ったけれど、何となく今は判るような気がした。ほんの気紛れなどではなく、本当に心から、と言うより本能から彼を愛したのだなと、そんなことを思った。

今夜の出来事のように、人はときどき、自分の隙間を見せてくれることがある。そういう隙間というのは何だかとても愛しく、その本人が去ってしまってからも香水のようにいつまでも残っているものだ。だからその夜、ぼくは珍しくウイスキーを飲んだ。城戸さんはもう部屋で眠ってしまったので、一人だけで飲んだ。もっとも、僕はたいていウイスキーを飲むときは一人なのだけれど。なぜかと言えばこの酒が、愛しさだとかせつなさだとか、そういった全ての感情を一緒に飲み下す手助けになるからだろう。ビールのように洗い流してくれるのではなく、感情を飲み下すことが出来るから。

ある程度アルコールに浸って舌がちょっと痺れてきた頃、ふとトイレに立った。しかし、立ち上がってみると、自分がまるでトイレなどに行きたかった訳でないことに気付いて、それなら僕はどうして立ち上がったのだろうと、素面《しらふ》であればとてもありえないようなことを真面目に考えた。

そのまま晴美の部屋に向かった。

酔っていたからだろう、ノックをするのも忘れて彼女の部屋を開けた。けれど晴美はそれに何も文句を言わず、黙ってそのままベッドに寝そべっているだけだった。仰向けになって、佐久間さんがこの部屋に置き放しにした本を読んでいた。タンブラーをカーペットの上へ直《じか》に置くと、僕もその横へあぐらをかいて座った。

「お腹、本当に減っていないの？」

晴美の横顔にそう話しかけた。「一日じゅう、その本にかじりついてる」

「アンタ、酒臭い」

「酒を飲んでるんだから、そりゃまあ、そうだろうな」

わざと晴美の顔の横に、頭だけを置いた。重みで枕に入ったビーズが流れる音がした。

「さて、何をしようか」

「何が？　私、何も頼んでなんかいないじゃない」

「でも、僕にだって何か出来ることはあるだろう。遠慮なく言ってよ」

「本当に酔ってるんだ」

晴美は本を腹の上に載せ、僕の方を向いた。随分近くに彼女の顔があったが、その夜は恥ずかしさを感じなかった。

「酔っている人間と話なんて出来ない？」

「別に酔っていなくても話なんかしない。私の問題は私だけのものだもの。ただ、解決する瞬間みたいなのを取り逃がしたら、本当に何もかも難しくなるのがつらいだけ」

彼女が唇を動かすたびに、耳の下でビーズが揺れているのが聞こえた。砂の中で話をしているようだ。

「でも、それだって仕方がないんだろうけど。最初から、そういう物語になっていたんだもん」

「本当にそうなのかな。物語っていうのは、本当に最初から用意されていて、僕たちはそこから抜け出すことが出来ない？　僕たちは物語にそって生きていかなくちゃいけない？」

「ねえ、私、哲学の話なんて聞きたくもないし、したくもないのよ」

「哲学の話なんてしてない」僕は言った。「ただ、晴美とキスをするきっかけを探してるんだ」

自分に驚いた。何だってそんなことを言い出したのか判らない。言葉の検閲官までウイスキーを飲んで眠っているかのように、唇が緩んでいた。僕が突然そんなことを言い出したのに晴美はもっと驚いたのだろう。一瞬ではあるけれども、瞳を大きくさせた。

「言ったでしょ。貴方はもう、瞬間を取り逃がしたって。それに今は、憎らしいの」

「それでもキスは出来るだろう」

僕はそう言って晴美の方へ唇を寄せたが、彼女は壁の方を向いてしまった。起き上がって身体ごと壁際の方へ寄せていくと、またしても晴美は反対の方向を向いた。

「僕とキスするのは嫌？」

「嫌だよ」彼女は言った。

「じゃあ、無理にはしないよ」

そう言って、ゆっくりと彼女の肩をさすった。やがて彼女は僕の手に自分のそれを添えた。手のひらは冷たく、アルバイトのせいで少しガサガサとしている。おかしな時間だった。二人とも次の手が何かと読みながら、それでいてずっとこのままでも構わないとも思っている。ただ、それではとてもいびつな感じがするから、転がるその先を探していた。きっと、このままでいることは出来ないのだろう。空気に触れた鉄は必ず錆びる。そして発熱する。なぜそうなるかと言えば、そうなるように出来ているから。僕たちだって、きっとそんなものだった。

彼女の肩をさするのを止めて、手のひらを握った。レスリングのようにして両手を握り、それからゆっくりと彼女の腕を頭の上に持っていった。晴美は鉤で吊されたような格好になった。僕に厳しい目を向けていた。その目にとても耐えられなかったので、彼女の唇にキスをしようとした。

「本当に止めて」

晴美はまた顔を背ける。けれど僕は首筋にキスをして、強く吸った。目を離してみるとそこには跡が残り、僕が彼女に押したスタンプのようだった。むせ返るような晴美の甘い匂いが温められた胸元から上がってきて、その先を探った。ブラジャーの上のレースが見え、胸元には夏の日焼けのせいか可愛いソバカスが出来ていた。僕はそのソバカスにもキスをし、身体を彼女の隣に這わせた。彼女の片手を身体の下に敷き、もう片方の手はそのまま頭の上で押さえつけておいた。自由になった手でもって彼女の服の胸元をさらに押し広げた。大きな谷間が見えたので鼻先を押しつけた。

二人とも息が上がり始めているのを感じていた。

しかし、あまりに強く押し広げたものだから、洋服のどこかがほつれてしまったらしい。ぷつりと糸の切れる音がした。僕は本当に、頭の血管がどこか切れてしまったかのような気がして胸元から顔を離し、また晴美の顔を見る。彼女は顔を背けるのを止めて、僕の方をしっかりと見つめていた。

「……どうしてこんなことするの?」

僕は何も答えず、問うた唇を自分の唇で探った。片手は彼女の腹に滑り、それからジーンズのボタンを外して、股間へと真っ直ぐに落ちていった。ジッパーを手くびで押し開げながら彼女の恥毛の中を指は進み、陰門へとたどり着いた。さらにその奥のしっとりとした分泌液を中指に絡ませると、全体を揉み解すようにゆっくりと谷間にそって指を上へ動かし、クリトリスまでの滑らかな滑走路を作った。奥深いアヌスのそばとクリトリスのところに指が近づくたびに、晴美はンンと言葉を噛み殺し、押さえつけられた方の手に力を込めた。

僕の手のひらからついに逃げた彼女の手は、ジーンズの中へ入れられた手を阻止しようと伸びたけれど、そのたびに僕は指先へと力を込めた。やがて、彼女は腕を僕の肩へ載せた。それを感じてから、僕は彼女の手を両方解放してやった。

後はなるようになるだろう。事実、それ以外に何が出来たのか。鉄は必ず錆びるものだ。発熱しながら。

寒さで手のひらが冷たくなるたび、僕たちはお互いの股間へ指先を伸ばして暖めた。キスのし過ぎで鼻の下が少しひりひりとしたが、その痛みは心地好いものだった。彼女は布団の中に潜って僕のペニスを何度も唇に挟み、そのまま果ててしまうと今度は僕がお返しに潜っていった。潜ると、彼女が痛めた足首に貼った湿布の匂いで、鼻がすうすうと冷たかった。筋肉が動くのが判り、晴美がベッドの下で踏みつけられたクリネックスの箱へと手を伸ばしているのを知った。静かに紙の中へ僕の性液を吐き出す音がして、丸めたそれをベッドの横へと投げ捨てる音が続く。

セックスは明け方まで続いた。中断されたのも、とりわけどちらかが音を上げた訳ではなく、たまたま僕が潜る順番のとき、顔を載せた彼女のお腹が、ぐうと大きな音を立てて鳴ったからだ。それで彼女が笑い出し、僕も布団から顔を出して一緒に笑った。

「何か食べるものを持って来てあげるよ」

足元に丸まっていたティッシュの数を数えながら、僕はそう言った。

「いいの、もう少しここにいて」

晴美は言った。

「すぐ戻って来るよ。大した物を作るんじゃないんだから」

「ここにいて」

彼女があまりにそう言うので、僕は一度出した足を再びベッドの中へしまい込んだ。すると晴美は僕の胸に頭を載せ、乳首にキスをしてからこう言った。

「満足したのか聞かせてよ」

「よかったよ、とても」

「そんなことじゃなくて」

彼女は、夜通し起きていたせいでかすれた声でそう言った。そうなると、佐久間さんの声にそっくりだった。「これで、アンタがどれだけお姉ちゃんのことを愛しているか、自分自身でも判ったでしょうって聞いたの」

「どういうこと?」

「お姉ちゃんに代わって、私がアンタを抱いたの。でも、いいんだ、それで。これが私たちの物語だもん。最初から全部判っていたじゃん」

「そんな」

「結局、あの人を愛してみるより他はないみたいね」

晴美は言った。二人の会話が止まった。彼女は、それ以上の話は聞きたくないとでも言うように、静かに目をつむっていた。

そして僕は、今日会ったあの松葉杖の男のことを思い出した。結局、あの男の言う通り晴美を抱いた。そこからじゃないと始まらないと、彼は言っていた。それはこういうことだったのか？　僕が佐久間さんを愛しているのだと気付かせるために？　知らない物語の中に迷い込んでしまった佐久間さんを、それでも愛していると気付くため？　彼女をその物語から連れ出してやるため？

僕はそんなことのために晴美を抱いたのだろうか。

そんなことのために晴美は僕を抱いたのだろうか。

裸にならなければ判らないことなのか。このおかしな感覚は何だろう。乾いた晴美の性液の匂いとは別に、生臭い感覚だ。僕は気付かぬうちに自分の指をすり合わせて、鼻の下に指先を運んでいた。そこにはやはり晴美の匂いしか残っておらず、僕が感じた生臭い感触はまた別のところから不意に訪れたようだ。

これは、佐久間ナオミの感触？　僕が愛する、佐久間ナオミの匂い？

――すると突然、胸の中をワサワサと何かが移動するのが判った。

胸の上に頭を載せた晴美に、その音が聞かれはしなかっただろうかと思ったけれど、彼女は疲れ果てて、緩やかに眠りの中へと落ちていく最中だった。僕たちの物語は、どこへ転がっていくのだろう。考えれば考えるほど、胸の中の何かはますます力を増してワサワサと踊っていた。

彼女におやすみのキスをしようとして、止めた。僕たちは、本当に瞬間を取り逃がしてしまったのだ。身体を寄せ合っているうちに、彼女はそれに気付いていた。僕も。

# 11　地下鉄・三番ホームからやって来る人々とは？

——あれからお変わりないですか？　年賀状を書こうと思ったのですが、一言で何を言えばいいのか判らなかったので、結局手紙を書くことにしました。でも、手紙にしたところで何を書けばいいのか判りません。何度書いても何度書いても言いたいことが少しも言えず、そのたびに紙を丸めていたら便箋がなくなってしまいました。

それで新しい日記帳を破って書きつけています。その方が少しは気持ちも落ち着くかと思ったし、破って構わないページがたくさん余っていますから。日記は私のそばにいつもあるのですが、未だに一ページも先に進んでいません。それまで書きためていた日記はアニーに送ってしまい、新しい日記は前に進まず、過去を誰かにかすめとられてしまったような気持ちでいます。私の日記は全く前に進みません。だから破るページはたくさん残っているのです。

まるが死んだことを聞きました。あの、梅の木の下に埋めてくれたそうですね。まると最後に会ったとき、何となく彼が苛立っていて、私の手を噛もうとしたのを覚えていますか？　本当のことを言うと、あのとき私には、まるの考えていることがおおよそ判ってはいたのですが、そのときはまだ貴方に話す時期ではないと思って、何も言わなかったのです。怒らないで下さいね。本当に、あのときはまだ貴方に話す時期ではなかったのですから。ただ私にも、まるが何のために死んだのかは、まだ判りません。

まるが死んだ日、彼は泣いていましたか？　それとも雨が降っていたのでしょうか？　私はどうしてもそれが知りたいのです。貴方なら知ってるかもしれないと思って、こうして手紙を書いたのです。なぜそれが知りたいのかというのを伝えるのは、とても手紙では無理です。もちろん、話せるとも思ってはいません。何らかの瞬間に、恐らく全て伝わるでしょうし、その瞬間がないのなら何ひとつ伝わらないでしょう。それでも私は、まるの死んだときのことが知りたいのです。

会いに来て下さい。待ち合わせの場所は高田馬場駅、改札口前——

佐久間さんから来た手紙は本当に日記帳を破ったものらしく、紙が厚くて、ブルゾンのポケットにさえ収まりが悪かった。一緒になって青いスウィシュマークがだらしなく伸びていた。それでポケットの上からもう一度手紙を押さえ付け、折り目をしっかりと付けてみたのだけれど、結局は同じことだった。どのみち本気で折りたたむつもりなどなくて、駅構内を通り過ぎて行く人混みの中から今にも佐久間さんが現れるのかと思うと、何かしていないと頭の中身だけが飛んでいきそうだったからそうしているだけの話だった。こんなとき、タバコを吸う人間だったらどれだけ間が持っただろう。

時間を持て余していた僕は、構内の柱にもたれて、晴美とのセックスについて考えていた。あれはまだ昨夜のことだったのに、あのおかしな感触はすでに身体から遠のき、残っているのは（もっとおかしなことに）、晴美と結合したその場面だけだった。僕は晴美の両足を持ち上げ、身体を折り曲げてから結合した。そのとき彼女は悲しい顔をしていたので、僕は差し込まれた自分のペニスが動くのをいつまでも見つめていた。ああ、本当に今、彼女の中に差し込まれているのだなと、人ごとのようにそれを眺めていた。なぜだか僕の頭の中で、晴美とのセックスの思い出はそれだけに焦点が絞られたままになっている。顕微鏡で覗き込んだ記憶のように、そこだけに焦点が定まっている。そして心は、佐久間さんのことを強く待ち侘びていた。晴美には悲しみの感情だけを感じていた。

待ち合わせの時間より三十分早くからそこにいた僕は、かっきり三十分待ったところで人混みの中から声を掛けられた。しかし、それは佐久間さんの木琴のような声とは違っていた。

「ずいぶん待っていたようだね」

名前を呼んだのは、あの少年だった。彼は赤いコートの手触りを確かめながら話を続けた。

「三十分もここに立っていただろう？　実は僕も三十分前にここへ来ていて、貴方をずっと見ていたんだけど、約束の時間じゃなかったから今までじっと待ってたんだ。何か考えごとをしていたみたいだし」

「どうしてキミがここへ来たの？　佐久間さんは一緒じゃないんだね」

「一緒じゃないけれど、これから案内するよ。彼女はまだ表に出ることが出来ないし、一度表に出てしまったら、二度と部屋へ戻って来ることが出来なくなりそうだから」

「部屋？　彼女が今住んでる場所を知ってるんだ」

「知ってるも何も、僕の借りている部屋だもの」

「キミが借りてるだって？」僕は言った。「こう言ったら何だけど、まだ子供……」

「とにかく、ついて来てもらえれば判るよ。全てはまだ判らないだろうけれど、ついて来れば何かは判る」

　少年はそこまで言い終えると、前に会ったときと同じように突然僕の手を握り、ぐいぐいと駅から連れ出した。

　一月だというのに空気はどこか湿り気があり、のどに吸いつくようだった。高田馬場から新大久保駅へと抜けていく狭い裏通りを進んでいくと、やがて水の流れる不思議な音に包まれた。巨大な質屋のビルの壁から、滝のように水が流れ落ちているのだ。きっと風水でも取り入れたビルなのだろう。裏通りで聞くと、本当にいびつな音だった。その下ですれ違う予備校生たちは未来を見ていたし、漫画専門の古本屋に集まる若者は過去を見ていた。少年に引っ張られて歩く僕は、そのどちらでもなかった。

　空気が湿っている。冬なのに、湿っている。誰かが悪戯したのか、蓋をガムテープで封鎖した郵便ポストも濡れていた。暗いそば屋の前には数人の外国人がたむろしており、その後から、自転車に乗った南米人が何やら大きなビニール袋を輪ゴムでしばったものをぶら下げて売り歩く。輪ゴムで仕切られたその袋には、米とカレーのようなものが入っているらしく、おかしなスパイスの匂いが、通りの色合いを変えていった。

　さらに進むと、変わった形のパイプをくわえた老婆が角に立ち、煙を昇らせていた。それは文字通り紫色の濃い煙で、まるで彼女がこの路地裏の重たい空気を製造しているようでもあった。もしそれが彼女の仕事でないとすれば、この路地裏の道標のようだ。しかし少年は、煙をかきわけるようにして路地をさらに狭い方へと折れた。すでに山手線から遠ざかっているらしく、どちらが南でどちらが北なのか僕にはもう判らなかったのだけれど、だからと言って、それを教えられても出来ることは何もなかった。

　ここが道路の終わりになるのではないかという路地まで来ると、ようやく彼は止まった。まわりはベニヤ板の塀に囲まれていた。どういう訳かそのつき当りの壁には、時代遅れの仁丹の看板が古びたまま立っていて、その下の蓋がずれたマンホールから上って来る温かな空気が、看板の前で白く曇り、滴を作っていた。

　ここに佐久間さんがいるのかいと聞いてみたが、少年は何も答えようとしなかった。何も答えず、表に停《と》められた誰かの自転車の間をすり抜け、アパートを上がり始める。煉瓦のような、そうでなければ安いコンクリートブロックで組み立てられたようなアパートは、階段の部分だけが筒を立てたように螺旋状に作られており、その途中——おそらくそれが南の方角なのだろう——には、かなり分厚い小さなステンドグラスがはめられていた。ただし僕が高田馬場駅に着いた頃には陽も沈みかけていた。冬が駆け足で街にカーテンを引いてしまった。だからもう、アパートの前に立てられた街頭の光だけが、ステンドグラス越しの曖昧な光として感じられた。窓枠の角には、季節外れの小さな蛾が、誰にも気付かれずにひっそりと死んでいた。

「ここだよ」

少年は三階で止まるとそう言った。

アパートは各階に部屋が二つしかないらしく、小さな螺旋階段を挟んで左右にドアがあるだけだった。重たい階段の造りとは違いドアは簡素なもので、ほんのちょっと身体をぶつければ蝶番《ちょうつがい》ごと外れそうなのに、それでいて僕はそのドアを開けるのを少し戸惑っていた。

「どうしたの？　貴方がドアを開けても構わないよ」

「ここに佐久間さんがいるんだね？」

「僕は駅に用事があるから、その間、しばらく彼女と話をしているといい。中にあるものは自由に使って構わない」

少年はさらりと言いながら、階段を再び下り始めた。「そう、もしも誰かから電話があったら、僕はもう駅に行ったって伝えてくれない？」

「判った」

僕はそう言ってからも、やはりまだドアを開けるのを戸惑い、路地に戻って行った少年の靴の音が消え去るまで、そのまま立ちつくしていた。

黄色いブルゾンを整えてからドアを開けた。中は薄暗かったのだけれど、それでもそこが殺風景だというのはすぐに判った。ベッドもTVもなく、玄関に向けて置かれたソファと小さなコーヒーテーブル以外には特別なものもなく、棚の中にも床の上にも、何も置かれていなかった。

唯一この八畳の部屋に置かれているものと言えば、ソファの上で寝そべっている佐久間さんの姿ぐらいだけだった。はっきりと彼女だとはまだ判らなかったのだけれど、マリンノートの匂いで彼女だと気付いた。これは悲しい話なのかもしれないが、懐かしさと驚きの気持ちとは全く無関係に僕のペニスが充血を始めた。そのふくらみを隠すように何気なく手のひらを前で組んでから、彼女の名前を呼んでみた。

彼女はまるで眠っているようだった。

「佐久間さん、眠ってる？」

「眠っていない。貴方を待っていたの」

彼女はゆっくりとソファから起き上がった。部屋に何もないせいなのか、それとも僕が敏感になっているせいなのか、たったそれだけの仕草で部屋に小さな風が起きた。

「会えて嬉しいの。それでちょっと気持ちが高ぶったみたい」

「しんどかったら、そのまま横になっていればいいよ」

僕は恐る恐る中へと入った。アニーの言葉を借りるなら、ペニスに引っ張られるようにして中に入った。むき出しの畳の上には、重厚な青いビロードのソファが置かれていたので、靴を脱いで上がるべきなのかどうか迷ったけれど、結局は脱ぐ。

「それにしても驚いたな。ずっとここにいたの？」

「そうよ」と彼女。「いつか近くを歩いていて、貴方に見つかったことがあったよね」

「うん」

僕は座る場所を探したが、ソファの他に何も見当らなかった。それで畳の上に座ろうと腰を屈めたときに彼女が、「そこは冷たいから、横へ来るといいわ」と言って、ラブソファの半分を空けてくれた。隣に腰を降ろしたら、再び部屋に小さな風が起きて、僕を見透かしたようにマリンノートの香りが身体に巻きついた。

「そんなにかしこまっていることない。ここはそんなに難しくするような場所じゃないんだから」

「佐久間さん、僕にはもう少し説明が必要だと思う。ここはあの男の子の部屋だって聞いたけど、それはどういう意味？　第一、どうして佐久間さんがあんな子供の……」

「待って。ね？　待って」

佐久間さんはそう言うとソファから立ち上がり、玄関のすぐわきにある台所でケトルに水を入れて火にかけた。それから優しく笑って、

「少し見ないうちにせっかちになったみたい。ねえ？」と、僕をたしなめた。

「そんなこともないと思うけど」

安っぽいアパートに佐久間さんの身体は極めて不釣り合いで、それはまるで僕が初めて城戸さんが彼女の新しい恋人だと知ったときに抱いた感情と同じだった。いびつなほど不釣り合いなのだ。答を探るように、台所に立つ彼女の後ろ姿を見つめた。身体に吸いつくようなタートルネックのセーターが、彼女の白いうなじを隠していた。家を出てから髪の毛を短く切ったらしく、男のように撫で付けたその髪の毛を城戸さんが見たら、「『武器よさらば』のキャザリンみたいじゃないですか」と言ったかもしれない。でも僕は、そのうなじにキャザリンほどの強さを感じられなかった。もっと溶けやすく、柔らかそうだった。

「貴方はいつも薄いコーヒーを飲んでいた。だけど、ここにはそういうのがないみたい。我慢して」

ちなみに僕が飲んでいたのはただのインスタントコーヒーだ。コーヒーを淹れるセットは一応あるのだけれど、フィルターを取り替えるのが面倒臭くて、いつもインスタントで済ませていた。

「私が買物に出られたら、そういうのもちゃんと買っておいたけど、今はまだ自由に外に出ることが出来ないの。私だけじゃなくて、ここに来る人はみんなそうなんだけど」

「この部屋はあの子が借りてるって聞いたけど、それってどういう意味なんだい。あの子はまだ……」

「ああ見えても、あの人は子供じゃないのよ。そういう病気があるのかどうか、ちゃんと聞いたことがないから判らないけど、とにかく、もう子供じゃない」

「そうじゃなければ、部屋なんて借りられる訳がないでしょう？　ここも隣の部屋も、それから下の二部屋も、全部彼が借りてるの」

「だけど一体、何のためにそんなことを」

僕が聞くと、彼女はまたクスクス笑った。何かおかしなことを言ったのかとたずねてみたら、まるで彼の口癖のようだとさらに笑われた。

「何のためにだなんて」

「本気で聞いてるのに」

「でも、おかしい」

佐久間さんはシンクの縁に小さなお尻を乗せながら言った。「何のためだか判らないけど、でも、私みたいな客がいつもここに来るみたい。どこから来るのかも、それからどこへ行くのかも判らない。まるで移民局みたいなところでしょう……判るのは私のことだけ。後は知らない外国人ばかり」

「じゃあ、佐久間さんはどうしてこんな場所へ？　正直言って東北沢の家の方が、ここよりはずっといいと思うな」

「私もそう思う。あの家の方が、ここよりはずっとよかったって」

「だったら……」

「また急いでる」

「本当の話？」

彼女は僕のことをわざわざ指差してから言った。佐久間さんが話すときによくやる仕草だった。

「その話は本当にゆっくり時間をかけないと。もちろん、いつかはちゃんと説明してあげるつもりだけど、それでもまだ時間が必要なの。判ってくれるでしょう？」

僕がうなずいて見せる間にケトルから湯気が噴き出し、台所の天井に雲を作った。ゆっくりと壁を伝って舞い降り、彼女の肩へ届く前に、凍えて透き通ってしまった。

佐久間さんがコーヒーメーカーにお湯を注ぐと、部屋の中はその香りで充満してしまい、その分彼女が遠くなってしまったように感じた。僕はコーヒーの隙間に佐久間さんの匂いを探したのだけれど、意味のない行為だった。コーヒーをテーブルまで持ってきてくれた彼女が、またすぐ隣に座ったので、両手に余るほど感じられたのだ。

「最初に何を話せばいいかな。私は今、自分のものじゃない物語の中にいるってことかもしれない……でもそれは今になって感じたことじゃなくて、ずっと昔から知っていたことなの。ずっと昔から、私は知らない物語の中にいるようだった。伝えるのは難しいけど、そうね、まるで他の本からはみ出しちゃったような気分って言えばいい？　自分とは全く関係のない世界に放り出されたような気がしていたのよ」

「全く同じことを言ってた男がいる」と僕。「松葉杖の男を知ってる？」

「知ってる。とてもよく知ってる」

佐久間さんは僕よりも先にコーヒーカップを持ち上げたのだけれど、それを口もとまで運ぶことはしないで、ただそのまま手元を暖めるだけだった。

「まさか、彼と会ったの？」

「何度かね。アニーを捜してるようだったよ」

「アニーを……それで？」

「もうすぐ見つけられるって言ってた」

「駄目よ。彼をアニーに会わせてはいけない」

「何かまずいことがあるの？」

「とにかく、会わせちゃあ駄目なの。いい？　居場所を知っていても、絶対彼に教えたりしちゃあ駄目」

「あいつはそんなに危険な奴かな」

僕はちょっと強がるようにそう言った。それは多分、僕の知らない佐久間さんの時代に嫉妬をしているからであり、寒い冬だと言うのにコーヒーの中に砂糖を放り込まなかったのも、やはりそれは嫉妬からだった。小さな、男の部分を見せていた。

「そんなに恐くはなかったよ」

「危険な人じゃない。それよりも弱い人よ、私と同じように。でも、私が言ってるのはそういう話じゃないの。いいわね、今はとにかく会わせるようなことをしちゃあ駄目よ」

「こういう言い方をすると怒るかもしれないけど、佐久間さんは何だか隠しごとをしてるみたいだね。別に僕が何もかも知る権利はないだろうけど」

「怒りはしないけど、あまり聞こえのいい話じゃないわ」

「でも、隠しごとはしてる」

「そう言うのならね、私の全てが隠しごとみたいなものだったのよ。そんな私から何を欲しがるの？　何も答えられるものなんてないわ。少なくともこの物語の中ではね、そもそも私の全てが嘘なのかもしれないもの」

彼女はそう言ってカップを下に置いた。僕も一口コーヒーをすると、あまりに苦かったのでテーブルの上に戻してしまった。僕はそのコーヒーカップの皿に触れたまま、

「佐久間さんの言うことが正直言って理解出来ないんだ」と話を続ける。「あの赤いコートを着た人のことも判らない。それに僕は大それたことを望んでいるんじゃなくて、何もかも昔のように元へ戻したいだけなんだよ。何もかも元に」

「戻すことなんて出来ないよ。何だって元に戻すなんてことは出来ない。〝瞬間〟が通り過ぎれば、後はもう作り直すだけだもの」

「佐久間さんに戻って来てもらえれば、それでもいいんだよ」

「それで、私はどうなるの？　また、アニーや城戸さんたちと一緒に暮らして欲しいってこと？」

「そうじゃないよ」

僕は相変わらずコーヒー皿に触れたままだった。その指で、皿の縁についていた染みを取り除きながら、「そうじゃなくて、僕が戻って来て欲しいんだ」と、何かに引っ掛かっ

たような声でそう言った。

「貴方が」

「僕が。僕が、貴女を待っている」

「つまり、私を抱きたいってこと？」

彼女は確かめるように言った。僕と同じように、コーヒーカップを見つめたまま。

「貴方が、私を、抱きたいって、そう言ってるのね」

「違う、ただ佐久間さんに戻って来て欲しいだけなんだ。ただそれだけの話なんだよ」

嫌な時間の間があった。ＴＶの画面かタバコの煙か、どちらかさえあれば隙間を埋めてくれるのを知っていたけれど、この部屋にはどちらもなかった。仮にあったところで僕はそれを使ったりしなかったと思う。皿から指を離し、それをテーブルの上にずらし、ソファの上を滑らせ、やがて佐久間さんの指先に触れた。

それから言った。

「嘘だ。やっぱり僕は貴女を抱きたい」

佐久間さんがその後ついたため息は、とても細長い形をしたため息だった。その後で、ようやく彼女が身体を動かしたので、ソファのスプリングが底の方からギシと鳴った。僕たちが挟まれた、物語のつなぎ目がたてるきしみにも聞こえた。

「でも、それはおかしなことだ。いけないことだとは判ってる」

「そんなことはない。ただ、唐突で戸惑っているの、正直に言うと」

触れたままになっていた二人の指がほんの少し動いた。それは僕が動かしたのか、彼女が動かしたのかは判らないのだけれど、とにかく指は動いて、それからゆっくりと絡み合うように腕をはっていって、やがて佐久間さんの腕に着いた。同じように彼女も僕の胸に指を添え、握るでもなく、開くでもなく、そこに置き忘れてしまったかのように手のひらを休めていた。

そこまでやっておきながら、僕は彼女に体重を預けていくことをしなかった。力を入れて引き寄せると彼女が身体を反らしたので、僕はその首筋に唇をつけ——こんなに間近で見るのは初めてだったが、その細い首筋には、確かにアフリカ大陸の形をした小さなアザが残っていた——、細いあごの先にキスをした。充血しているペニスに気付かれたくなかったので、そのまま顔だけを寄せるようにして佐久間さんの唇を求めた。すると佐久間さんは、さっきまでコーヒーカップを撫でていた指を僕の腰の下へと滑らせ、硬くなったペニスを確かめるように指をそこで止めた。

顔を離して彼女の顔を見つめた。彼女も僕を見つめていた。体重をかけて、このままソファに寝そべるべきなのか、僕は何回転も頭を使って答を引き出そうとした。彼女の唇を指先でなぞり、感触を確かめた。全て解決する場所を探して道路地図を指でなぞるのにも似ていた。

「……貴方は……それで……答が出るの？」

「答かどうかは判らないけど」僕は言った。「僕が求めているのは、きっとこれなんだと思う」

「でも、まだ貴方は私のことを何も知らない」

「どういうこと?」

「一度、私を知って欲しいの」

彼女は暖めたプラスチックのように、ゆっくりと僕から身体を離して言った。「私が一度、死んだことをね。アニーに会う前の私を知って欲しい」

「それなら……」

「ねえ。まるが死んだとき、雨は降っていたの? あの子は、寂しそうだったの?」

「雨は後で降ったよ。寂しそうでも何でもなかった」

僕が話を続けようとしたとき、部屋をノックする音が聞こえた。急いで彼女から身体を離したのだけれど、佐久間さんは身体をソファの肘掛けに傾けたままだった。帰って来た赤いコートの少年も、そうなっていることにとりわけ何の反応も示そうとはしなかった。

「おかしいな」

彼は部屋を開けるなり、僕にでもなく彼女でもなく、つぶやくように言った。靴も脱がずに畳の上に上がった。「おかしいな、来るはずの人が来なかった。僕が間違えるはずがないのに」

「この時間じゃ、仕方がないだろう」

僕はぎこちない姿勢をごまかすためにそんなことを言った。「駅前で少しは待ってみたの?」

「駅前で待つ必要なんてないんだ。誰も使っていないホームで待ち合わせたからね」

「高田馬場じゃなかったの」

「地下鉄のホームだ」

彼は淹れたばかりのコーヒーの匂いを嗅いだのだけれど、自分の分は作ろうとしなかった。

「あの駅には、もうひとつホームがあるんだよ。中野行きの電車から、ほんの少し覗ける」

「そんな話、聞いたこともないな」

「信じないなら自分で見てみればいい。誰も見えないような場所に看板が立ってるから、気付いてしまった人も多いんだけど。もっとも、ほとんどの人はその先にもうひとつ古いホームがあるなんて知らないけれどね」

「そこに電車は来るの?」

「来る。ちょっとした方法で簡単に乗れるし、ここにたどり着いた客はみんなその地下鉄に乗って来る」

彼は優しそうに笑って言った。「そんなに驚く話でもないよ。この話を知ってる人は結構いるし、ホームまでどうやって行くか知ってる人もいるだろう。知らないのは、そこに来る電車の行き先なんだもの」

「それはどこまで行くのさ」

「かつてのアニーのようにね」

「乗ってみれば判るよ」彼は言った。「かつてのアニーのようにね」

「アニーがその電車に乗ったって?」

「さあ、もう時間だ。悪いけれど、もう行ってくれないかな。駅まで送る」

少年は急に予定が狂ったことに、内心ひどく取り乱している様子だった。神経質な仕草でソファから降りるよう指示する。

「待ってくれ、僕はまだ何も話を聞いていない」

「お願い、行って」佐久間さんも言った。「ここにいつまでもいちゃあいけないわ。それに私、もう聞きたいことは聞いてしまったもの」

「僕は彼女を連れて帰りたい。引っ張ってでも連れて行きたい」

「貴方の気持ちはよく判るよ。でもね、もし今、無理に彼女を連れ出してしまえば、貴方のしてきたことは全て無駄になってしまうよ。きっとそう、彼女のかけらも何もかも、なくしてしまうだろう」

「どういうこと。僕はもう、二度と彼女に会えなくなるってことか?」

「心配しなくていいわ。私たちはまたすぐに会えるの」

「彼女の言う通りだよ。貴方たちはどのみち、もう一度会わなくちゃいけなくなるんだ。だから今は、とにかくここから出て行って。さあ……」

彼女があまりに真剣な顔をして訴えかけるので、僕は素直にソファから降りた。そうするより仕方がなかった。彼女は気持ちを高ぶらせ、ソファに顔を押しつけて泣き出してしまったのだし、僕も頭がこんがらがってきて、これ以上ここに留まれる自信がなかった。佐久間さんのことを愛しているのは、もう間違いのない話だとしてもだ。僕にはまだ、力が足りなかった。金や身分やそういうものではなく、何かがまだ足りないのだと判っていた。判らないのは、それが何なのかということだけだった。

駅までの帰り道――来るときと同様、一人ではどこを歩いているのかさえ見当がつかなかった――、頭の中がすっかり疲れてしまったようで、それからまた、ついさっき佐久間さんにくちづけたのは果たして本当の話だったのかと自分でも判らなくなって整理しているとき、少年はふとこう言った。見たこともない路地の、見たこともない銘柄のタバコを売る店の角を曲がったときだった。

「貴方は、ようやく自分の中の金持ち蜘蛛を見つけることが出来たようだね。見つけたというか、愛せるようになったんだね」

「佐久間さんを愛してるって認めたってことを言ってるの？」

僕は聞いた。「もしもそうなら、そうかもしれない。でも、もしそれがアニーを裏切るってことだとするなら、きっと違うな」

「曖昧な答だけど構わないよ。世界はみんなそんなものだから」

「僕はそういうの好きじゃない」

「貴方はそうなんだろうね。アニーの兄弟だものね」

「キミはどうやら、僕たちのことを何だって知ってるらしいな。でも、正直に言うと、あまりキミとは仲良くなれそうにないよ」

「それはそうだと思う」彼は小さな肩を震わせて笑う。「一方的に自分が知られてるなんてのは、まずいい気はしないと思うし」

「僕のことじゃないんだよ。僕は知られて困るほど複雑な生き方はしてこなかったから。キミのことが好きになれないって言ったのは、隠しだてをするからだ」

「僕が何かを隠していると？」

「理由は判らないけれど、キミは僕たちのことを何だって知っている。それなのに大切なことを教えようとしないんだ。例えば、アニーのことも。キミならアニーがどこにいるかなんて、すっかり知ってるはずだろう？」

彼の腕を摑んで立ち止まらせてから、はっきりと言ってやった。「もちろんキミが僕に教えなくちゃいけないなんて筋合いはないのかもしれない。だけど、そんなことをしてるうちに、僕の他にも薄気味悪いヤツがアニーのことを捜している。なのに肝腎の僕は、そいつのことなんか何ひとつ判らないし、どうやって止めればいいのかも判らない」

「止めるって？」

「その男のことさ。キミも知っているんだろう？　松葉杖をついた薄気味悪いあの男に、どうしてもアニーを見つけ出させたくないんだ」

「だって、捜すのは彼の自由じゃない」

「判ってる。判ってるけど嫌だ。気味が悪いんだよ。何て言えばいいのかな、あの男には、何だか嫌悪感が走るんだ」

僕が無理やりに言葉を絞り出すと、少年はにっこり笑って僕を諭すように言った。

「嫌悪感が走るのなら、きっと貴方にとってよくないものなのかもしれないね。そんな話を一度したはずだけれど……でもちょっと待って。貴方は僕が何だって知っているって言ったけど、それは大きな間違いだよ」

「じゃあ、知らないって言うのかい」

「そう、僕にも判らなくなった。あそこまで自分の物語をなくしてしまうと、もう判らない。物語と物語の隙間に落っこちていて、まるで見えないんだ。まるで透明だから」

「曖昧な言い方はよしてくれ。物語の隙間に落ちたって、一体、どういうことだ？　自分の人生を見失っているってことなのか」

「もっと悲惨だろうな。見失うも何も、失ったものさえない。初めからなかったから」

「彼には人生がないだって？　そんな馬鹿なことがあるものか」

「十代の彼はとても普通の、どこにでもいる男の子だった。ただどこかでずれていたんだよ。どこかでずれていた。そうだね、例えば彼は、地下鉄のホームに立って電車を待っていたんだ。それから松葉杖の先でね、水たまりの水を使って大きなハートマークを描いて遊んでいた。電車が来るまでずっとそれに熱中して……そのうち彼の足元は薄らいでいって、ホームの電灯が消えて、気付いたときには二十歳を過ぎていた。知らない人間でごった返すキャンパスのベンチに座って、地面にハートマークをまだ描こうとしていたんだよ。

雨はもう、ずっと前に降り止んでいたのにね」

「それはどういうことかな。比喩を言っている？　それともありのままに言ってるの」

「さあ、どうだろう」少年は言った。「ただね、そんな男は、そこらじゅうにたくさんいるってこと。みんな知ってるけど言わないだけなんだ。たくさんの男たちが、静かな病気にかかっているんだよ。とても静かで、そのときが来ないことには僕にも見えない」

「……じゃあ、アニーは？　少なくとも、僕の知ってるアニーはそういうタイプじゃないはずだ」

「横浜に行くんだ。いいね？」

「横浜だって？」

僕は聞き返した。横浜と言えば、かつて佐久間さんが暮らした街であり、アニーと共に過ごした大学生活の一部がそこにあるはずだった。ただ、彼らは二人ともその時代の話を僕にしたがらなかった。どことなく僕もその時代を避け、横浜という街自体を避けて暮らしていた。

「そこにアニーがいる？」

「さあ、それは僕にも判らない。アニーのことは、もう本当に何も判らない。ただ、横浜に行くより他には何もね」

「そんなこと言ったたって……」

まだ話し合おうとしたのだけれど、彼の方がお構いなしに先へと進み始めたので、僕はちょうど、彼の背中に話しかけているような具合だった。

「一体、いつ行けばいいんだ。行くにしたって、そこで何をすればいい？」

「考えることはないよ。貴方が思いついたときに、思いついたことをすればそれでいい」

「そういう曖昧な話が嫌いだって言ったろう」

「でも、他に言いようがないんだ」

「もし僕が横浜へ行かなかったら？」

「それならそれでいいよ。貴方がそう思うならね」

少年はそこで初めてふり返り、僕の顔をしっかりと見据えた。

「ただ、何のために雨ネコのまるが死んだのか僕は知ってるから、もしそうなったらきっと失望しちゃうだろうな。貴方に」

「失望だって？」

「失望するよ。きっとね」

少年はまだこちらを見据え続けていた。さらに何か言うことがあるのかと思ってじっと待っていたのだけれど、それ以上の言葉はなく、ただ微かに街の騒音が耳に届くだけだった。つまり僕たちはいつの間にか雑踏の中に戻ってきたということで、見回してみると実際に覚えのある通りの風景があり、その先には確かに、あの質屋のビルがしっかりと建っていた。夜だというのに相変わらず屋根から水を落とし続けている。その滝のような音は、ゆっくりと僕を包み込むように大きくなって、なぜだかなつかしかった。道に迷った人たちが見つけた目印のようにも思えたし、世界と世界を分かつ大きな滝がたてる音のようにも思えた。

「さあ、ここからもう道は判るよね」少年は言った。「駅まで送ってあげたいんだけど、佐久間ナオミのことが心配でもあるんだ。今日はいろんなことが一度に起き過ぎて、少し気持ちが高ぶってしまったみたいだから」

「それに、早く僕と別れたいようだしね」

「貴方と別れたい訳じゃないんだけど、早く帰って欲しい」

「同じことだ」

「そうじゃない。早く帰って、助けて欲しいんだ。人にお願いするのは苦手だけど、今は貴方に頼むしかない。誰かが貴方のことを待っている」

「キミ……」

「そう、最後に言い忘れたことがある」

彼はすでに僕から遠ざかっていたので、ふり返って後ろ向きになったまま、裏通りへと後退りしていた。

「横浜駅にも見えない地下鉄のホームがあるよ、三番目のプラットホームがね。線路に降りて壁伝いに進めば、入口は簡単に判るはず」

「地下鉄の三番ホームだって？」

僕がそう聞き直したとき、すでにもう少年はアパートへと続く複雑な路地へと引き返して行ったところで、あとはただ街の騒音が僕を飲み込むだけだった。さっきまで鼻に残っていたマリンノートの香りも、ガソリンの臭いに背中を突かれて逃げていた。質屋のビルから流れて来る滝の音も、俗っぽい音調に戻っていた。

家で夕食を摂る間、僕は身体から佐久間さんの匂いがしていないか、とても不安で仕方がなかった。ほんの少し（しかし初めて）彼女に触れただけなのに、僕の身体にはしっかりと彼女の匂いがこびりついていたからだ。汗をかいたからと嘘をついて、食事の用意の前にシャワーを急いで浴びたのに、なぜかその匂いは消えなかった。

それで出来る限り身体を揺り動かさないように、風が起きないようにと努めてはいたのだけれど、何だか食事中の晴美はおかしな感じがした。もちろん、昨夜のことがあったから、互いにぎこちなさが残るのも仕方がないのかもしれないが、それにしてはセックスの関係を結んだ後の、どこか落ち着いた感じに欠けていた。それどころか、食事中に彼女は顔をしかめて無言で僕をにらんだかと思うと、数秒後には、何だかかわいそうなものでも見るような目で僕を眺めているのだった。それは、確かに昨夜、セックスの最中に見せたあの顔と同じだ。

いつもなら食事の後もテーブルに残ってコーヒーを飲むか応接間でTVでも観るのに、その日は何だか消化不良でも起こしてしまいそうで、小説を書くからだの何だのと言い訳をして、さっさと部屋に引っ込んだ。しかし、そんな時間に部屋で過ごすことなどなかったのでやることが他に見当らず、結局は小説を書くため本当にワープロの電源を入れた。けれどもワープロに向かっていると、僕の頭はさっき触ったばかりの佐久間さんの唇や、軽く触れた胸の感触のことばかり思い出そうとする。キーボードの感触も指には馴染まなかった。僕はいつしかジーンズのチャックの辺りに自分の指先を運んでいた。少し触れただけでも、ペニスは再び充血を始めた。

やがてジーンズのボタンを外そうとしたとき、答を待たないノックがした。いきなり城戸さんが入ってきたのだ。

「大輔クン、ちょっとね……」

もう少し遅かったらひどい場面を見られるところだったろうが、どうにか僕はトレーナーの裾を気付かれぬよう伸ばし、ジーンズのボタンが隠れるようにすることが出来た。

「城戸さんね。いくらノックをしてくれても、返事を聞いてからじゃないと意味がないじゃないか。本当に子供じゃないんだから」

「キミ、何だかね、おかしいと思わないですか?」

「僕は何もおかしくないよ」

「キミのことじゃなくて、晴美クンのことです」彼は言った。「何だか昨夜から本当におかしいと思いませんか?」

「そのことだったら、やっぱりしばらくそっとしておくしかないと思うな。僕は昨夜、彼女にちゃんと話を聞いてあげたし、やるべきこともやったし……」

「それは知っていますよ。そういう音が部屋まで聞こえていましたから」

少し顔が火照るのが判った。だから古い家は嫌だ。

「……でも、何かが上手くいかなかった訳ですね」

「もちろん、それは僕が下手だったからかもしれないけど、それよりも、もっと他に何かがあるんだ。多分、僕にはどうすることも出来ない、彼女だけの問題だと思う」

「今日ね、晴美クンは僕に相談を持ちかけてきたんですよ。もちろん、貴方とのセックスの話ではありません」

僕はますます頬を火照らせた。

「彼女、そろそろここを出て行こうかなんて言い出したんです。どうして、貴方との夜の後で、そういう答を出そうとするのでしょうね、彼女は」

「僕は、彼女にいけないことをしてしまったのかな」

「セックスが問題ではないでしょう。きっと、そうではないと思います。ただ……」

ただ？　オウム返しに聞き返した。

「今日の貴方はちょっと感心しませんね。家に帰って来るなり、すぐに気付きましたよ」

「ああ、香水の匂いのことだね」

わざと平静を装い、自分からこれが香水の匂いなのだと白状しようとした。そうする間に何か別の言い訳を考えていたのだったが、すかさず城戸さんは、

「香水ではありませんね」

と、僕に向かって断言する。「セックスの匂いでしょう？　そんな匂いをプンプンさせて帰って来るなんて、あまり感心しませんよ」

「セックスの匂いって、どんなのだ」

僕は笑いながら、トレーナーの袖をクンクンと嗅いでみせた。実際、佐久間さんとくっついたことはくっついたが、セックスなどと、してもいない匂いがつくはずもない。そうは言っても、やはり城戸さんの手前、僕はどことなく押しつけがましいポーズを取ってしまうのだった。

「勝手に想像するんだから、嫌だな。たまたま女の子の香水がついてしまっただけの話なのに」

「そこまで言うのなら、それはそれでいいとしましょう。じゃあその話は置いておいて、晴美クンがこの家を出て行ったら、貴方どう思いますか？」

「もちろん寂しい」

「そうなんです」

城戸さんは、すっかり世の中を深く知りつくしたような、諦め半分のくたびれた息をついてから言った。「理由はともあれ、寂しいんです。だから、何か言ってやって下さい」

「でも、本当にどうして出て行くんだろう？」

「巣立ちの季節なんですかね。自分の物語に帰るときなのかも」

「難しいこと言うなあ、今夜の城戸さんは」

「満月のせいでしょう」

　彼はそう言って、くたびれた息をついた。僕は集中出来ないワープロの電源を落とし、椅子を一回転させた。意味のない行為なのだけれど、そうやって気分を好くしてみようと思ったのだった。

「ところで話は変わるけど、城戸さん、高田馬場で地下鉄に乗ったことってある？」

「そりゃ、ありますよ。前の職場は飯田橋にあったから。でも最近はあまり使わなくなりましたが……それが何か？」

「じゃあその頃、高田馬場に誰も使ってないホームってあったのかな」

「そりゃどういう意味でしょう。工事中のホームということですか」

「例えば、三番ホームだとか」

「細かいことを言うようですが、地下鉄ってのは普通、二番ホームまでしかないんじゃないですか？　地下鉄は複線じゃないのだから、乗り入れ駅でもない限り、ホームはあっちに行くのとこっちに行くのと二つしかないでしょう」

「そう言えばそうか。確かに、三番ホームなんてないか」

「貴方まで、今夜は何かおかしいようですね。やっぱり、満月のせいですか」

　彼は優しく笑っていた。そして僕は、そんな城戸さんの笑顔をＢＧＭにして、高田馬場から乗れる回送電車のことを考えていた。三番ホームに来るとか言うその電車は、どこから来てどこへ行くのか。乗客たちはあの少年の家に寄った後、どこへ出かけていくのか。

ぼんやりと頭に思い浮かべてみても、線路の向こうからじりじりと近づいて来る暗闇に邪魔され、何も考えられなかった。けれど、松葉杖の男は言っていた。「俺は、全てが解決する場所を探しているんだ」と。それなら回送電車の行き先が、全て解決する場所なのか。あるいは、何か他の終着駅が用意されているのだろうか。何よりアニーが、昔、そんな意味不明の電車にどうして乗り込んだのか、その理由が知りたい。

僕は本当に満月に酔ってしまったのか、椅子を回転させ過ぎたせいだろうか、頭の中がサイケに歪んで床に転げ落ちた。そしてその途端、応接間から晴美の悲鳴が聞こえてきたのだった。何事かと思って僕も城戸さんも急いで立ち上がったのだが、僕たちよりも早く、晴美の方が部屋の扉を開けた。もちろん、いつものようにノックさえしないで。

僕たちは部屋の扉の前で、かえって不自然なほど鉢合わせになっていた。

「どうしたの、大きな声を出して」

僕は聞いた。「ゴキブリか何か出た?」

「そうじゃない、そうじゃないわ、ちょっと、塀の上を見てよ」

何のことだか判らなかったのだが、僕たちは彼女に言われた通り冬用の分厚いカーテンを開けて、そこから塀の上を眺めてみた。眺めてみたというより、僕の部屋からだと、塀は文字通り目の前にあるので、嫌でもそこに何もないというのは見て取れる。塀の上には何やら獣のようなものがじっと応接間の縁側を見やり、梅の木の枝先につき始めたつぼみを無邪気に嗅いでいた。

暗闇のせいで見て取れたのは目の光だけだったけれど、応接間から漏れる明かりを反射し、塀の上の獣が銀色の縞を反射しているのが判った。

まさかと思ってさらに目を凝らしてみると、それは確かに黒地に銀色の、雨ネコの縞模様だった。

「まる？」

「ね、やっぱりまるよね？」晴美は言う。「雨戸を閉めようとしたら、そこにいたの。ねえ、あれ、本当にまる？」

「まるの兄弟かもしれませんね」

「いや、あれはまるだ」僕はさらに身体を乗り出して言った。「まる、まる。おいで、まる。まーる、まる」

昔よくやったようにチェッ、チェッ、チェッと舌打ちをして彼を呼んだ。まるだったら、その音がするとすぐに目を丸くして、答えるはずだった。

「まる、まる。チェッ、チェッ」

「アーン」

僕の呼びかけに、まるはしっかりとこちらを向いて答えた。その声もまさにかつてのまるの声と同じだった。

まるは、しばらくこちらを見つめていたかと思うと、突然、身体をスプリングのように縮め、カメレオンの舌みたいにしなやかな力をこめて屋根の上へと上った。僕は慌てて、服が汚れてしまうのも構わず、身体を乗り出して屋根の上を見ようとしたのだけれど無駄だった。城戸さんと晴美は何かを言ったのだが、彼らが一体何と言ったのか僕には判らなかった。大急ぎで応接間へ走り、縁側にいつも置いてある日焼けしてしまった使い古しのサンダルをつっかけて庭に出た。廂の下を行ったり来たり、ときにはその場でジャンプしてみたりして屋根の上に消えたまるの姿を必死で追った。

僕に続いて裸足のまま庭に飛び出してきた晴美が、すぐさま古いアルミ物置の中からアルミ脚立を引きずり出した。ネジの部分が壊れてしまい、すでに脚立としては使い道のないものだけれども、いつか梯子として使うのではないだろうかと奥にしまってあったものだ。彼女は僕を押し退けると、廂のど真ん中に梯子を立て掛けた。危ないぞと注意をしたが、晴美はまるで言うことを聞きそうもない。冷たい泥で汚れた裸足のかかとは、ぺたぺたと吸いつくように梯子を上って行くばかりだった。くじいた彼女の足のことさえ、そこにいた誰もが忘れてしまっていた。ただ、わずかに引っ掛かってしまった雨どいが、割れそうに曲がっているのが気になるだけだった。

彼女が屋根に上り、視界から消え去ってしまうと、後は瓦のぶつかり合う音と、冷たい直線的な光を投げかける満月が空に見えるだけとなった。下から声をかけてみても何の答も返ってこないので、ついに僕も上り始める。しかし屋根の上には、しゃがんだ晴美の他には何もなかった。まるの目も、銀色の縞の輝きもそこにはなく、せいぜい吹き飛ばされた街路樹の葉が、かさかさと瓦の間で揺れているだけだった。そのとき僕の頭の中には、まるは屋根の向う側に行ってしまったのだという思いと、まさか彼が生きているはずなどない、この手で彼を埋めたのだという考えが、行ったり来たり優柔不断に転がっていた。

「まるはそこにいる？」

小さな声で聞いた。「まさか、いるはずないか」

「でも、あれは確かにまるだったよ」

「もしあれが本物のまるだったら、放っておいても戻って来るはずだ。それより、ここは危ないからもう降りよう。こんな古い屋根、いつ抜けるか判らない」

しかし晴美は僕の意見を無視して、ゆっくりと瓦屋根を上った。よつんばいになって屋根の上に立つアンテナを目指し進んだ。アンテナにたどり着いて、屋根の向う側も見渡していた。それでもまるはいないようだ。いや、いるはずがないのだ。

「やっぱりいないだろう？　さあ、降りてこいよ」

「もう少しここにいたい」

晴美はそう言うと、アンテナのそばに座り込んだ。そのバランスが何だかとても悪くて不安に駆られていると、彼女はさらにもっといい座り方を試し始めた。眠り方を定めるためにグルグル回るネコのようだった。

あまりに危なっかしいので、いい加減にしないと怒るぞと言ってやろうとした矢先に、彼女は突然、屋根に寝そべった。それから半回転して、今度は仰向けに背筋を伸ばした。そんな彼女を見ているだけでも力が抜け、こっちの方が先に梯子から落ちてしまうのではないかと思われた。

「さあ、いい加減降りるんだ」

無理をして強い口調で言ったその言葉は、おかしな場所で裏返った。「いい歳して何を遊んでる。本当に降りてこいよ」

「まるはどこかへ逃げてしまったんだね」

「それは地上に降りてから話そう。とにかく降りてこい」

「私、何だか駄目。足が震えちゃって本当に動けそうにもないもの。それに、足首をくじいていたって、今になって思い出した」

「こんなところで、人をからかうなよ」

「本当に足が震えてるんだもん。しばらく動けない」

「本当に？　嘘だったら怒るぞ」

「いくら私だって、屋根の上でそんな馬鹿なこと言わないよ」

晴美は寝そべったまま、僕の方へと手を伸ばした。「お願い、私を起こして」

（仕方のないヤツだ）

そうつぶやいているうちに、僕には何だか晴美が、子ネコ時代のまるのように思えてきた。よく、梅の木の上でないていた。ネコは夢中になると、自分では降りられない高さまで上ってしまう癖がある。上ってしまってから、自分は何て高いところにいるんだと気付き、足がすくんで動けなくなるのだ。そう思うと、月明かりに反射するウェーブを帯びた晴美の黒髪が、何だか雨ネコの縞模様のように見えてきた。

僕もよつんばいになって、ゆっくりとアンテナの隣に寝そべる彼女のところへ近づいて行った。

後わずかで、怯え切った晴美の元に手が届く。そんな瞬間、こともあろうに晴美は力強く起き上がり、急の僕の額にぴたりと人差指を当てた。何のことだか訳が判らなかったので、その場でフリーズした。その先に一体何が起こり得るのか考えてみたが、屋根の上では何ひとつ思いつかなかった。

「私がもう少し指に力を入れたら、アンタ屋根から落ちるよね」

「……何か？　何言ってるの……」

「ここから落ちたら、凄ォ〜く痛いと思うわ」

「そりゃ痛いよ。僕にだって判る」

僕はまるで額に銃を突きつけられた男のように、脂汗をかきながら平静を装っていた。

「晴美にしても、悪い冗談だな」

「アンタ、まるでネコみたい」

「何が？」

「アンタっていつもそう。恐がりやのくせに、夢中になるとまわりが見えなくなって、後で自分がどこにいるのか気付くの。そして足がすくむんだよね。子供の頃のまると一緒」

まさか僕がそう言われるとは思ってもみなかったが、反論出来る状態ではない。仕方なく無条件に、そうだね、そうだね、とうなずいて見せた。

「いつもそう」

「そうなんだ」

「からかわないで」晴美は言った。「結局、お姉ちゃんのこともそうでしょう？　アンタは判ってるはずなのに、やっぱり見えなくなるんだし」

「そうかもしれない」

「ただ、ひとつだけ違うのは、アンタは子ネコじゃないってこと。足がすくんでからないてみたって、誰も助けてはくれないの。貴方は、前に進むしかない」

「判ってる」

「セックスの匂いがする。悲しいぐらいにセックスの匂いがするんだよ」

僕は何も答えなかった。晴美は月明かりの夜空を見ながら言った。

「早く上ってきて」

「……指をどけてくれなきゃ、上れないよ」

「押し退けてでも上って来るの」

僕は言う通り、上った。晴美の指を押し退け、ネコのように後先を考えずに屋根を上った。それから彼女を抱きこむように捕まえた。彼女の匂いは、佐久間さんの匂いにそっくりだった。

「……本当にアンタは馬鹿」

「馬鹿だろうね。でも、これが僕なんだ」

「アンタは本当にお姉ちゃんを捕まえられると思っているの？　あの人を捕まえる自信があるの？　これ以上、お姉ちゃんを失望させたりしないよね？」

「判らない。僕にはそんな力なんて全くないのかもしれない」

「誰にも出来ない。誰にも出来るはずがないのに、あの人を捕まえることなんて」

「でも、アニーにも城戸さんにも出来たはずだ」

「それは、留まるために選んだのよ」晴美は言った。「お姉ちゃんが選んだ。アンタが、彼女を選ぶことが出来る？」

「僕はもし……」

「待って、待ってよ。やっぱり私も馬鹿だ。そんな答を聞こうとするなんて。意味のないことだよね」彼女は言った。「いくらどうしたって、私の答は決まってるの。私は、すぐにでもここを出ていきたい」

「止めたいけれど、言っても聞かないんだね」

「カッコつけないで」

それから晴美は小さく笑った。「ねえ、私、本当に思ったの。一瞬ね、まるさえ戻ってくれれば、何もかも元に戻りそうな気がした。おかしいでしょう？」

「おかしくなんてないよ。僕も、どこかでそんなことを思っていた」

「おかしくない、か」

そう言いながら、彼女は笑いを次第に小さく萎めていった。何かを聞き直すとき、考えごとをするとき、それからTVドラマを観て泣き出しそうなとき、彼女は口を小さくWの字にするのだけれど、今夜の笑いもWになっている。そんな彼女のWも、もう戻らない一月のかけらとなってしまうのだろう。当り前のことなのに、遠い未来の出来事であればいいと、ずっと思い続けていたのだった。それがいよいよ、終わりを告げようとしている。好きなドラマのように、終わると知っているから観るくせに、それでいて終わりを引き延ばしていた。太陽が燃え尽きることを忘れていた。

けれど、ドラマは終わろうとしている。太陽は萎もうとしている。僕には、それにしがみつくだけの力がなかった。ただ、彼女のWの唇を、しっかりと焼きつけておこうとするだけだった。さようならを言う間も惜しんで、彼女のWを見つめていた。

こうして晴美の口もとについて考えているとき、ふと彼女の顔にコハク色の光が落ちた。それは隣の由美子さんの部屋からで、彼女が出窓のカーテンを開けたからだった。窓際に立って屋根を見下ろしていた。

そのとき僕が考えたのは、あの松葉杖の男に聞いたことだった。アニーが彼女にしたとかいう「ひどいこと」だ。それがどういうことだったのかはっきりとは知らないが、その影が彼女を包んでいるのは確かなことで、事実彼女はそれ以来表にも出ず、始終家の中にこもりきりとなっている。多少なりとも近所で噂され始めていた。ことさらケーブルTV局の内定を断ってしまったことなども一緒になって、鬱病にかかっているだの、どこかで治療を受けているだの、恋人にふられた、本当は他に何かやりたいことがある等々、確かめもしない噂話が路地から路地へ、玄関から玄関へと無責任に転がされていた。けれど本当の理由は誰も知らなかったし、確かめようもなかった。多分、彼女の家族でさえ判らないのだろう。僕個人の意見を言えば、彼女の少し真っ直ぐ過ぎるぐらいの性格が、そういう答を選択したのではないかしらとも思い、同時にその考えは、アニーのしたひどいことを考えから外すようでムシがよ過ぎるようにも思えた。けれど、他にどんな考えが出来ただろう？　あのアニーが、他人の未来を塗り替えてしまうほどひどいことを本当にやったなどと、どうして信じることが出来ただろう？　僕は二つの考えに左右から押し潰されていた。

由美子さんがじっとこちらを見ている。視線に耐えられなくなった僕は、軽薄を装って声をかけようとした。ちょうどその瞬間、彼女は何かを言ったようで、口を動かしたのが見えた。しかし、窓が閉まったままなので何と言ったのかは判らなかった。「眠たいわ」と言ったようにも見えたものの、その意味が判らなかった。それから彼女が出窓の所につっぷし、やがてゆっくりと眠ってしまったので、さらに訳が分からなくなった。しばらく彼女の部屋の窓を見つめていると、そのうち誰かが入ってきて、彼女を抱き起こす影が見えた。どうやらベッドに寝かせたらしく、しばらくしてカーテンが閉められ、窓際の電気も落とされた。

「由美子さん、どうしたのかな」

再び陰の中に戻った晴美はそう聞いた。「本当に、最近変わった。これから生まれ変わるみたいにね」

「おかしなこと言うなよ」

「私も生まれ変わるんだ」

彼女はそう言うと、指先で僕の額を弾いた。遠くでサイレンが響き、つられて犬が遠吠えをした。

「生まれ変わる日には、雨でも降って欲しいな。記念の雨になるといい」

僕は、風の中に、雨の匂いを嗅ぎ取ろうと鼻を広げた。そこには何もないようだったけれども、真夜中には本当に激しい雨が降った。久しぶりの雨だった。それでもまるが帰ってきた形跡はどこにもなく、この夜、僕たちが見たネコは一体何だったのか、最後まで判らずじまいとなった。真夜中の雨自体、確かにこの耳で聞いた音なのか、夢の中で聞いた音なのか、どこかはっきりとしない。

はっきりしているのは、翌朝の出来事だけだ。

晴美は朝が来るなり、さっそく東北沢の家を出て行く用意を始め、荷物をダンボールに詰め込み始めた。ここへやって来た昨年の春、それは三箱で、ここを出て行くとき、それは四箱になっていた。彼女は自分の荷物を見つめながら、「ダンボール一箱分のかけらが増えたって訳ね」とにっこり笑った。僕も城戸さんも寂しさで泣き出してしまいたいくらいだったが、そこは我慢して、最後までさようならの言葉と一緒に取っておこうと、考えていた。そして笑った。彼女も、もう一度微笑みかけた。それが、僕の知っている最後の彼女の姿だった。夕方、僕が買い物に行っている間に、彼女はもう家からいなくなっていたし、それから先は二度と彼女に会うこともないと知っていた。けれど、その身軽さがまた晴美らしくもあった。僕はそんな彼女をどこかで愛していたのだと思う。今となっては、どうでもいいことだが、それだけは心の中の決めごとにしておこう。

部屋の掃除を始めた。こうした感情を早く消し去ろうとしていたのか、彼女の匂いを洗い流そうとしていたのか、とにかく掃除さえすれば、きっとここも、かつての部屋に戻ってくれるのではないかと思いたったのだ。晴美の抜けたこれからの生活には、気の抜けた平穏さだけが残されてしまいそうな気がして恐かった。けれど、どうせそれが避けられないことなら、せめて彼女がいなかった頃の生活に早く慣れてしまいたい。出来るだけ早く、フラットに戻してしまいたかった。しかし、実際にはどうだっただろう？　タバコの臭いがついたカーテンを洗ったし、畳もきれいに拭きあげた。しかしもう、以前の部屋には戻らなかった。多分、一週間でも一ヶ月でも掃除を続けたところで変わりはないのだろう。何をどう模様替えしてみたところで、その人の暮らした匂いは消せない。そう、人は意識するにせよしないにせよ、必ず足跡を自分の暮らした場所に残して行く。人が完全に過去から自由になることはなく、そしてまた全ての過去は人のものだ。足跡を残した、その人のものだ。

こうして誰かのものになった過去を、かけらと呼ぶのかもしれない。

僕は、晴美の真新しいかけらを、そのときに見つけた。部屋の引き出しをあれこれ引っ搔き回していたときのことだ。平机の上に無造作に置かれた箱を見つけたのだ。そんな場所にあったのなら、もっと早く気付いてもよさそうなものだが、かえってその無造作加減と、無愛想な再生紙の箱が、僕の注意を遠退けていた。箱を開けてみると真新しいメモが、手紙の束の上に添えられていた。

——ぜんぶ、お姉ちゃんからの手紙。読めば、いろんなことが判ると思うよ。後は知らない。次に何をすればいいのか、考えなさい。さようなら。元気でね。　HAL・Me

HAL・Meというのは、晴美が自分の手紙や年賀状に書くサインだった。僕はそのメモに鼻を近づけ、彼女の残された思い出を嗅ごうとしたが、さりげない紙の匂いだけしか残されていなかった。

箱の中にぎっしりと詰まった手紙の中から一通を手に取り、便箋を開いた。悲しみは、晴美に対するものと佐久間ナオミに対するものとアニーに対するものとで複雑になり、もはやそのもつれを解くことなど不可能に思えたので、僕はその現実を忘れるかのように手紙をむさぼり読み始めた。決してその手紙を読む行為が気持ちのいいものではないだろうとは判っていたが、何かの答を求めて、手紙の文字を追い続けた。

それは全て、ここに登場する誰もがまだ顔見知りではない頃から始まった物語、佐久間ナオミが晴美へと送った手紙の山だった。晴美にしては珍しく、ちゃんと古い順番通りに束ねられてはいたが、それでも全て読むのに一晩かかるほど、気の遠くなるような量だった。けれども僕は、長い長い、佐久間ナオミの物語を静かに紐解き始めたのだった。

　佐久間ナオミが語った彼女の物語。物語と言っていいのかどうか判らなくなるほどに、平凡なストーリー。けれどもだからこそ、彼女が出ていった個人的な理由が、あちらこちらにちりばめられてもいるようだった。もちろん僕は、その手紙の内容を、ここに全て書き出そうなどとは思ってはいない。そんな退屈なことはしたくないし、そのためにはこの先、数百ページが必要になる。いや、彼女の物語を僕が書き留めることなど、そもそも不可能だ。彼女がもしも、通りを歩くごく普通の人々とはかけ離れた、小説的でドラマティックな人生を送ってきたとするなら、僕は迷うことなく全部書き留めてみせる。俗っぽいグロテスクな物語は軽蔑するけれど、それが現実だというなら仕方がない。だが彼女の物語は平坦で単調で、透き通ったものだった。そもそも人間など、何か一つのことが原因で、変わったりずれたりするほどか弱いものでもない。仮にそういう強烈な体験があったのなら、軌道修正も楽なのだ。そこに立ち返り、ゆっくりと時間をかけて修正していけば、いつかは傷も癒えることだろうから。しかし彼女の手紙には、そうした体験は何ひとつ綴られておらず、立ち返るべき過去が一体どこにあるのか、目印は全く残されていなかった。小さな小さな事件が延々と続くだけだ。それでいて、なぜか小さな波紋が次第に大きくなって行くさまも読み取れるのだ。何かおかしな、いびつな心になっていく様子が、うっすらながらも手に取れそうだった。もし、そういうものまで病気と呼んでいいのなら、これは、とても静かな病気だった。まわりの人間は気付くこともない。この物語を現に読んでいる人々もかかっているかもしれないし、僕だってそうじゃないとは言い切れない。何が悪かったのか？　繊細すぎるのか、それとも、まわりの人間があまりに鈍感過ぎるのか？　それも言い切れない。ただ、平凡な話なのだ。しかし、彼女の、平凡だからこそ起きた小さな事件は、やがて静かに、彼女の心にも小さな波の跡を残していった。そして、この傷に気が付いたときにはもう、果たして何が理由だったのかさえ、彼女には判らなくなっていた。彼女自身が、自分の人生は果たしてどこから始まって、果たしてどの辺りから間違った道を歩み始めたのだろうかと、思い当るふしを探り直そうにも、摑む藁さえなかった。せいぜい、書き記すだけの価値があるような事件といえば、高校生になった彼女が、初めて溶けるような恋を覚えたということぐらいなのだが、それも、やはりささいな出来事に変わりがない。確かに個人の胸の中では一世一代のドラマであろうとも、それでさえ、ある年頃になれば必ず誰もが覚える熱病に過ぎない。ただ彼女は、その熱病の原因が、どこにあるのかはっきりとは判らなかった分（少なくともそれが、彼女の胸のずっと奥に隠されたもの、情熱の扉よりもまだ奥に隠された、秘密の感情から来ているのだとは感付きさえもしなかった）、行動に移して確かめるより他はなかったのだろう。彼女は恋をしたその男の子に抱いていた、尊敬と憎しみの二つの感情に折り合いをつけもしないまま、一緒くたに抱き締めて飛び込んで行ったのだった。動物のような男の本能を憎しみながら、恋に足を踏み入れたのだ。小さな恋は重たかった歯車をゆっくりと回し始めた。彼女はそのときの気持ちを、昨日のことのように綴っていた。みみたぶを噛まれたことも綴られていた。汚い指で触られて膣内炎を起こして、病院に行ったときの恥ずかしかったことも。その際、病院の医者が言った言葉も。小説のように、細かく書き記されてあった。それでもやはり、全てが誰にでも起こり得ることだった。

その夏、二人が単車で海へ逃げたことにしてもそうだった。十代のありふれたドラマだった。彼女の提案で、二人は危険な計画を実行に移そうとしたのだ。ここにも、彼女の胸の中には二つの感情が渦巻いていた。現実から逃避しようとする死んだ心と、そうすることで限りなく愛を見つめようとする生きた心（彼女は彼を試したのか、それとも自分を試したのか、残念ながらそこまではこの手紙からだと判らない）とが、常に彼女を悩ませていた。この計画も結局は単車事故のせいで全て未完となり、二人は助かったし、学校にもばれることはなかったのだが、二つの感情だけはさらに大きくなっていった。一緒に抱えているのが精一杯であり、恋という言葉に当てはめるにはロマンティシズムが足りなかった。恋の熱は夏を境に冷えた。それはもう恋ではない。もっと昔からあったはずの、恋など生まれるもっと昔からあったはずの、何か説明の付かない二つの感情に違いなかった。彼女は悟った。しかしそれでも恋を止めなかった。

だから彼女は再び恋に身を投げた。ハンバーガーショップでアルバイトしていたとき、そこで出会った男の子だった。手紙には、いくらか醒めた目でそのときのことが書き込まれていた。不釣り合いな恋だと友達が笑ったことや、自分でもどこかでそう思っていたことが書かれていた。初めてしたフェラチオのこと、その秋に二人が交わした言葉、友達に囁かれた噂。何もかもが汚らしく思えるのか、手紙は怒りに震えているようだった。けれども、結局は何もかもがその通りになったとも書かれていた。彼女はそれで、恋にひと段落をつけたつもりだった。同時にそれは、味気ない答にも思えた。自分の答の出し方が早急すぎるのではないかという恐れもあった。秘密の果実を、まだ熟してもいないうちからもぎ取り、味わおうとしているのではないか訝ってみた。

彼女は、逃げるようにして故郷を離れたのだった。恐れよりも、情熱のその奥に巣くっていた、得体の知れない感情が勝ってしまったのだ。全てにうんざりしており、全てに唾を吐きかけてやりたい気持ちが打ち勝ってしまったのだった。もちろん、最初はそれでも上手くいっていたのだろう。始めの数週間は、新しい生活が忙しく、眠っても夢さえ見ないと手紙には書かれていた。だがそれも、ほんの数週間の、楽しい錯覚に過ぎなかった。不思議な感情が、またもそもそと身体を揺すぶり始めたのだった。むしろ、かつてよりずっとひどかった。故郷が懐かしく思え、そんな現実が、ますます彼女をやるせなくさせた。新しく始まった大学生活よりも、確かに故郷の町では呼吸が楽だった。不安感の行き着く先があり、不満の矛先も大抵はどこかに落ちていた。けれども、この新しい生活の中では、何一つ見つからない。手紙の文字はますます小さくなり、やがて二進数の電子記号のようになった。感情が押し殺されていた。そんな文字を使い、大学が始まってから四ヶ月の間に起きたことや、夜を共に過ごした男のことが正確に綴られていた。こんな状態に陥っておきながら、それでもここを離れることが出来なかった理由、大学から出て行くだけの勇気がなかったたくさんの理由も記されていた。小さな問題から大きな問題まで、誰にも話さずにおいた、自分自身でも下らないと思う言い訳の数々も白状されていた。読んでいると、剃刀で出来た、つり橋の上を歩いてでもいるような気分になった。その場に立ち続けるならば足元は痛み、離れるなら身体がどこへ落ちてしまうか判らない。行き先を失った感情が、痛みで震えているようだった。

季節はもう秋に近づいていた。彼女には劇的なほどに変化が生じていた。言葉が、何かに向かって次々とその手を伸ばそうとしていたのが判った。それは実際に手紙を読まないことには、とても正確には伝わらない変化だと思うのだが、少なくとも目で見ただけで判るような変貌も、確かにあった。何より、文字が別人のように変わっていたのだ。アニーの記述が増えるのと正比例して、手紙の文字は、生命を取り戻したかのように変化していた。大きく跳ね、滑らかに飛ぶようになった。

やがては動物が駆け回っているような文字となり、そのうち肉を嚙みちぎるようになって、しまいには交尾でもしているかのような激しい文字へと移り変わっていった。彼女は自分について語るのをやめ、せっせとアニーのことを語るようになっていた。

そして、手紙は終わっていた。以来、晴美に手紙を出した形跡はない。何かが彼女を変えたのに違いはなかったが、それを知るにも肝腎の手紙はもう残っていなかった。再生紙の箱は空になっていた。

　こうして僕が最後の手紙を読み終える頃には、時刻もすでに明け方となっていた。冷え込んだ町はまだ暗かったが、人が動き始める音が聞こえていた。僕は手紙を箱の中へと戻しながら、あることを考えていた。いつか晴美が佐久間ナオミについて、こう言っていたときのことだ。あの人はすごい秘密主義だと。果たしてこれだけの手紙と告白がありながら、晴美がそう言ったのはどういう意味だったのだろう。ここまで書き込んでも、まだ語ることの出来ない秘密とは、一体何のことだろう、と。

　僕の知らない佐久間ナオミとアニーの時代。それは、二人が出会った横浜に封印されたままになっている。僕はいつか、それを開けなくてはならないと思った。今すぐにでも、その扉を開けてみなくてはならないのだと知った。顔を洗うと、洋服を着替えた。眠っていないことは判っていたが、今すぐ横浜へ行ってみたかったのだ。NBを履こうと玄関に屈んだとき、心臓のリズムが狂ったことも、全てをただの寝不足だと片付けた。唯一、僕の身体におかしな寒さが走り抜けていったときにだけ、わずかに足踏みをしただけだった。それは、真冬のものとも、風邪のものとも違う、骨の中心を走り抜けていくような寒さだった。冷たさに感電したような寒さだった。

　ウインドブレーカーを着込んで外に出てみると、不意に庭から足音が聞こえた。誰かと思って覗き込んでみると、あの赤い少年が、まるの墓の上にキャットフードを撒き散らしていた。キャットフードは土から湿り気を吸い取り、すでにふやけていた。

「やっと、出て来たね」

彼は振り返りもせず、そう言った。「貴方が出て来るのを、ずっと待っていたんだよ」

僕はスニーカーの紐をもう一度きつく締めてから、彼の元へと近づいていった。

# 12　夢見るサブウェイ

　少年の唇は、明け方の寒さで異常なほどに青くなっていたが、本人は気にも留めていない様子だった。

「貴方はきっと、この家から出て来てくれると思っていたよ」

「キミはずっとここにいたの？」

「貴方が手紙を読み始めた頃からずっとね」彼は言った。「多分、全て読み終えてからじゃないと仕方がないと思ったんだ。その後できっと横浜に行くためにここから出て来るだろうと、そう信じていた」

「監視されてたってことか」

「でも当っただろう？」

「そう。僕はこれから横浜に行かないといけない。だからキミも、用事があるなら手短に言って欲しいね」

「それなら、時間節約のためにまとめよう。まず第一は、忠告だ」

　彼は梅の木の根本からゆっくりと立ち上がって、僕にその大きな瞳を向けた。金色の透

き通るような目だった。「貴方が佐久間ナオミを抱いたのか、それとも彼女が抱いたのか
それはどっちだって構わないけど、とにかくあの日、二人は結ばれた」

「身体を寄せただけだ」

「キスもね。でも、僕は身体のことを言っているんじゃないから、同じことさ。貴方はもう心で彼女とセックスをしたのと変わらない。アニーのように」

「アニーと僕とは関係ないだろう？　僕のしたこと……」

「まあ、話を最後まで聞いて。貴方と佐久間ナオミは、昔のアニーのように心だけで触れ合おうとした。それで、その結果は？　彼女はあの日以来、高ぶって、泣いてばかりだった。今までに見たこともないぐらい、泣いてばかりいたよ。貴方の中に、アニーを見てしまったと言ってた。貴方の中に、アニーを見たって、何度も繰り返すんだ。その日以来、三番ホームに電車が来なくなった。おかげで、誰も僕の所へたどり着けなくなった。まるで、彼女が泣き止むのを、電車がずっと待ってでもいるようだ」

　僕は何も言わずに彼の言葉を待った。

「……そしてその日の夜、貴方は由美子さんを見ただろう？　屋根の上に上って、晴美と一緒に彼女の姿を見たはずだ。彼女は何かを伝えたかったんだけど、伝わらなかった。残念だけど、それはもう遅いようだね。彼女は今朝、静岡に行く。心を治しに行くんだよ。僕はもちろん、そのことを貴方の責任だと言うつもりはないさ。僕が言いたいのはただひとつ、忠告だけだもの」

けだった。

「何なの」

「昨夜、佐久間ナオミがあのアパートを出て行った」

何だって！　思わず少年を問い詰めようとしたが、彼は静かに手のひらで僕を遮っただけだった。

「落ち着いて考えるんだよ。何かがおかしいと思わないかい。それはもちろん、単に晴美の巣立ちが感染ってしまったのかもしれない。ほら、女の子たちにはあるだろう。メンスになった女の子が誰かに触れると、その子にもすぐさまメンスが始まる。まるで感染ってしまったようにね。佐久間ナオミも、もしかすると、旅立ちのリズムを思い出してしまったのかもしれない。どこかで晴美と接触して、そのリズムを思い出してしまっただけなのかもしれない。でも、僕には何だか急速過ぎるような気がして恐いんだ。誰かに仕組まれているような気がするのさ。それとも、いよいよ物語が終わりに近づいているっていうことなのかもしれない……どっちにしても、とにかく気を付けて欲しい。ここで貴方は自分を見失ってはいけない。貴方は、自分が欲しいもののために動くんだ。いいね？　見失わないように」

「僕は自分を見失ったりはしないよ。少なくとも、これからはもう」僕は言った。「それよりも、どうやって佐久間さんはあそこを出て行ったりしたんだ？　彼女は一人であそこを離れられるほど、そんなによくなっていたのかな」

「判らないね。誰かに手伝ってもらったのか、他に方法があったのか。でも、それはどっちだって構わない。この物語に、それは大した意味にはならない。方法は違っても、いずれは彼女だってあそこから出て行くはずだったし、そうしなければ、本当の意味で彼女がよくなったとは言えないだろうからね。ただ、貴方だけが気を付ければいい。くどいようだけど、もしも誰かがこの物語を終わりに近づけようとしているんだとしたら、貴方はそのときに決して自分を見失ってはいけないんだ。いいね？　新しいことが始まる前には、おかしなことがいくつも起きるものさ。人によっては、それはとんでもないような不幸だったり、事件だったりするけど、それはただ、新しいことが始まる前触れなんだよ。新しいことのために邪魔なものが、一度きれいに洗われるだけなんだ。だから、そんなときに自分を見失ってしまうと、次の波にまるごと飲み込まれてしまう。気を付けるんだ」

「しっかりと覚えておくよ」

僕は自分の胸の上に手を置いて言った。「刻み込んでおこう」

「そしてもう一つは、おつかい。貴方はこれから横浜に行くつもりでしょう？　横浜に行ったら、次にどこを訪れるのか、それもきっと貴方は決めていると思う。だって、貴方はどちらにせよ佐久間ナオミの引力には逆らえない。彼女を求めて、身体が引きつけられて行く。だから、いつか彼女に会ったら、これを渡してあげて欲しいんだ」

少年はそう言うと、僕に青いビロードの本を差し出した。けれどもよく見てみれば、それが本ではなく、日記帳であることはすぐに判った。

「これは？」

「横浜時代の、佐久間ナオミの日記帳だよ」

それを聞いた僕が日記帳に手を伸ばすと、彼はすかさずそれを後ろにやった。意味が判らず、しばらくの間、きょとんと彼の目を見つめるぐらいしか出来なかった。

「渡す前に言っておくことがある。これは、彼女とアニーの二人だけの日記だ。絶対に、中身を読んじゃいけないよ。いいね？　約束出来るね？」

「ずいぶんムキになるんだな」

「約束するって言って」

「判った。約束する」

「本当だね？　きっとこのまま、彼女に渡してあげられるね」

「ねえ、もちろん僕はその中身をのぞいたりはしないつもりだよ。でもね、何だってそんなに真剣になるの。一体、そこまで大変なことが、この日記帳の中に書き込まれてでもいるのかな」

「触れてはいけないこともある。知れば、根本から崩れ去ってしまう秘密もあるんだ。それは、そっとしておいてあげるべきだ。その人の手に、そっと預けたままにしておくべきなんだよ。けれど、本人はそれをしっかりと抱き締めていないと、本当の自由にはなれない。過去を全て捨てることは無理なんだ、人間は。きっと今頃、彼女もそれに気付いているとは思う。後悔しているだろうけれど、こうなってはもう遅い。貴方に手助けを頼むより他には、どうしようもないだろう。だから、今度こそ貴方が助けてやるんだ」

「助けるって、どういう意味だ」

「それは、僕にも判らない」彼は言った。「ただ、しつこいようだけど、この日記の中身は、彼女にそのまま返すんだ。貴方が共有してはいけない過去だから」

「判ってるよ、開けたりしない。どうせキミには全てお見通しになるんだから」

少し皮肉を言ってやったつもりだったが、少年はとても生真面目な顔をして、その青い日記を手渡した。僕もいつしか、自分の顔が硬く引き締まってくるのを感じていた。彼は、僕が日記帳をしっかりと脇に抱えるのを見とどけてから、

「さあ、それじゃあ僕も行かなくちゃいけないな」

と言った。「間に合うかどうかは判らないけれど、それでもやってみるだけはやってみよう」

「キミはどこへ？」

「僕は、他に用事がある。貴方は知らなくていいことさ」彼は言った。「何もかも知ろうなんて思っちゃいけないよ。貴方のするべきことはもう、一つしかない。佐久間ナオミを救ってあげるんだ。彼女は今、必ず横浜にいるはず。アニーとの生活が始まったあの街に戻って、全てを清算するつもりだろう。でも、彼女には足りないものがある。一つには、この日記帳、つまり、過去だ。過去を全て切り捨てて前に進むことは出来ない。そしてもう一つ、大事なことを忘れている。だから、貴方の助けが必要だ」

「僕がどうやって彼女を助けられるか不安にはならない？」

「僕はもう、ここまでだよ」

少年はそう言うと、突然僕の頬に顔を寄せた。何か耳打ちしてくれるのかと思っていたら、彼は突然僕の頬にキスをした。唇は、少しざらついていた。

「それじゃあ、さようなら」

彼はそれから、きっともう会うこともないだろうと言った。なぜだか判らないのだけれど、僕もそんな気がした。これから起きることがどんなことであれ、僕と彼との接点は、もうなくなってしまいそうな気がしていた。全く別の物語で生きていくだろうことを予感した。

「ねえキミ。もしこれが最後なら、一つだけ質問してもいいかい。とても馬鹿げた話だけども」

僕は言った。

「聞くだけは聞くよ。でも、答えられるかどうかは判らないけど」

「じゃあ僕も、言うだけは言おう。キミはもしかして、まるじゃないの？　雨ネコのまるじゃない？」

「おかしなことを言うね。まるがまだ生きていたときにだって、貴方は僕と会ったことがあるのに」

「命が一人一つだなんて、誰も判らない。ことさら、ネコのことになるとね、全く判らない。むしろ僕は、世の中のネコたちは、いくつも命を持っているような気がする。気前のいいネコなら、一度にまとめて使っているやつだっているのかもしれない」

そこまで話しているうちに、僕は何だか自分の言葉が滑稽に思えてきて、知らぬうちに笑っていた。彼も笑った。「確かめたくても、自分のことしか判らないだろう？」

「……僕の予想が外れて、いつかまた貴方が出会うときまで、その質問をとっておくっていうのは駄目かな。そうすると、今度会えたとき、話題に困らないだろうから」

「じゃあ、いつか教えてくれ」

僕がそう言うと、彼は静かにうなずいた。

そして目を閉じ、明け方の刺すように冷たい風の中で、これから自分たちに起ることを想像し始めた。しかし、そこには何ひとつ本物らしいものはなかった。結局のところ、この目で見るものだけが真実で、この手に触れられるものだけが愛せるものだと、真っ暗闇に閉じ込められた僕の目が教えてくれているようだった。だから忘れるな。その瞳に映るものは全て見ておけ。その手に触れられるものを全て愛しておけ。後悔も喜びも、その後だ。お前は黙って、流れに飛び込め。幸福も不幸も未来に転がっている。甘い思い出は過去に刻まれている。せめて今だけは、何も考えずに飛び込め。未来と過去の壁に挟まれた、この小さな時間の中で、お前は正しいことをやれ。お前にとって、正しいことをやれ。

僕の目は、ずっとそう訴え続けた。横浜へ向かう電車の中でもずっと、雄弁な彼は僕を励まし続け、珍しくどんな夢さえも見せてはくれなかった。その代わりに、僕が駅から降り立ったとき、彼はそこにあるものを、美しいものから、汚れ切ったものまでを全て見せてくれると約束してくれた。答はここにあるのだと、教えてくれた。

僕は誰にと言う訳でもなく、一人静かにうなずいていた。

そこは、正確に言うと横浜から少し離れた和田町という所だった。町全体が大きな坂道のようで、手を伸ばせば届くような距離に、なだらかな山も見えた。かつて僕が暮らした神戸の町に似ていなくもなかったが、それでもこの町は何かが違った。あまりに整然とした通りのせいなのか、それとも何か他に理由があるからなのだろうか。生きていくのに必要な培養液が足りないようにも思える。せつなさも怒りも、この町には見つからなかった。何より、僕がこの町を知らぬうちに遠ざけていたせいもあるのだろう。けれど、今は違うはずだった。出来る限りのものを見ようとし、触れられるものに触れようとしているのだ。

手紙に書いてあった住所を手がかりにして、坂道を上っていった。駅からはもう二十分近く歩いた。確かにこの辺りに佐久間ナオミが横浜で暮らしたアパートがあるはずで、そこはまた、彼女とアニーの物語が始まった場所でもあった。

坂道を駆け降りる風は砂を含み、口を開けているとすぐに中がざらざらとした。やがて坂の頂点に銀色のポールのようなものが見え隠れするようになり、その辺りが恐らくキャンパスなのだろうと予測をつけた。確かにここは住宅街の真ん中で、とてもキャンパスがあるようには思えないのだけれど、大学のあの雰囲気というものを知っている者ならば、キャンパスが近づくにつれて感じるあの感覚（乱雑とし、潑剌とし、混沌とし、明かりがそこにだけ集中しているような、あの感覚）を取り逃がすことはなかっただろう。事実、近づいてみると、確かにそこはキャンパスに違いなかった。まるでこの小さな高台の町自体が大学関係者たちのために造られてでもいるかのようで、例えば自転車のカゴに鞄を入れたままになっていたり、道端のビールの自動販売機が昼間から忙しそうだったり、タバコの品揃えが駅前よりも豊富だったりする風景も、片寄った品揃えの書店や、小さな定食屋なども、全てまとめてキャンパスらしかった。

そして、佐久間ナオミが暮らしたアパートも、このキャンパスのそばで見つかった。佐久間ナオミとアニーの物語が甘いストーリではなかったのと同様、そこも決して甘ったるい場所ではなかった。正門から歩いてほんの数分といった場所でありながら、小石の転がるきちんと整備されていない小さな坂道の途中に建っているせいなのか、人気もなく静まり返っていた。ベニヤ板で造ったような、安っぽい平屋造りのアパートだった。こういう安造りのアパートはこれまでいくつも見ているが、目の前にある建物とは何かが違う。ここには、バネのように弾けるのを待つ未来があふれていなかった。未来は全て死んでしまっているように静まり返っていた。建物自体が、坂道よりも低い土地の上に建っており、当然その間の通路も庭も陽当りが悪く、緑の苔がコンクリートを被いつくしていた。建物だけでなく土地全体が、死んで冷たくなってしまった子宮のように見えた。

そばの電柱に打ち付けられていた住所を確認し、息を整えた。僕は、アパートの中庭まで続くコンクリートブロックの階段を一段ずつ、かみしめるように降りていった。階段が終わると排水溝へと続く溝があり、中には見たこともないような太ったネズミの死体が転がって腐っていた。

手紙の住所をもう一度確認したところ、二号棟の一番奥にある部屋が彼女の暮らしたはずの部屋だった。汚いポストの蓋はすでになく、中が丸見えとなっていたが、何ひとつここに配達されて来るものはないらしく、手紙やダイレクトメールはおろか、チラシさえ入っていないようだった。チャイムがどこにも見当らなかったので、その埃まみれのドアをノックしようとして思い留まった。一体僕はこの部屋のドアをノックしたところでどうするつもりなのだろうと、そんなことを思ったのだ。新しい部屋の住民については全く知らないし、表札で名前を確かめもしなかった。果たして、そんな部屋をノックしたところで、一体どうなるというのだろう。その相手に向かって、一体僕は何をどう説明すればいいのだろう。

この物語を、他人にどうやって説明すればいいのだろう?

判っていながら、ノックせずにはいられなかった。きっとこの部屋に佐久間ナオミがいるような気がしてならなかった。だから思い切ってノックをした。辺りの寂しげな空気に響いて、このノックの音が駅まで突き抜けてしまうのではないかとさえ思った。しかし、やがてその音は辺りの静寂に溶け込み、音と静寂の境界線もぼやけていった。

人の動くような気配がしたのはそのときだった。次のノックをしないで、じっと待ち続けた。扉が僕に向けて開かれるかどうか。それを確かめてでもいるような気持ちになっていた、ゆっくりと、身体がそれに備えているのが判った。そしてついに扉は開いた。

開けてくれたのは、佐久間ナオミその人だった。しかしなぜだか僕はそのとき、驚かなかった。本来ならば、なぜ彼女がこんな場所にいるのか、多少なりとも疑問を感じるはずだろう。それなのに、いよいよ自分が自然な流れの中にゆったりと飲み込まれていくような、当然の成り行きを感じているのだった。

何より、彼女のあまりにこわばった顔が、そんな疑問を忘れさせた。恐ろしい伝染病にでもかかったように、真っ青な顔には汗がじっとりと噴き出しており、身体はがくがくと震えているようだった。

「佐久間さん！」

僕は扉を開き、小さな玄関で彼女と向き合った。「捜したよ」

「私も、貴方といつか、こういうふうに会うと思っていたの。貴方のことを待っていたのよ」

「そんなことより、どうしたの？　どこかおかしいみたいだ。大丈夫？」

「大丈夫と言いたいけど、言えない。確かにおかしいみたい。自分でも恐いぐらいに、身体がおかしいの。ここに来て、急に一歩も外に出られなくなったみたいで」

「とにかく、中へ入っていいね？」

「いいわ」

彼女は言った。

汚れた部屋は長い間誰にも使われた形跡がなく、かつてそこに住んでいた人間のかけらまで完全に風化してしまっていた。唯一、床のじゅうたんだけが青いビロードのものだったと判るぐらいで、その他には、色彩を全て忘れてしまった国で作られた調度品のように、ひっそりとグレイにたたずんでいた。部屋のスイッチを押してみても、何も点《つ》かなかったし、何ひとつ動く気配もなかった。けれどそれよりもいびつだったのは、こういう部屋の場合まず最初に鼻を突くはずの、あのかび臭さがしないことだった。そこはもっと湿った感じの臭いがしたのであり、それはまた不潔なユニットバスやトイレットからする、垢と水道水の混じり合った臭いとも違った。

明らかにセックスの臭いなのだ。気が遠くなりそうになって鼻をふさごうとしたのだけれど、なぜかそれでも僕のペニスは充血を始めていた。

「この臭いにも慣れるよ、すぐに」

「気が遠くなりそうだ」

「行き先の見えないセックスはね、不完全燃焼を起こして、こんな臭いを残してしまうの。私とアニーの臭いね」

彼女はそう言うと、指先で部屋の壁をなぞった。古くなった壁が、砂のようにさらさらとこぼれ落ちる音がした。

「確かにここは汚い。でも、ここが私の最後の避難場所だったの。故郷を離れてから、もうここしかなかったの—

「悪かったかもしれないけれど、僕は手紙を読んだ。貴女が晴美に送ったいくつもの手紙を、一晩中かけてね。貴女の物語を読んだんだ」

僕は言った。「だから僕はここに来るつもりだった。あの男の子に教えられなかったとしても、きっとここに来ただろう。この部屋に来れば、何かが判るかと思ったんだよ」

「全てを知りたがっているの」

「全て、じゃない」

僕はそう言うと、少年から頼まれていた日記を渡してやった。彼女は少し驚いていたようだったが、すぐに平静を取り戻した。諦めにも似ていた。

「彼が言っていた。過去を全部捨てることは出来ないって。だから、これを持っていかないといけないって。でも、僕はこれを読まなかったよ」

「読むなって言われたの？　それとも貴方の道徳心から？」

「その両方だね」

「貴方は、私の過去を全て知りたがっているんだと思っていたわ。過去から何から、私の全てを手に入れたいんだと思っていた」

「アニーがそうだったからかな」僕は言った。「僕の目の中に、アニーを見たって、そう言っていたそうだね」

「見た。ずっと奥の方で、微かに見えた」

佐久間ナオミはそう言うと、暗い場所から明るい場所へ急に移ったかのように心の色調を反転させ、両腕を天井にかざした。悲しげなほど、明るくなった。

「ねえ、この部屋、本当に汚いよね。でもあのときには、そうも感じていなかったの。それより、わざと汚らしい場所を選びたかったのかもしれない。あのときの私は完全な独りだったもの。完全な孤独の中にいれば、汚い場所だとしても、あまり関係のないことなの。むしろ喜ばしいことでさえあるわ」

「アニーに会ってからはどうだったんだろう」

「もっと孤独になったかもね」

「佐久間さん。貴女はどうやってここに来れたの？　一人で来たんじゃないはずだ」

「もちろん、一人じゃなかった。あの、松葉杖の彼に助けてもらったのよ。彼は、私の言うことなら何だって聞いてくれることを知っているから、私はだましたの。私はいつだって人をだますのよ。だまして、失望もさせる」

「そんな言い方はしない方がいいよ」僕は言った。「それで、あの男は？」

「横浜まで一緒だった。でも、そこから先には進むことが出来ないの。判っていたから、一緒に来てもらったの。それ以上は、彼にはもう何も出来なくなるだろうと判っていた。彼はまだ本当のアニーのことを知らなかったのよ。この部屋の臭いに、怯えてしまったのね。町に近づくにつれて、私よりも青くなっていたわ。アニーの本能に、おじけづいてしまったのよ。彼は物語の隙間で生きてきた分、こういう動物的なものを目にすると、おじけづいてしまうの。私はその隙に、ここへ逃げ込んできた」

「彼は大丈夫かな」

「判らない。でも、仕方がないわ」

彼女は言った。「本能が足りなければ、屈服するより他に仕方がないのよ。アニーの前に屈服するより他にはね。それは、情熱って言った方が判りやすいのかもしれないけれど」

アニーはそんなに情熱的だったろうか？　そんな疑問が浮かんだ途端、彼女は僕の頭の中を見透かしたように、「貴方にも言えることよ」と、言った。

「貴方たち兄弟が、それを知らないってだけで」

部屋の中は、雨戸から漏れて来る薄暗い明かりしか届いてこなかった。それでも彼女が、僕の方をじっと見つめているのだけは判った。何か決意をしているようだった。

「貴方の中にアニーの目を見たとき、私はそれであそこを出て行こうと思い立ったの。いつかそうしないと、私は逃げられないってそう思ったのよ」

「僕からも逃げようとした？」

「そう。貴方は怒るかもしれないけれど、それほど貴方たちの情熱は恐いのよ。隙間のある人にとっては」

彼女はそう言うと、まるで僕の後ろにアニーが眠っているかのように、声のトーンを下げて話し始めた。「アニーと初めて会ったときだってそうだった。私たち、もしもここで出会っていなかったら、きっとつながることはなかったと思う。私はその頃隙間だらけだったもの。そんな自分は嫌だったけれど、そうだった。そしてアニーは、狂犬病みたいに身体を焦がしていた」

佐久間ナオミの目は、過去を振り返って翳った。

「私は一度、この町を出て行こうとしたときがあった。故郷に戻ろうと思って、始発電車に乗り込んだときがあった。アニーに出会ったのはそんなときだった。すぐ近くの席にはね、浮浪者みたいな人が飲んだくれて、宙に向かってがなりたてていた。みんな恐がって、誰も声をかけなかった。私はそれに気付かず、そばの席に座ってしまったの。そして私の向かいの席には、アニーが座っていた。彼はとても沈んでいるようだったけれど、私にはすぐに判ったわ。この人、情熱のはけぐちを探して、不完全燃焼を起こし始めているってことを。おかしなことだけど、そのとき私は思ったの。すぐそばに座っていた、あの酔った浮浪者が危険にさらされているのではないかって」

「アニーの情熱が危険だと感じたの？　酔った男よりも、アニーの方が？」

「アニーと言うより、アニーの奥のもの。情熱とも少し違っていたのかもしれない。どう説明すればいいのか判らないけど、それは、あのとき貴方の目の中に見たものと同じだったし、彼が私を抱いたときに見えたものとも同じだった」

「それで？」

「ずっと彼は、私のことを見ていたの。車両の中には数人しかいなかった。浮浪者はね、宙に向かって、労働者をよく見ろだとか、俺を見るなだとか、怒鳴っていた。吊り革に向かって、やあって挨拶をして、自分の親戚の話を始めた。私はその人が恐くて仕方がなかったんだけど、それでも本当に恐かったのは、そのときのアニーの目だった。私をしばらくの間見つめていて、ときどきその浮浪者のことを見て、それからまた私の目を見た。私は、どうしてだか彼に悟られないよう、目を下に伏せていた。アニーが私の恐れを見抜かなければいいと。でもね、ほんの少し目を上げた途端、また彼と目が合った。彼は私に向かって静かに微笑んだのよ。判った、貴女のして欲しいことが判ったよって、そんな顔をしてうなずいていた。そして私は、心の中でこう答えたわ。違う、違う。恐いのは貴方のことよ、って。でも、彼はそうするたびに、ますます深くうなずいた」

彼女は、まるで話の中の労働者みたいに、宙を見つめた。「それからアニーは何も言わずに立ち上がって、あの男を突然殴りつけたの。男が汚い言葉で文句を言えば言うほど、繰り返し殴りつけた。彼の怒鳴り声でかき消されていたけど、呪文のように、どうしてお前は生きている、どうしてお前は生きているって、つぶやきながら殴り続けていた。終いには椅子から蹴り落とした。男はぐったりとして、吐き出すのを我慢しているみたいだった。でもアニーはその男には目もくれず、また同じ椅子に座って、私を見るの。今度は悲しい目になっていた。私が非難するような目で見ていたからかもしれない。彼はね、悲しい目で私を見ていたの。その奥では、こんなふうに言っているようだった。どうしてそんな目で見る？　貴女だってそう思っていたくせに！　どうして僕をそんな目で見るのって。」

それから車掌がやって来て、アニーに話を始めた。アニーはそのままのことを話し始めたわ。殴ったのは僕だ。別に理由はない。本当はあるけれど、法律的には意味のないことだから、やっぱりないんだろうね。だから、どこへでも連れて行ってくれって、あの調子で淡々と説明していた。自分の拳についた血を、神経質そうにハンカチで拭っていたっけ」

僕の目もいつしか険しくなっていた。その生臭い話の主人公が、とてもアニーだとは思えなかったからだ。生臭いというより、不気味だった。若い頃の血潮がたぎるような話とは違い、不気味な情熱を感じた。そして、不気味な本能も。それが悪と言うならば、そうなのかもしれない。全く自由になった、不気味な本能だった。

「そのとき私は、立ち上がって車掌に言ったのよ。どうしてかな？ どうしてそんなことをしたのかは判らない。私は立ち上がって、ずっとこの浮浪者に絡まれていて、困っていたって嘘をついたの。だから助けを求めたのって。まわりにいた人は、何も言わなかった。じろじろこっちを見ているだけで、事件のことは何も言わなかった。

それから駅長室に連れて行かれて、鉄道警察が来て、簡単な調書を取られた。大した話じゃなかった。私もついて行って、ずっと嘘をつき続けた。おかしなことに、その嘘が全て彼の言うこととぴったり合っていたの。つじつまがぴったり合って、すぐに解放された。私は故郷に戻るために大きな鞄を持って来ていたけど、その日はもう時間がないだろうから、そのまま部屋に戻ることにした。鞄はアニーが持ってくれた。私はそして、彼を部屋に連れて来たの。そうなるのが当然なように、私は彼を呼んだし、彼もそれに従った。この部屋に連れて来て、それから鞄を前にしてしばらくにらみ合っていた。シャワーも浴びなかった。鞄の中身も開けなかった。コーヒーもタバコも吸わずに、私たちはにらみ合って、その後、怒りをぶつけるようにして抱き合った。抵抗はほんの申し訳程度にしかしなかったの。礼儀ぐらいにしかしなかった。だって本当に私、抱いて欲しかったんだもの。彼に抱かれて、いっそのこと屈服してしまいたかった。彼の目の中に吸い込まれそうになった。私がかつて胸の中に隠していたおかしな感情、私を強くもするし、落ち着かせてもくれない感情が、彼の目の中にはまだしっかりと灯っていた。私の身体を抱きながら、だんだん明かりが強くなるのが判ったのよ。彼の指が私の大切な部分に触れる頃には、もうその火を受け止め切れなくなっていた。私には持てあますようになっていたの。だから不完全燃焼を起こしたのね。でも、私は出来る限り受け止めてあげたかった。彼が私にしたことはたくさんある。とても、口では言えないようなこともした。でも私は全部受け止めて、飲み干してあげるつもりだったのよ。彼が燃え尽きるまで、私の身体を無償で貸してあげるつもりだった。私の首にはね、その頃ついた彼のキスの跡がまだ残っているの。痣になって消えないままになっている。彼の残した火傷のようなものね。私が彼のものになった印。私がずっとタートルネックで隠していたのはこの跡よ。一生消えない、彼の跡。他に何て言えばいいのかな。本能の跡。悪の跡。罪の跡。解放の跡。それがここに残っている。でも私には、それが幸せだった。私たちは結局、同じ種類の人間だと知っていたから。いつか彼の炎が燃え移って、私にもあの頃の不思議な感情が戻って来るのを待っていた。情熱のずっと奥にある、そして子供の頃まで私にも灯っていたはずの、おかしな感情が甦って来るのを待ったの。この部屋で何度も何度も抱かれながら、私は生まれ変わるのを待っていたのよ。私を悩ませる代わりに、強くもしてくれるあの感情を待っていたの」

彼女は壁に背中をずらせ、ゆっくりと汚れた床に座った。僕も向かい合って、彼女の前であぐらをかいた。

雨戸には、ぽつりぽつりと雨が打ち始めた。やけに響くのは、雨戸が薄いせいなのだろうか。その音は、部屋の中を退屈な音に埋めてしまい、ここを外界から遮断した。明かりも、天窓や雨戸の隙間からわずかに差し込んで来るだけで、ますますそれは強まるばかりだった。雨の心臓音が聞こえて来るだけの、切り離された子宮の中にいるかのようだった。

「あのセックスは殺し合いのようだった。それは言い過ぎかもしれないけれど、そんな気がしていたの。殺し合うようにして、愛し合ったのよ。彼は何度も私を打ち付けた。そして私も彼を何度も打ち付けたの。私たちは、そうやって確かめ合ったの。自分の身体を確かめて、それから何かを探していた」

「何を？」

「判らない。ただ二人して、探したのよ。もしかすると、全て解決する場所を探していたのかもしれない」

「松葉杖の男と同じ、か」

「少し違う。私たちは、本気でそれを信じていたもの。少なくとも私は。だって、ここへ来るまでずっと探していたんだもの。私の、全て解決する場所を見つけるために、あらゆる場所を歩き回ったの。今更、それがないなんて思い切った考えは出来なかった。アニーさえいれば、きっと見つかるような気がしたの。そうしてアニーからゆっくりと、炎を盗み続けていた。身体が回復し切るまで、ちょっとずつちょっとずつ炎を盗み続けてきたの」

背中に濡れた空気が張りつくような気がした僕は、ブルゾンの襟を自分でつまみ上げ、空気を送った。彼女はそれが終わるまでじっと待ってから、再び話を続ける。

「もうそこに失望はなかったの。何もかも見つかったような気がした」

「失望？」

「この物語に失望するってこと。この物語は、子供の頃思い描いていたように、バラ色でも何でもなくて、ただ辛いこと、判らない謎だけが、これからもこの先も、どこまでも続いているように思えていたの。それを断ち切ろうとしても私はあまりに平凡で、何も出来そうもなかった。どれだけ小さな理由を見つけようとしても、それはどうにもならなかった。小さな理由では、私が生まれてきて、いろんなことに胸を痛めてきたことの説明が付かないの。ううん、違う。それだけの価値があるものだとは、とても思えないのよ。自分がただ誰かの気紛れで生まれてきて、気紛れに命をつないで死んでいくだけだなんてことが、どうしても許せなかった。誰かが嘘をついていたとしか思えないのよ。どんな人間だって生まれてきたからには意味があるって教えてくれた人もいたし、それとは逆にただ、戯れの鎖に過ぎないって教えてくれた人もいる。それで私はこう思ったの。子供だったからね、多分そのどちらにも本当の意味が隠れていると、そう思ったの。でも、アニーに会うまで、はっきりと手に触れられるような答はなかった。確かに生まれた意味はあるでしょう。でも、次へと命をつなげるために意味があったなんていうのは勝手過ぎる。そんな意味なら要らない。確かに全員に意味はあるんだと思う。でも私が欲しい意味とは違っているの。もっと、個人的な意味が欲しかった。そんな萎びた答じゃ、私の中にある何かに火は点《つ》かなかったの。戯れの鎖？　私たちはただ生まれて消える泡のようなもの？　もしそれが本当なら、どうしてこんなに苦しまなくちゃいけないの？　この気持ちは、一体どこから来て、何を望んでいるの？　私は考えたのね。胸が苦しいのは、その後に意味が隠れているからだって。きっとそう。それを知ろうとしないで生きていくなら、確かに私たちは戯れの鎖に過ぎない。過去に生きてきた人と、未来に生きる人の間をつなぐ、ただの輪でしかないんでしょうね。でも、それも嫌だった。

　私は、自分だけの新しい物語を探すためだけに、歩いて、歩いて、歩いた。探して、探して、探して、探し続けた。だけど結局、駄目だった。私は平凡で、自分だけの物語なんて持っていないってことが判っただけよ。恐くなった。自分がこの現実に生きていて、毎日暮らしていかなくちゃいけないってこと自体が、誰かの悪い冗談のように思えてきたの。だから、アニーに会うまで、この部屋にこもっていたのよ。アニーがここで暮らすようになってからも、半年近くいたわね。次の夏まで、ずっとここにこもって、少しずつ身体を回復させていった。アニーに炎を分けてもらいながら、身体を彼の好きなようにさせた。私たちは二人して自分の炎を完全に燃やし尽くそうと思ったの。

　でも、彼の炎はもっと強かった！　もっともっと本能の炎だった！　私がもらえるようなものではなかった。芯に灯してもらうどころか、身体ごと燃やされそうになった。私はもう、何も考えられなくなって……」

　彼女はそこまで言うと、身体が何だかしびれてしまいそうだと言った。僕はいつしかとても自然に彼女の肩を抱いていたので、静かに手のひらへ力を込めてやった。

「あの頃のことを思い出すと、またおかしくなりそう。恐い」

「みんな恐いよ」

　佐久間さんは僕の手の上に自分の手を重ね、本当に自分が抱かれているのかどうか、確かめようとでもしているようだった。僕はその手に、さらに力を込めた。

「何度も逃げ出そうかと思った。でもね、それも出来ないの。もしそうしたら、また結局はあの毎日が続くだけなんだもん。何日も何日も、そのうち曜日の感覚も何もかも判らなくなって、季節の感覚もなくなってしまうに決まっていたから。部屋の中で、いつも同じ毎日がまた続くの。外に出ようとすれば、自分が打ち付けられてバラバラにされてしまうんじゃないかって怯えて、どんなに計画を立ててみても、この部屋から一歩外に出た途端、またバラバラにされて萎んでしまう毎日が。

　私には何かがいつも足りなかったし、何かが多過ぎる気もしていた。そうね、何かが多過ぎたのよ。それさえなければ、もっと上手い生き方が出来るはずだったのにって、自分の人生を恨んだ。教育が無意味なの？　道徳が無意味？　何もかも憎らしかった。私を普通の人と同じようにしてくれないものみんな憎んだ。私をそっとしておいてくれない何かを憎んだ。それでいて、私は自分の平凡さも憎んだの。本当に何もかも嫌だった。小さな幸運も、生まれてきた偶然も、生きるってことも、何もかも。人生も、自分の名前も、生まれてきた国も場所も大嫌いだった。明日も昼も晩も嫌い。嘘をつく人も、正直な人間も、右も左も嫌い。火曜日も土曜日も、いつも嫌い。大嫌い！　吐き出しそうなぐらいに嫌いなの……そして、あの人が恐ろしい。こんなに愛していても、あの目の奥にある炎が恐かった。私を焼き尽くしてしまいそうだった。私は、どこへも逃げられなかった。あの人の炎は盗めないの。ただ焼き尽くそうとするだけで、私は……」

佐久間ナオミはついに泣き崩れてしまい、僕の乾いた手の甲には彼女の涙が落ち、瞬く間に吸い込まれていった。こんなふうに乱れた彼女の姿を見るのは初めてで、もしかするとそれは、これまでの思いを全て打ち崩してしまうような光景になった可能性だってあった。つまり僕にとって彼女は、世の中を、人生を、全てを自分のペースで泳ぎ切ってしまえる人であり、その強さこそが彼女に思い焦がれるひとつの要因であったはずなのだから。それでも僕には、このようになった彼女に対して、何の感情の変化も起こらなかった。軽蔑もしなかったし、感情が冷めてしまうこともなかった。それに加えて、誰かの感情に直接触れたときのような、愛情が急速に深まり、どうにも止まらなくなるということもなかった。不思議なことだけれども、この部屋の中で起きていることは、全てが現実とは関係のない出来事のように思えた。

凍えていたのではない。僕の心は、これまでと同じ速度で、ゆったりと確実に彼女の方向へと傾いていた。

「大丈夫?」僕は彼女と額を合わせ、熱を測るようにして聞いた。「気持ちが高ぶり過ぎたみたいだ」

「……ええそうね。少し気分が悪い」

「貴女が捨てたかったのは、そういう過去なんだね? 日記に書き込まれていたのは」

「全てを捨てたかった。私本人でさえ、もう二度と触れられないような過去なら捨てて行きたかった」

彼女は力を抜くと、かつては押し入れがあったらしい壁のすぐそばで、背中をもたれさせ、ずるずると寝そべるように沈んでいった。もう、ジーンズが埃に汚れてしまうなどといった心配は、考える方がどうかしているのだと思えた。

「本当に、気分が悪い」

「窓を開けて換気しよう。埃っぽい空気のせいだ」

「雨戸は開かないの」

彼女が言った。「レールに釘を打ち付けて、開かないようにしてあったから。多分、そのままになっているでしょう。私が出て行ったときと、部屋は全く変わっていないもの。きっと、釘もそのままよ」

僕は窓に近寄って、雨戸を引いてみた。確かにそれはびくともしなかったので、レールのそばへ目をやってみると、彼女の言う通り、そこにはすっかり錆びて溶け始めた釘が見て取れた。

「釘が打ってあるでしょう?」

「錆びているから大丈夫だ。横から叩けば、すぐに折れる」

僕は後ろへ回した指先で、釘の脆さを確認しながら、部屋の中に落ちているものを物色していた。この釘を打ち付けて、折ってしまえるものなら何だって構わない。この窓さえ開いたら、佐久間さんの何かも外へ向かって開かれるような気がした。

「ねえ、もういいの。私、ここに長居するつもりはなかったし。ただ、やり残したことがあるような気がして、ここへ戻って来ただけなのよ」彼女は言う。「それに、どこかで誰かを待っていたんだわ。まだ、一人で行くには恐かったから」

「一人で行く?」

指を休めて僕は聞いた。「一人でどこかへ行くって?」

「遠い所へ行く。貴方を待っていたのは、その助けが欲しかったからなのよ」

「佐久間さんが言うなら、どこにだってついて行くよ。でも、行き先ぐらいは聞かせて欲しい」

「駄目、一緒に連れては行けない。そこへは私一人で行かなくちゃ、意味がないもの。だから私、ここまで来たのよ。一人で、もう一度乗るの」

「三番ホームに行くつもりなの?」僕は聞いた。「まさか、本気でそんな場所があるって信じてる訳じゃないよね」

「行ってみれば判るでしょう。そこに何があるか。それから、私がどうするか」

「待って」

僕がそう言おうとしたときだった。突然、背中の雨戸が強く揺れた。跳び上がるようにして振り返ったが、何が何やら見当もつかず、黙って雨戸が揺れるのを眺めているだけだった。佐久間さんも咄嗟のことにどうしていいのか判らず、その場で縮こまっているだけだった。

明らかに誰かが外から雨戸を外そうとしていた。それが誰なのかは判らないが、この雨戸を外から無理やり開こうとしていた。とても暴力的に、釘が雨戸の湿った木を削っていく音が聞こえた。時折人影が揺れ、雨戸の隙間から進入して来る明かりに短い影を作った。ファンが回って作る、断続的な影のようだった。

僕は、佐久間さんのすぐそばにまで後退《あとじさ》りしていた。背中に壁を感じると、彼女は僕の足に手をやって、座り込ませようとしていた。僕はそれでもしばらくは、彼女が何をしているのか感じることも出来なかった。

「さあ、座って。ここに座って」

彼女は小さな声で言い聞かせるように言った。「私の隣に座って」

「一体、誰だろう?」

「いいから、座りなさい。早く、じっとして」

彼女に言われた通り、僕は肩を並べてそこに腰を降ろした。それでも心臓は鳴りやむこともなく、その分、自分でも出所の知れない闘争心のようなものが腰の下の辺りから舞い上がって来るのを感じていた。それまで感じたことがないような、動物的で、攻撃的な感覚だった。それが強まっていけばいくほど、恐怖からは解放されるのだった。

「一体、誰がこんなところに来たんだろう？　松葉杖の男か？　それとも」

「いいのよ。いいの。じっとしていた方がいい」

「何だって僕たちがここに隠れていなくちゃいけないんだ」

「大丈夫」

彼女は僕の気を静めようとしたのか、必死に肩をさすってくれた。けれど、僕の感情は燃えてゆくばかりだった。

外にいた人物が、庭を回ってゆく足音が聞こえた。遠ざかったと思うと再び近づき、ドアの前に立ち止まった。ドアに鍵を閉めたかどうか、それが不安になった。僕は閉めた覚えがないが、彼女はどうだったろう？

「鍵は閉まっている」彼女は僕の思いを見透かすかのようにそう言った。「さあ、心配要らないの。このままじっとしていて」

「じっとしている理由はない」

外にいた男が、いきなりドアノブを回し始めた。鍵が掛かっていて回らないと判っていても、何かの偶然で外れるのを期待してのことか、それとも中に誰かがいるということを知っているのか、しつこく何度もノブを回し続けるのだった。それが一体どんな人間なのか、僕が立ち上がって確かめに行こうとすると、彼女は僕の肩をぐっと押さえ付けて阻止しようとした。力任せに振り解くと、今度は足にしがみついて止めた。さすがに撥《は》ね除けることは出来なかったが、機会さえあればすぐにでもその鍵を中から開けて、外にいる人間が一体誰なのか、この目で確かめてやるつもりだった。

「私のためにもここでじっとしていて。貴方が出て行っても、どうにもならないことなのよ」

「どうにもならないだって？」

「お願い」

彼女はそう言うと、押さえ付けるようにして強くキスをした。唇を離したとき、僕の頭はすでに混乱しており、行き先が判らなくなった情熱が、早くも身体の中で戸惑っているのを感じた。

「お願いだから、座って」

佐久間さんは僕の肩を抱いて、再びゆっくりと床に座った。僕も今度は抵抗をしなかった。彼女は力を込めて、肩に回した腕をぐいぐいと締め付けていった。

「今は出て行くときじゃない。出て行っても、何も生まれないのが判るでしょう」

「佐久間さん」

「同じ失敗はしたくないの」

彼女はそう言うと、薄明かりの中でもう一度僕にキスをした。今度は少しだけ力を抜いた優しいものだったけれど、それでもまだ、キスと言うにはかなり乱暴なものだった。三度目のキスで、ようやく彼女は唇を優しく押しつけた。ときどき、ドアノブが強く回されて気が散ると、そのたびに舌を差し込んで、僕の注意を向けさせた。

やがて彼女は肩に回していた腕を解き、僕の股間へと降ろしていった。部屋に入ったときからずっと充血のし通しだったので、ジッパーが降ろされると、跳ね返るようにして解放された。彼女はそれを指でさすりながら、キスを続けた。唇でその充血を沈めようとペニスを挟んだ。溶けるように彼女の舌の上で踊り、埃に汚れた髪の毛から、マリンノートの香りが温められて漂って来るのを感じていた。時間の中で、全てが形を失った夢でも見ているかのようであり、そしてなぜだか判らないのだけれど、悲しい気分でいっぱいになった。

射精の瞬間、佐久間さんは唇を素早く離したので、部屋の床を汚してしまった。埃だらけの部屋とセックスをしたかのような気分だった。けれども、その瞬間からドアノブが回されるのは止まり、汚れたペニスを唇でもう一度拭う、彼女のその音だけが静かに聞こえるだけだった。動物が隠れて餌を食べているような音だった。

顔を上げた彼女は、唇を手の甲でさりげなく拭うと、

「何にもならないのよ」と、もう一度そう言った。「確かに、ペニスはナイフのようにして、いろんなものを切り裂くことが出来るでしょう。情熱をそれに乗せてやることも出来るし、人を脅すことも出来る。でも、何も作れないのよ。セックスの他に、ペニスが何か

を生み出すことなんて出来ない」

佐久間さんの顔はとても悲しそうだった。「私の言っていることが判る？」

「判るような気がする」

「よかった」

彼女はまた僕の肩に手を伸ばして、力を込めて押さえ付けた。しかし、確かに射精の後では何か力が足りず、鍵を中から自分で開けてやる気にはもうなれなかった。情熱が抜き取られてしまったかのようで、怒りも焦りもなかった。代わりに、長い不安が訪れた。だがそれも、彼女と一緒なら半分になることだろう。

彼女は嫌がっているのだ。僕の情熱が独りよがりなのを嫌がっているのだ。どんな怒りも、闘争心も、結局は独りよがりで彼女を置き去りにしてしまう。彼女は、つながっている感覚を忘れたくなかったのかもしれない。それを弱さだとは思わない。だから、不安を二人で分けた。お互いの取り分には、十分満足していた。

「今になって、私のやりたかったことが判った。ここでやり残していたことが」

「何だったのさ」

「この部屋の匂いを消したかったんだ。貴方の匂いで、それを清算したかったみたい」

彼女は悲しい顔で、汚れた床を見た。「それで、過去から解放されたかったのね」

「そのために僕を待っていた？」

「悲しいことかもしれないよね、そうやって口にするのは」

「じゃあ、黙っていよう。それでも構わない」

「ありがとう」

彼女は言った。「まだ私には手助けが必要みたい」

「何でもするよ」

「今はこのままでいましょう。夜が来るまで、こうしていましょう」

佐久間ナオミは、そこで大きく息を吐き出し、目を閉じた。


横浜駅のそばはいつものように人でごった返し、市街地を流れる川は街の空騒ぎの代償として濁っていた。二人は夜のカーテンが引かれてもずっと、あのアパートの中で肩を寄せ合い、息を潜めていたのだが、いよいよ時間が差し迫った佐久間さんは、ついに出る決意をしたのだ。

彼女は、僕の手をしっかりと子供のように握り締めていた。僕も、彼女を見失わないようにしっかりと握り締めていた。緊張からか、手のひらはしっとりと湿っていた。

「手を離さないでいてね」

交差点で信号待ちをしているとき、彼女は言った。「簡単に飛んで行ってしまいそうなの」

「そんなことはないよ」

彼女はその言葉を聞くと、それでも不安げに僕の手をさらに引き寄せた。端から見れば僕たちは、身体中隙間もなく幸福を詰め込まれた、新しい恋人のようだった。もし何かが違っているとすれば、僕たちは始終、後ろを気にかけ、新しく前に踏み出すたびに新しい勇気が必要なことぐらいだった。

人混みを割って入り、地下鉄に降りた。東京とは違い、路線も短いせいなのか混雑はなく、トイレのような臭いもしなかった。蛍光灯の明かりがよそよそしく発光していた。二人はアルミの手摺りをしっかり摑まえ、急いで階段を駆け降りていった。途中で小さな突起物に指を引っ掛けたのだが、それを確認するほどの余裕はなかった。

閑散とした切符売り場で一番近い駅までの切符を買うと、そのまま改札口をくぐる。入口には小さな観葉植物が飾られており、地下鉄の風に吹かれてそよそよと僕を手招きするように揺れた。どちらへ向かうホームに降りればいいのか判らず、トイレのそばでうろうろと辺りを見回した。すると、佐久間さんが僕を引っ張り、根岸公園行きのプラットホームへと降りていった。真っ直ぐに、決して道を逸れたりしなかった。

やがて二人がプラットホームの端にまで来たときには、もうそこで電車を待っている乗客はいなかった。階段の陰となって、駅員も乗客も、僕たちがそこに立っていることに気が付いていないらしかった。反対側のホームでは乗客が数人、慌てている僕たちのことを何度か眺めてはいたものの、そのうちまたお喋りや新聞に興味を戻した。僕たちはこの町でも、やはり全くの旅人だった。どこへ行っても、結局はそうだった。

彼女はかかとを一度床に打ち付け、ブーツのヒールを確かめた後で、プラットホームの端から線路わきに降りた。一瞬のことに戸惑ったものの、彼女に急かされて、僕はすぐに後を追った。

地面は思ったよりも柔らかく、錆の粉のような茶色い土が、いたるところに積もっていた。時折現れる水たまりの他は、二人を阻むものは何もなく、これから起こることは、とても当然なことのように思えた。線路づたいに歩き、暗闇の中へと吸い込まれているというのに。

電車が来ると危険だと、彼女は何度も後ろを振り返って見た。そのたびに僕は彼女の汗で濡れた額に目を奪われ、固く閉じられた唇にも心を奪われた。それはかつての佐久間さんに見たこともない強そうな表情だった、その短く切った髪の毛が軽やかに跳ねるのも、新しい彼女にふさわしい感じがした。

「ここよ」

彼女はちょっと立ち止まって、僕を線路のわきに引き寄せた。トンネルの壁は小さな凹みになっていて、電車から避難するような場所か何かだと思っていたが、近寄ってみるとビルとビルの間に出来たような隙間が、奥の方まで続いていた。

「ここから三番ホームに行けるの。中は真っ暗だから、手を離さないでついて来て」

僕がうなずいたのを確認すると、彼女は息を継ぐ間もなく、その隙間に身体を横にして入り込んで行った。僕もまた、彼女としっかり手を握ったままで隙間に身体を入れた。

隙間の中は、頭の上に大きな配水管のようなものが見えるだけで、その他には何も見えなかった。一瞬振り返ってみると、先にはグレイの線がぼんやりと浮かんでいて、僕たちがそこから潜り込んで来たことだけは判るが、それ以外には何も見えなかった。どこまでの高さか判らない、冷たいコンクリートの壁と、ときどき頭の上に垂れて来る水と、佐久間さんの汗ばんで濡れた手のひら以外には何も感じられなかった。地面も真っ暗で、足を踏み出すたびに何かが落ちてはいないかと確認してみても、何も見えなかった。線路わきに降りたときと同じような、柔らかい錆の粉のような感触が、スニーカーの裏から伝わって来るだけだ。

しばらく歩くと、ずっと後ろで電車が通過して行ったのが判った。風だけは壁の隙間を強く吹き抜けて行ったが、振り返ってももう光の筋は見えなくなった。自分がどこにいるのかも判らなかった。もし彼女の手を離せば、そのままここから出られなくなるような、そんな気がした。彼女はふと動くのを止めた。壁の隙間づたいに歩いていたのだけれど、そこから右に、これもまた小さな隙間の方へと潜り込んで行った。

彼女について壁を曲がった途端、そこが今までよりもわずかに空間が確保されていることを知った。ちょうど、小さな非常階段の踊り場ぐらいのスペースと、赤味がかった非常灯のような明かりがあり、光は辺りに漏れることなく、しっかりとその場所だけに収まっていた。

誰が見るのかは知らないが、鉄の錆びた看板がそこに残されていた。

それは随分と古い、仁丹の看板だった。僕が生まれるずっと前から、三番ホームへ訪れる人間のためだけに立てられたような印であり、将軍の顔はこの世界の物語と、ここから先の物語の間に仁王立ちする暗闇の門番のように見えた。

「どうしてこんな所に看板が？」

声を小さくして話したつもりだったが、興奮していたのか、それともここが壁に挟まれているせいか、思ったよりもずっと反響して驚く。

「端がめくれあがってしまってるから、手を切らないように気を付けて」

「どうしてなの？　どうしてこんな所に仁丹の看板が立っているのさ」

「この看板は世界中のどこにでも立っているわ。世界のつなぎ目に」

彼女はその奥の、錆びた防災扉のようなものに触れながら言った。ノブは非常に硬いらしかったが、身体の体重をかけていたので問題はなかった。僕が手伝ってやるにしても、これほど狭い場所では、入れ替わるのにかえって時間がかかっただろう。彼女はとにかく無駄な時間を使いたくなかったのだ。

「そのつなぎ目を知っている誰かが、一つずつ立てたの。物語と物語の間に、誰かが印を付けたのよ」

最後の言葉は揺れた。彼女がとりわけ力を込めながら言ったからだった。そしてドアのノブは錆びついたきしみをたて、ようやく回った。ドアがゆっくりと開いた。やはり錆びつき、底が床にくっついているのか、ガリガリと下を削るような音がした。

先には、高速道路の橋げたにも似た分厚いコンクリート壁が広がっていた。壁のずっと上には手摺りらしいものが見える。足元には錆び切った鉄階段が倒れて茶色い水たまりの中に半分沈み込んでいた。

「……この上がプラットホームね」

佐久間さんは汗も拭わずにそう言った。「でも階段が崩れたままなの。いつかアニーと一緒に乗り込んだときのまま、ずっとそうなのよ。一人じゃ上れない」

「僕の肩を使う？　肩の上に乗って、上へ上ればいい」

「それより、私が貴方を押し上げるから、上から引っ張ってちょうだい」

「そんなこと出来るかな？　こんなに大きな身体で」

「時間がないの、急いで」

彼女は僕の背中を押した。

僕は赤い非常灯の明かりだけを頼りに、壁に向かって跳びついた。僕の身長なら、あとわずかでその先の手摺りに触れられそうだった。しかし、もう少しというところで、触ることは出来ず、代わりに僕はコンクリート壁に勢いよく手のひらをこすり付けてしまう。小指の下が血でにじんだ。

そのとき、僕たちのやって来た隙間の奥から、何かを転がすような音がした。業務用のトマト缶をひっくり返したようなその音の正体が何なのかつかめなかった。耳を澄ませた。しばらくして、誰かの足跡が壁の隙間を伝って聞こえてきたような気がした。

「誰かが来た？」

「急いで。急ぐのよ」

佐久間さんは僕の腕を強く摑んで言った。

僕はもう一度跳び上がってみた。また摑めなかった。もう一度跳んでみた。しかし、まわりが狭いということもあってか十分に踏み込むことが出来ず、自分では届きそうなものなのに、あとほんの数センチ分が足りなかった。その間にも、足音ははっきりとこちらに近づいて来るのが判ったのだけれど、壁やら果てしない天井やらに反響して、その足音がどこまで近づいているのかが判らなかった。アニーの足音かもしれなかったし、あるいはもっと別のものかもしれなかった。もっと複雑で、もっと底の深い、タールの沼のような人物がゆっくりゆっくりとこちらに近づいて来るような気がした。その人は、ここまでやって来て、あの看板を捨ててしまう。世界のつなぎ目をほころばさせて、いつか破れて穴が開くのを企む人物のような気が。

僕はまた跳んだ。それからまた跳んだ。跳んだ。

「急いで！」佐久間さんは言った。「近づいてきた！」

ついに右手だけを手摺りにかけることが出来た。すぐに後ろから佐久間さんが僕の身体を押し上げた。しかし、もちろん僕の身体は大きく重たいので簡単にはいかず、彼女は全ての力を込めて押し上げていた。まるで、子供を産み出すときのような唸り声でもって壁の上へと押し上げた。

壁の上に上がった。

そこは、暗いプラットホームだった。

非常灯の赤い明かりだけでは全て見回すことが出来なかったが、確かにそれは地下鉄のプラットホームだった。全てが錆で赤く焼けた、古いプラットホームだ。しかし、さらに近づいて来る足音に我に返った僕は、見たこともないプラットホームを十分に眺めまわすこともなく、急いで寝そべって壁の下に手を伸ばした。

佐久間さんは僕の手を目指して何度もとびついてきたが、彼女の手はまるで届きそうもなくて、ただ空しく宙を摑むだけだった。手摺りの向こうに身体を出し、後ろ向きにぶら下がるような形でもって手を下へ伸ばした。片方の腕と足で踏ん張り、右手はしっかりと彼女に伸ばした。その間にも足音は近づいていた。誰かの乾いた足音だった。

彼女は地面の錆びついた土を手にこすり付けると、皮のロングブーツを脱ぎ捨てた。さっきから様子を見ていたが、やはりかかとが外れてしまったらしい。彼女は全てを捨てて跳んだ。その手は宙を突き進み、そして僕の指先に触れ、しっかりと組み合わさった。彼女はそれから残った手も伸ばし、両手でもってぶら下がった。錆びた手摺りがギイギイと土台から鳴り出し、僕のぶら下がっている部分の土台はすでに腐っているらしいことを知った。それでも、彼女を引き上げることより他に何も出来なかった。満身の力を込めて、彼女を壁の上に引きずり上げてやるだけだった。

引きずり上げている途中で、プラットホームのずっと向こうから電車がやって来る音がした。ギシギシと唸りを立て、それはゆっくりと滑り込んで来たのだけれど、ホームには何の放送も流れなかった。どこへ行くどんな電車なのか、誰も知らなかった。彼女は最後の力を込めて壁を上りつめた。手摺りを潜らせている間に電車はプラットホームにゆっくりと停車した。「回送」の表示盤が列車のわきに光っていた。佐久間さんは頬をこすったらしく、斜めに擦り傷ができていたが、それを拭う間もなく、電車に向かって行った。

しかし、ドアは一向に開こうとしなかった。どこからか圧縮空気が噴き出される音がするだけで、アルミのドアは固く閉ざされたままだった。

佐久間さんがドアをこじ開けようとする。全くびくともしなかった。

「お願い、早く開けて！」

彼女は怒鳴ったが、プラットホームには電車の吐き出す空気の音しか聞こえてこなかった。僕は足音が気になって振り返った。しかし、その誰かがいる気配はなかった。

「あの足音は……」

彼女にそう言おうとしたそのとき、不意に手摺りの下から指の先が一瞬だけ見えた。手は一度見えなくなって、再びその先だけが見えた。誰かが手摺りの下にまで来ており、壁に跳びついているのだ。

それに気付いた佐久間さんは、扉を強く叩き付けた。けれどもドアは開かなかった。

「開けて、お願い！　ここを開けて！」

「一体誰なのか見て来る」僕は言った。「きっと、あのアパートに来た奴だ」

「駄目よ！　そんなことしちゃあいけない。お願い、私から離れないで、恐いのよ」

指先はついに手摺りの下を掴んだ。指に力が入っているらしく、小刻みに震えていた。僕はますますその指に釘付けになっていた。ここから見ただけでも判るほど華奢な指でありながら、指の背は毛深く、まるで蜘蛛の足のようだった。

「開けて！」佐久間さんが叫ぶ。「開けて！」

誰かはついに肘を載せた。今度は左手で踏ん張れるものを探しているらしかった。袖の部分が見えたけれども、やはりそれだけでは足音の主が誰なのか判らなかった。

「開けてーッ！」

彼女が叫んだとき、まるでそれに答えるかのような圧縮空気の音がして、今度のそれはプラットホームと車両の間からも勢いよく噴き上がった。生暖かい風はゴムと油の匂いがして、僕の髪の毛は貼り付けられたようにたなびいた。短い佐久間さんの髪の毛もばたばたと踊り、コートと一緒にスカートがめくれ上がって、ブーツを脱ぎ捨てた彼女の素足が見えた。

やがて、黒板を引っ掻くような音を立てて、ゆっくりと扉が開いた。全てのドアから似たような音がして、プラットホームの奥からも、ずっと先からも、同じようなきしむ音が飛び出し反響して耳をつん裂いた。物語と物語のつなぎ目が、誰かに無理やり引き裂かれるような音だった。

「でも……」

待ち切れずに、その扉に肩を突っ込み、車両の中に入った。中には明かりが全く灯っておらず、プラットホームよりも暗かった。壁の向こうでは誰かの毛深い左手がついにパイプのようなものを見つけたらしく、頭の上もすでに見え隠れしていた。窓に顔をくっつけて外を見てみたが、佐久間さんは背を向けるように席に着き、僕を引っ張って隣に座らせた。

座ったまま振り返って見てみようとすると、彼女は僕の首に手を回し、座席に押しつけた。座席は埃とヒーターの香ばしい臭いがした。彼女の頭のてっぺんが、僕の頭のてっぺんにくっついているのが判った。

「見ちゃあいけない。このまま隠れているの」彼女は言った。「見ちゃあいけない」

扉は開くときと同じような音を立てて、ゆっくりと閉じた。

そのとき、誰かがその扉の向こうにぶつかった音がした。僕たちの身体がびくりと揺れたのが判ったが、どちらも顔を上げず、じっと伏せていた。

電車はゆっくりと動き始めた。その人はドアに何かを突っ込んだらしかったが、開く気配がないので無理やりに引き抜き、それから電車の窓を強く叩いた。何度も何度もその窓を叩いた。電車と一緒にプラットホームを走っているらしく、次第にその間隔は開いていった。僕たちは顔を上げずにじっとしていた。

電車はプラットホームを過ぎ、暗闇の中を滑り出していった。

等間隔で窓の外に光が走り抜けていくのが判る。非常灯のような赤い色だったので、佐久間さんの頬も僕の頬も、電車と同じような錆び色に染め、点滅させた。古いサイレント映画の中に紛れ込んでしまったような感じがした。

「……佐久間さん、どうしたの?」

浮かんだり消えたりする彼女の頬を眺めながら僕は聞いた。「泣いているんだね」

「泣いてはいない。ただ、すごく疲れたの」

彼女は鼻をすすり上げるように言った。「それに、頬を擦り剝いちゃったみたい。おかげで、しばらく外に出られそうもないわね」

「この電車はどこに行くんだろう。これは、三番ホームから出た電車なんだろう?」

「どこに行くのかは知らない。でも、途中で高田馬場に止まるはずよ。貴方はそこで降りないといけない。降りて、家に帰らないと」

「僕も一緒に行くよ。佐久間さんを一人で行かせるのは心配だし、第一ブーツもなくなって、しかもこんな汚れた格好で、とても一人では歩けないだろう」

「駄目よ。貴方は降りないといけない」彼女はもう一度そう言った。「私は、私の物語を見つけに行くのよ。一人で探すの」

「僕がついて行くのは邪魔になる?」

「そうじゃないの。でもね、私が降りる駅が必ずしも貴方の降りる駅と同じだとは限らないでしょう?」

電車が少し揺れて、僕たちは軽く跳ねた。吊り革がぶつかって、カチャカチャと騒々しく鳴った。

「貴方は降りるのよ。お願いだから、次の駅で降りて」

「もし降りてしまったら、もう二度と会えなくなりそうだ」

「誰もその保証は出来ないじゃない。また会えるかもしれないし、会えないかもしれない。でももし今度また会うとしたら、同じ物語の中でだといいね。同じ物語の登場人物として会えたら、私たちは一緒に物語の続きを作れるかもしれない。物語を終わらせることも出来るはずよ、打ち切らずに」

「佐久間さん、僕はね……」

「待って」彼女は僕の口に手を置いた。指先は、錆と土の臭いがした。「次の駅までは、一時間もかからないと思う。私たち、その間に話すべきことを話しましょう」

「一時間じゃとても話し切れない。僕には、話すことがたくさんあるんだ」

「でも、時間はそれしかない。その間に、私たちに出来ることをするのよ」

彼女は言った。そして僕の手をゆっくりと摑み、それから静かにキスをした。唇を離したとき、彼女は、何もかもが全てこれで解決するのだとでも言うような、不思議な笑みを投げかけた。僕には意味が判らなかった。彼女が一体、この物語をどんな結末へと導くつもりなのか、全く見えてこなかったのだ。ただ一つ判っていることは、僕たちに残された時間があと一時間足らずだという、変わらない事実だけだった。

「私たちに、全てを説明し合う時間はないの。だから、これでいい。それに、これ以上自分たちのことを話す必要もないんだし。今ではもう、必要のないことでしょう？」

佐久間ナオミの言う通り、僕たちの時間は、暗いトンネルを進むにつれてすり減った。その瞬間はひとつひとつ、トンネルの中に置き去りにされた。

「するべきことを、して」

彼女は言った。そして僕は、埃まみれになった彼女のコートを不意に開き、その中に顔を押しつけた。一時間分の愛を測る小さな砂時計を、切羽詰まってついにひっくり返したかのように。彼女も僕の首を強く噛み、腕を背中に回した。非常灯の明かりが点滅する車両の中で、僕たちはますますすり減った。

「私、もう二度と夢なんて見ないと思う。でも、それで構わない」

首筋の痣にキスをすると、彼女は身体をねじらせながら僕の耳もとでそう言った。「……ねえ、聞いていい？　貴方、本当にあの日記を読まなかったの？　どうして貴方は、最後の扉を開けようとしなかったの？」

「どうしてだろう。僕には説明出来ないけれど、何か、そのままにしておきたいようなものに思えたから。開ければ、その何かが壊れるような気がした」僕は言った。「そうなればきっと、僕にはもっと辛いことだろうし」

「そうね」

彼女は言った。「私の涙が全て詰まっていたの」

「僕の共有できない過去か。だけど、中身そのものより、共有できないってことには嫉妬

たのかも」

「だけど、どんな過去だって結局はそうでしょう。共有した時間なんて、ほんの錯覚だったのかも」

「もし僕が一切を無視して中身をのぞいていたら、どうなっていたんだろう」

「やっぱり何かが崩れたでしょうね。そして多分、二度と戻って来ないのよ」

彼女は、僕の首筋に息をかけた。身体が溶けて、このまま消えてしまいそうだった。熱い飴のように長く伸びて、自分自身をなくしてしまいそうだった。

これが、物語をなくしてしまうということなのかもしれない。仮にそうだとしたら、僕は物語を失ってしまっても、それはそれで構わないような気がした。僕たちの物語が溶け合い、たったひとつの長い飴になってしまうのなら、どれほど幸せなことだろう。大切な人と一緒になって時間を滑って行けるのなら、あるいはそれこそ、本当の幸せなのかもしれない。第一、大切な人と一つになれるということ以外に、一体どんな幸せが世界に残っていると言うのか。僕には何一つ思いつきそうになかった。個人的な理由とやらをひとつひとつ解決していけば、それで本当に幸せな気分になれるだろうか。僕たちの目指す場所はそこなのだろうか。そこには一体、何があって、どんな幸せを手に入れられるだろう？いくら頭を働かせてみても、何だかそれは、無人島で見つけたダイヤモンドの原石に過ぎないような気がしてならない。使い道のない、冷たく光る幸せだ。僕は本当にそんなものが欲しいのか、まるで自信がなかった。

——でも貴方は降りなくてはいけない。

自分の物語を完成させることが、そんなに大切なことだろうか。誰かと流れて行くのは、そんなにいけないことだろうか。

——貴方は、見失い始めている。駄目よ、考えなくちゃいけない。何度も同じ失敗を繰り返している時間はないの。

……僕はもしかすると、自分の物語なんてどうでもいいのかもしれないな。

そう考えた途端、物語は突然長く伸び、甘い匂いを放ち始めた。

——自分の物語を手放しちゃいけない。ねえ、聞いてるの？　自分の物語を手放してしまったら、もうそこから何も生まれなくなるのよ。誰かに任せてしまったら、それはもう貴方の物語ではなくなってしまう。物語を手放してしまった人がどんなふうになるのか、覚えているでしょう？

僕はもう、彼女の言葉さえ聞いていなかった。何も考えておらず、身体が伸びてゆくに任せていた。

——貴方は、物語を捨てるの？　本当に捨てるつもりなの？

すでに僕の身体は細い糸のように伸びきっていた。もうすぐ、煙のように細くなって消えてしまうだろう。

——泣いているのは私じゃない。貴方でしょう？

何だって？　僕は問い直した。僕がどうしたって？

――泣いているのは貴方なのよ。

僕は何の感情も持っていない。たった今、それが全て溶け出してしまったような気がするんだ。

――いいえ、まだ感情を持っている。情熱も持っている。その情熱が多過ぎて、身体からはみ出してしまうんでしょう。貴方は、それに怯えていた。大きくなることを、ずっとずっと怯え続けてきたのよ。

僕が何を怯えるんだ。何も持っていないのに、何に怯えるんだ。

――はみ出した情熱が現実に触れて、乾いてしまうから。だから貴方は、怯えるの。私に、何もかも任せてしまおうって、そんな気持ちになっているのよ。でも、それだって結局は貴方の情熱。違う？　貴方は、最後の情熱を私に全て捧げてしまおうとしているだけじゃない。情熱に任せて、情熱を投げ売りしようとしているのよ。

それはいけないことだろうか。

――いけないことよ。

どうして。

――不幸せを招くことは、何もかもいけないこと。

それが本当に不幸せなことだと思う？　僕は思わないよ。他に、幸せなものなんてあるのかな。

――考えて。貴方のものは、貴方が考えなくちゃいけない。

僕には何も思いつかない。これ以外に、幸せになる方法なんて何も思いつかない。

——貴方は、不完全なものを恐れすぎている。ひとつ、何かひとつ不完全なものがあると、全てが受け入れられなくなるのね。情熱は、一度に全てを欲求するものだからなんでしょう。貴方は情熱をぶつける代わりに、不完全なものを全て受け付けないで生きてきたんだわ。

それが何だって言うんだい。今になってようやく、完全な幸せを見つけたのかもしれないんだよ。

——でも、ここに完全なものはない。物語の隙間には、完全なものなんて何もないのよ。だけど、貴女がいる。

——それは貴方にとって完全なものじゃない。永遠に全てを満たしてくれる恋人がいないように、誰にとっても、その他の誰かが完全なんてはずはないでしょう？　唯一あるとしたら、それは、まだ終わっていないものだけよ。終わっていない物語、終わっていない夢、ただそれだけが完全なの。完全と言うよりも、不完全だからこそ完全なの。意味が判る？　結末がないからこそ不完全でもあるし、だからこそ全ての可能性を残している。そして、ここはそういう世界なの。貴方の思い描いている幸せがある場所ではないのよ。つまりね、どちらの世界にも、完全なものなんてないってことなの。物語の隙間だけでなく、物語そのものにもね。そしてもし、物語にしっかりと足を着けて生きていこうとするなら、むしろどこか不完全であることが必要なの。完全な調和や、完全な幸せじゃあ、物語に留まることが出来ない。かつてのアニーがそうだったように。あの人は不完全だったから、一時的に留まることが出来たの。不完全だからこそ、居場所もあったのよ。

それじゃあ、今のアニーは？　つまり……

――つまり、充血するアニーね。いいわ、別に言葉を選ばなくても。確かに貴方の言う通り。今の彼は完全なのかもしれないわね、ちょうど横浜で過ごした頃のアニーみたいに。私が愛していた頃のアニーのように。だからこそ、あの人は物語の隙間をさまよい続けなくちゃいけないの。

それが、アニーの本当の姿なんだね。

――それは、判らない。どれが私たちにとって本当の姿なのか、そんなことは誰にも判らない。

それなら僕だって、物語の隙間をさまよい続けることを選んでも、おかしくはないはずだ。

――でも私はずっと物語の隙間に留まるつもりはないのよ。それなら、貴方がここに残る理由もなくなるはずだわ。

じゃあ、貴女はどうしてここに来たの。

――過去と決別するために。もちろんそれは、完全に忘れるって意味じゃないと思う。それが出来ないってことは、もうよく判った。だから今度は、それを引きずっていく代わりに、何かを手に入れようとしているの。アニーにもらわなくてもいいようなものを。

アニーにもらわなくてもいいもの。

──城戸さんにも。それから、貴方にも。

「それは……」

僕は言った。「それは誰か他の人に補ってもらえるものじゃないんだね？」

「そう。だから、貴方は高田馬場でどうしても降りる必要がある」

彼女は、とても悲しい目をしながら僕を抱き締めた。懸命に同情の色を取り払おうとしているのだが、どうしても微かに漏れ出していて、それを感じてしまうことがつらかった。

「ドアが開いたら、閉まらないうちにホームへ降りるのよ。貴方の物語に戻って」

彼女がそう言った頃には、電車の速度が微妙に落ちてきたことを感じた。停車駅が近づいて来たのだろうか。彼女もそれに気付いていたはずだが、あえて何も言わなかった。新しい会話を始めようともしなかった。きっと、会話が途中で途切れてしまうことで、僕がホームに降りる妨げになるのを恐れたのだろう。電車が速度を完全に落とし切るまで無言でいるしかないようだった。

やがて電車は、車輪をきしませながら止まった。この電車そのものが壊れてしまいそうなほど巨大な、悲鳴のような音だった。いつしかゆっくりと僕の指から、彼女が離れていった。触れた指先の面積は、表に出たネコの目のごとく細くなり、針のようになって消えてしまったのだった。

うなりながらドアが開くと、油臭い風が車内に吹き込んできた。それは、電車とプラットホームの間から吹き上げて来る強烈な風だった。風でもみくちゃにされながら僕は何度も彼女を振り返り、考えた。果たして僕は何を犠牲にするのだろう。佐久間ナオミそのものではないような気がした。当然、彼女を失うことになるだろうと考えて当然のはずなのに、僕が失うものは佐久間ナオミそのものではない。しかし、答はない。問いを彼女に見出そうとした。しかし彼女は、僕の方を見ようとはしなかった。座席に座ったまま、じっと黙っているだけだった。人差指と中指を使って唇をふさぐその姿が、悲しくてたくましかった。

「ここで降りるよ」僕は言った。「気をつけて、ナオミ」

彼女は、それでも唇から指を離そうとはしなかった。かたくなな姿勢は、彼女の頬に唇を寄せることさえ許さなかった。

佐久間ナオミは真剣だった。目をつむり、自分の世界を最後まで守り通した。

# エピローグ

曲がっていた城戸さんのネクタイを真っ直ぐにしてやった後、僕は応接間の窓を開けて空気を入れ換えた。まだ少し寒いのだけど、コーヒーを飲むにはちょうどいいぐらいだ。城戸さんはワイシャツにトーストのくずを落とさないよう、首を伸ばして亀のようにかじりつき、おいしくなさそうにグズグズとそれを飲み込んでいた。

「城戸さん、本当に急がないと乗り遅れるよ」

僕は朝から城戸さんの用意を手伝っていたせいなのか、椅子に座る気分にはなれず、ずっと立ったままでコーヒーを飲んでいた。

「どうせ大して食べないんだから、朝御飯ぐらいどうだっていいだろうに」

「いいや、朝食を欠かす訳にはいかないですよ」城戸さんは言う。「それに、万が一電車に乗り遅れたとしても、それで誰が困るものでもないでしょう」

「誰が困るものでもって言うけど、その切符、僕が買ってあげたのにさ」

「でも、今のところキミはお金に困っていないじゃないですか」

城戸さんは言った。「見舞いへ行ったところで、彼女が僕に会ってくれるかどうかも判らないと言ったのはキミですし、結局はそれにお金を出してくれたのもキミ。それならば、乗り遅れて切符が無駄になったとしても、大した話ではないでしょう？」

「何とでも言ってよ」

僕は笑っていた。怒る気分にはなれなかった。

「それよりネクタイの色、やっぱりこのスーツと合わないんじゃないかな」

「そうですか？　取り替えていった方がいいですかね」

城戸さんは膝を曲げて、ついていないTVの画面に自分の胸元を映した。「見舞いに行くのに、こんな色はおかしいですか」

「だから、最初から見舞いぐらいでスーツにすることないんだって」

「でもねえ。病院には家族の方々が来られているかもしれないしねえ」

「考え過ぎだよ城戸さん。もっと気を楽にね」

「考え過ぎならキミの方ですよ」

城戸さんはようやくトーストを諦め、新聞と一緒に大きな鞄を持った。

「昨夜も遅くまでウンウン唸っていたでしょう？　ため息が僕の部屋まで聞こえていました」

自分でも気が付かなかった。一体、いつからため息なんてつくようになっていたのだろう。

「新しい小説が、なかなかうまくいかないんだ」

彼と一緒に玄関へ出て、靴べらを手渡してやった。いちいち渡してやらないと、せっかく買ったばかりのウイングチップをつぶして履きかねない。

「僕がいない間、しばらく羽根を伸ばすといいですよ。考え過ぎるなと言ってもそれは無駄でしょうが、とにかく気を楽にすることぐらいは出来ます」

彼は笑った。「楽しいことをするんですよ。今日だって、無理して小説なんか書かないで、晴美クンの公演を観に行けばいいんですよ。せっかくチケットを送ってきてくれたのですから。彼女に会えば、案外、全て治ってしまうかもしれませんよ」

「そうだね」

僕はそう言いながら、気付かないうちに自分の股間に触れていた。僕はあの三番ホームから戻って以来、ずっと充血が出来なくなっていたのだ。理由は判らないのだが、まるでそれと引き換えにしたかのように、自分でも判らない何かを身体の中に残されたような気がする。大事なその何かを残す代わりに、情熱を奪われてしまったような気がした。

「ところで、もしも由美子さんに会えたら、よろしく言っておいて。早く元気になって下さいって。そういう言葉は、かえって彼女の病気を悪くさせるかな」

「伝わるでしょう。会えれば、さりげなく言っておきます」

「会えるといいね」

城戸さんは僕の言葉に対し、妙にうやうやしくうなずいてから、家を出た。表にかかとの音が軽快に響いていたのは、ウイングチップの真新しさのせいだけではなく、それはきっと城戸さんの気持ちの新しさが響いていたのだと思う。春を呼び寄せるような足音だった。

残りのコーヒーを持って縁側に出た。縁側からは、花が散って柔らかそうな葉をつけ始めた梅の木が太陽に揺れ、凹んだまるの墓の上に複雑な模様を作っていた。一人になった僕は、ジーンズのポケットにしまってあったものを取り出そうとした。そして、何もないことを思い出した。

それは間違いなく、佐久間ナオミが僕のために書いた手紙だった。手紙というよりはメモ書きと言っていいほどの非常に短い手紙だ。文面からは、彼女が今どこにいて、何を探して歩いているのか、どれほどがった意味を推測しようにも、到底計り知れるものではなかった。けれど、そこに余計な意味を無理やりに盛り込むのは、彼女に対し——それから、彼女の人生に対し——失礼なことだろうから、僕はもう何も言わない。せいぜい教えられることと言えば、手紙の文字がとても静かなものだったということぐらいだ。それにしたって、現物はもう残っていない。洗濯機の中で、すっかり溶けてしまった。けれど、何だって言うのだろう? いつか晴美が言っていたように、結末を迎えていないものに感想は生まれないのだ。そして、それはアニーに関しても同じことだった。彼が今、どこでその情熱を燃やしているにせよ、まだ感想は生まれてこない。だから僕は全てを保留のままにして、縁側に横になり、目を閉じよう。風はまだ少し冷たいけれども、暖かなセーターのせいで、すぐに眠気に襲われるだろう。

そんなことを考えていると、本当にプールにでも飛び込むかのような速度で、自分が眠りの中に落ちていくのが判った。とても静かで長い眠りになりそうだったから、これから見る夢のことを思う。きっと水流のあるプールで泳ぐような夢になるのではと想像してみたのだけれど、実際は違った。

僕たちは、とても巨大な風呂の中に裸で入っていた。僕と佐久間ナオミ。アニー。それから晴美や城戸さん。由美子さん。雨ネコのまるも一緒だった。それぞれが風呂の中でめいめいに思いついたことを思いついたままに話していた。風呂桶のへりに腰をかけた佐久間ナオミは、乳房を隠そうともせず、「……私がいいと思う小説はこうね」と、僕の目を見つめながら話していた。

「最初のページをめくったとき、もう物語は始まっているの。そして、何よりこっちの方が大事なんだけどね、最後のページをめくったとき、物語はまだ続いている小説。言っていることが判るかな。小説って人生みたいなものでしょう。それとも、人生が物語って言うべき？」

僕にはまだ、その言葉の意味がはっきりとは摑めないままだった。それを察してか、アニーがゆっくりと泳ぐように僕の方へ近づいてきて、こんなことを言った。

「例えば、キリンの首について考えたことがあるか？　お前は何を見て、キリンだって思う？　あの模様？　それとも雨を呼ぶとか言う角？　俺は違うな。俺はやっぱり、あの長い首を見てそう思うだろうよ」

「ますます意味が判らなくなったよ」

「だから、『人はみな、自分の本当の故郷を探すために、人生の大半を費やしてしまう』っていう言葉のことさ。一体、あの言葉を考えた人は、そもそも人間の一生の、どの部分を人生って言ったんだろう。始めから終わりまでなのかな？」

「アニーはどう思うの」

「決まってるじゃないか、一番目立つ部分だ。始まりと終わりは大した問題にならない。真ん中の部分こそが、人生なんだな。だから、費やしてしまうって言葉はおかしいよ。だって、そうやって費やすことこそ人生そのものなんだから」

「少し酔っているみたいだね」僕は言った。

「酔っちゃいない。ただ、誰かに話したい気分でいっぱいだったのさ」

その日のアニーはいつにもまして得意げだった。そんな彼が、湯船から勢いよく立ち上がり、洗い場へと歩いて行くのを黙って見つめていた佐久間さんは、

「物語と同じなのね」

と、前触れもなく言った。「出来るなら、始まりも終わりもない方がいいけれど」

彼女は相変わらず僕の瞳の奥をじっと見つめ、本当に判っているのかどうか確認しようとしているようだった。

玄関の方から電話のベルが聞こえた。電話に出ないといけないのは判っていても、なぜだか充血が始まって、僕は湯船から出ることが出来ない。ナオミはそれを目敏く見つけ

「何も隠すことないじゃないの」と笑った。

「あれは、次の物語を知らせる電話。起き出して、新しい物語を書き出せって告げるベル。でもまたかかって来るから心配しなくていいよ。それより私たち、もう少しこのままここにいた方がいいと思うの。慌てないで、休息を取るべきよ。休息が必要なときなの」

「そうかもしれないね」

うなずいた。彼女は嬉しそうに湯船の中に身体を沈め、僕の耳もとで自分の物語を語り始めるのだった。

とても長い物語になりそうで不安だけれど、早く話さないと何もかも忘れてしまいそうなのよ、と。

# 解説　失われた物語を求めて

中条省平

「私の思い出は虫入りの琥珀の虫」
三島由紀夫『サド侯爵夫人』より

伊藤たかみが芥川賞を受賞した「八月の路上に捨てる」に、こんな一節がある。

「心の動きは、ねじくれながらも一本の線を描いている。線上にはきっと、百も二百もの目に見えない選択肢があった」

そう、人間はつねにただひとつの人生しか生きられない。だが、それにもかかわらず、いや、それゆえにこそ、あり得たかもしれない百も二百もの別の人生を夢想し、それらの人生を生き得なかった自分を哀しむのだ。

「八月の路上に捨てる」は、主人公の敦が生き得たかもしれない百も二百もの別の人生を断念する小説である。逆に、その七年前に書かれた長篇『ロスト・ストーリー』では、登場人物たちは自分の過去にさかのぼり、生き得たかもしれない人生を探してまわる。

「ロスト・ストーリー」とは、いまは失われてしまったが、かつてはあり得たかもしれない人生＝物語のことを意味している。

『ロスト・ストーリー』は「僕」の一人称で語られる。

「僕」という人物は、ナイーブなやさしさと、優柔不断な独語癖と、大学生のくせに何もかも知りつくした老人のようなクールさを合わせもっている。そして、小説家志望の青年らしく、気の効いた比喩や誇張法を駆使しながら、すべてのものごとに一定の距離を置き、饒舌さと朴訥《ぼくとつ》さのあいだで巧みなバランスを取りつつ、微苦笑をさそうユーモアをにじみ出させていく。

小説の主筋は、『小説から遠く離れて』の蓮實重彦の言葉を借りるならば「宝探し」の物語であり、失踪人探しから始まるアメリカのハードボイルド小説にもどこか似ている感じがする。重要人物（や重要動物）がつぎつぎ失踪する点からは、「ロスト・ピープル」あるいは「ロスト・シングス」と名づけられてもよかったかもしれない。

物語の始まりを見てみよう。

ある朝、「僕」のもとに、赤いコートを着た少年が手紙を届けにくる。手紙の差出人は佐久間ナオミという女性で、「個人的な理由」でもうこの家には戻らない、と書いてある。赤いコートの少年もすぐに消えてしまうが、小説の途中でときどき思いだしたように顔を出しては、僕に、失踪人探しのヒントや、謎めいた予言や、哲学者のような思わせぶりな断言を残していく。神託者か巫女のような存在といえばいいだろうか。

のちには、予言者めいた役割を分担する人物として「松葉杖の男」も出没し、こちらはもっぱら物語に不吉な影を落とし、暴力の予兆のようなキナくさい匂いを漂わせる。

さて、手紙の差出人である佐久間ナオミとは、僕とアニー（僕の兄のあだ名）の家に同居している女性で、かつてはアニーの恋人だった。しかし、いまはアニーは性的不能で、ナオミとの関係はない。まもなく、ナオミの現在の恋人である「城戸さん」という人物がやって来て、今朝、赤いコートの少年からナオミの手紙を受けとったという。その手紙には、こう書かれていた。

「もしも全て解決する場所があるとして、貴方はそこに行きますか？／もしもここが貴方の物語でないとして、貴方は新しい物語を探しに出掛けますか？／それとも、ここに留まりますか？　それは、何のためですか？」

ここに、『ロスト・ストーリー』のもっとも重要なテーマが凝縮されている。

この小説はナオミという失踪人探しの物語として展開するが、それはある意味で、「メタ小説」的な探求の口実にすぎない。そのことが、このナオミの置手紙に明言されている。

主人公の僕が小説を書きつつある作家志望の青年に設定されていることも、むろん意味深い。失われた物語を求めてさまよう僕は、小説のラストで、失われた物語でもなく、

「別の新しい物語」でもない物語の真実を見出し、その真実を描く小説家へと脱皮することになるからだ。

その意味で、冒頭のナオミの置手紙は、この小説の出発点であり、同時に帰着点でもある。つまり、この小説はナオミの問いをめぐって無限に循環するような印象をあたえている。主人公の夢のなかでナオミが語るように、「私がいいと思う小説は……最後のページをめくったとき、物語はそれでもまだ続いているような小説」というわけである。

だが、ちょっと先を急ぎすぎた。もうすこし物語を追ってみよう。

ナオミの失踪にアニーは妙に無関心な態度をしめすが（もちろん深い理由がある）、僕と城戸さんは、僕の飼う雨ネコの「まる」（黒地に銀縞のネコは雨を招くので雨ネコと呼ばれるという）を介して友人となり、二人はナオミの住んでいたぼろマンションへ行き、彼女の妹の晴美と出会う。売れない演劇女優の晴美は持ち前の大胆さで、僕とアニーの家に転がりこみ、城戸さんも僕の家に入りびたりになる。「まる」のとりもつ縁で、やはりネコを飼っている隣家の令嬢・由美子さんもこの交遊の輪に加わり、五人と二匹の奇妙にのんびりとした共生生活が始まる。

『ロスト・ストーリー』がまことにいきいきとした小説としての輝きを放つのは、ユートピア的に時間の停止したこの共生生活を描く部分である。ナオミの失踪という不吉な事件を押し殺すようにして演じられる執行猶予下のこの家族ゲームには、エゴセントリックではあっても、けっして自分だけで閉じてしまわない、他者に向かってやさしく開かれた、伊藤たかみの作家としての独自の資質があらわになっている。

じっさい、野球見物と海水浴とクリスマスと大晦日がなにより大事なこの共生空間にあっては、失踪したはずのナオミさえ、ときどき姿を現して、晴美の楽屋に花を届けたり、みんなの留守中に洗濯物を畳んでいったり、忘れた日記帳を取りに戻ってきたりするのである。だが、これは束の間の楽園の幻想にすぎない。

松葉杖の男が出現して、「ぺ・ニ・スだ」と呪文をつぶやいた瞬間から、物語は暗転する。野球のバットを握るアニーの手のひらは破れて血だらけになり、雨ネコのまるはボンレスハムのようになって死に、急にペニスが充血したアニーは家出してしまうのだ。そのことの意味を探る僕の前に、ふたたび赤いコートの少年が姿を現し、科学博物館のウインドウのなかのアリが入ったコハクを指さす。

「このアリが見てきたものが全部、コハクの中に閉じ込められてしまったんだ。かけらが全部閉じ込められてしまったってこと」

人間もこのアリと同じように「かけらを探して生きている」。それが「貴方たちの個人的な理由」なのだという。

このアリ入りのコハクと同質の比喩は、すでに小説の初めのほうに出ていた。それは、僕が図書館で読んだ化石の本に言及する部分で、学者が化石の跡に石膏を流しこんで、なかに入っていたものを復元するように、僕たちもナオミの残した跡から彼女を復元し、彼女のかけらを拾い集めているのだ、と語る一節である。

村上春樹の『世界の終りとハードボイルド・ワンダーランド』で、主人公が一角獣の頭骨から夢を読みとり、一角獣の苦しみを昇華させるエピソードに通じるものが感じられる。『ロスト・ストーリー』の僕もまた、ナオミとアニーの苦悩の物語を探求し、解読することで、二人の苦しみを昇華するという癒しの物語の側面をもっているからだ。

だが、『世界の終り〜』の主人公が夢読みの街の外に出ることを放棄するのに対して、『ロスト・ストーリー』の僕は、物語の世界をくぐりぬけて、この人生に還ってくる。

赤いコートの少年は、「貴方たちが知るべきことは、どうしてそうなったかじゃなくて……彼女は何のためにかけらを探しているのか」だ、と語った。つまり、理由ではなく目的、起こったことではなく探すこと、過去ではなく未来、終わった物語ではなくこれから始まる人生が重要なのだ。この二元論的対立は、伊藤たかみのもうひとつの長篇『盗作』で重要な主題として浮かびあがることになる。

ともあれ、『ロスト・ストーリー』は、ナオミとアニーの物語の謎を核におき、巧みなストーリーテリングで、意外な結末まで読者を一気に引っぱっていく。まずは小説の愉しみを満喫していただきたい。

（「文藝」一九九九年秋号掲載の文章に加筆訂正をほどこした）

本書は一九九九年二月、単行本として小社より刊行されました。

# ロスト・ストーリー

二〇〇六年一一月一〇日　初版印刷
二〇〇六年一一月二〇日　初版発行

著　者　伊《い》藤《とう》たかみ
発行者　若森繁男
発行所　株式会社河出書房新社
〒一五一-〇〇五一
東京都渋谷区千駄ヶ谷二-三二-二
電話〇三-三四〇四-八六一一（編集）
〇三-三四〇四-一二〇一（営業）
http://www.kawade.co.jp/

ロゴ・表紙デザイン　粟津潔
本文フォーマット　佐々木暁
印刷・製本　中央精版印刷株式会社


Printed in Japan ISBN4-309-40824-9

## リレキショ

中村航　40759-5

“姉さん”に拾われて“半沢良”になった僕。ある日届いた一通の招待状をきっかけに、いつもと少しだけ違う世界がひっそりと動き出す。第39回文藝賞受賞作。解説＝GOING UNDER GROUND 河野丈洋

## 美女と野球

リリー・フランキー　40762-5

小説、写真、マンガ、俳優と、ジャンルを超えて八面六臂の活躍をするイラストレーター、リリー・フランキー！　その最高傑作と名高い、コク深くて笑いに満ちたエッセイ集が、ついに待望の文庫化。

## 学校の青空

角田光代　40579-7

中学に上がって最初に夢中になったのはカンダをいじめることだった――退屈な日常とおきまりの未来の間で過熱してゆく少女たち。女の子たちの様々なスクール・デイズを描く各紙誌絶賛の話題作！

## 東京ゲスト・ハウス

角田光代　40760-9

半年のアジア放浪から帰った僕は、あてもなく、旅で知り合った女性の一軒家を間借りする。そこはまるで旅の続きのゲスト・ハウスのような場所だった。旅の終りを探す、直木賞作家の青春小説。解説＝中上紀

## 小春日和　インディアン・サマー

金井美恵子　40571-1

桃子は大学に入りたての19歳。小説家のおばさんのマンションに同居中。口うるさいおふくろや、同性の愛人と暮らすキザな父親にもめげず、親友の花子とあたしの長閑な〈少女小説〉は、幸福な結末を迎えるか？

## 文章教室

金井美恵子　40575-4

恋をしたから〈文章〉を書くのか？＜文章＞を学んだから、〈恋愛〉に悩むのか？　普通の主婦や女子学生、現役作家、様々な人物の切なくリアルな世紀末の恋愛模様を、鋭利な風刺と見事な諧謔で描く、傑作長篇小説。

## タマヤ

金井美恵子 40581-9

元ポルノ男優のハーフ。その姉は父親不詳の妊娠中、借金と猫を残してトンズラ。彼女に惚れてる五流精神科医はぼくの異父兄。臨月の猫は押しつけられるし変な奴等が押しかけるし……。ユーモア冴え渡る傑作。

## 道化師の恋

金井美恵子 40585-1

若くして引退した伝説的女優はオフクロ自慢のイトコ。彼女との情事を書いた善彦は、学生作家としてデビューすることに。ありふれた新人作家と人妻との新たな恋は、第二作を生むのか？　目白四部作完結！

## 少年たちの終わらない夜

鷺沢萠 40377-8

終りかけた僕らの十代最後の夏。愛すべき季節に別れの挨拶をつげる少年たちの、愛のきらめき。透明なかげり。ピュアでせつない青春の断片をリリカルに描いた永遠のベストセラー、待望の文庫化。

## スタイリッシュ・キッズ

鷺沢萠 40392-1

「あたしたちカッコ良かったよね……」理恵はポツリとそう言った。1987年の初夏から1989年の夏まで、久志と理恵の最高のカップルの出会いから別れまでの軌跡を描く、ベストセラー青春グラフィティ。

## ハング・ルース

鷺沢萠 40462-6

ユニは19歳、なんだかとても“宙ぶらりんな存在”のような気がする。一緒に暮らしていた男から放り出され「クラブ・ヌー」でフェイスと出会い、投げやりな共同生活を始めたが……。さまよう青春の物語。

## 私の話

鷺沢萠 40761-7

家庭の経済崩壊、父の死、結婚の破綻、母の病……何があってもダイジョーブ。波乱の半生をユーモラスに語り涙を誘う、著者初の私小説。急逝した著者が記念作品と呼んだ最高傑作。解説＝酒井順子

## きょうのできごと

柴崎友香　40711-0

この小さな惑星で、あなたはきょう、誰を想っていますか……。京都の夜に集まった男女が、ある一日に経験した、いくつかの小さな物語。行定勲監督による映画原作、ベストセラー!!

## レストレス・ドリーム

笙野頼子　40471-5

悪夢の中の都市・スプラッタシティを彷徨する〈私〉の分身とゾンビたちの途方もない闘い。ポスト・フェミニズム時代の最大の異才が今世紀最大、史上空前の悪夢を出現させる現代文学の金字塔。

## 母の発達

笙野頼子　40577-0

娘の怨念によって殺されたお母さんは〈新種の母〉として、解体しながら、発達した。五十音の母として。空前絶後の着想で抱腹絶倒の世界をつくる、芥川賞作家の話題の超力作長篇小説。

## ユルスナールの靴

須賀敦子　40552-5

デビュー後十年を待たずに惜しまれつつ逝った筆者の最後の著作。20世紀フランスを代表する文学者ユルスナールの軌跡に、自らを重ねて、文学と人生の光と影を鮮やかに綴る長編作品。

## 文字移植

多和田葉子　40586-X

現代版聖ゲオルク伝説を翻訳するために火山島を訪れた“わたし”。だが文字の群れは散らばり姿を変え、“わたし”は次第に言葉より先に、自分が変身してしまいそうな不安にかられて……。言葉の火口へ誘う代表作！

## 少年アリス

長野まゆみ　40338-7

兄に借りた色鉛筆を教室に忘れてきた蜜蜂は、友人のアリスと共に、夜の学校に忍び込む。誰もいない筈の理科室で不思議な授業を覗き見た彼は教師に獲えられてしまう……。文藝賞受賞のメルヘン。

## 野ばら

長野まゆみ 40346-8

少年の夢が匂う、白い野ばら咲く庭。そこには銀色と黒蜜糖という二匹の美しい猫がすんでいた。その猫たちと同じ名前を持つ二人の少年をめぐって繰り広げられる、真夏の夜のフェアリー・テール。

## 三日月少年漂流記

長野まゆみ 40357-3

博物館に展示されていた三日月少年が消えた。精巧な自動人形は盗まれたのか、自ら逃亡したのか？　三日月少年を探しに始発電車に乗り込んだ水蓮と銅貨の不思議な冒険を描く、幻の文庫オリジナル作品。

## ナチュラル・ウーマン

松浦理英子 40322-0

私、あなたを抱きしめた時、生まれて初めて自分が女だと感じたの——異性と愛を交わすより、同性との愛の交換によってみずからの生を充実させていく女性たち。不毛な愛の現実を赤裸々に結晶させた異色作。

## セバスチャン

松浦理英子 40337-9

「サムバディ・コールド・ミー・セバスチャン」。不自由な肉体の根拠として被虐的な“私”を生きるロック少年と“主人と奴隷ごっこ”に身を置いて倒錯した愛の世界を彷徨する女性たちの危うい日々。

## 葬儀の日

松浦理英子 40359-X

葬式に雇われて人前で泣く「泣き屋」とその好敵手「笑い屋」の不吉な〈愛〉を描くデビュー作はじめ3篇を収録。特異な感性と才気漲る筆致と構成によって、今日の松浦文学の原型を余すところなく示す第一作品集。

## 親指Pの修業時代　上・下

松浦理英子 40455-3

ある夕暮れに目覚めると、彼女の親指はペニスになっていた。——やがて性の見せ物一座に加わる少女の遍歴を通して、新しいセクシュアリティのありかたをさぐる女流文学賞を受賞した、話題のベストセラー。

## ベッドタイムアイズ

山田詠美　40197-X

スプーンは私をかわいがるのがとてもうまい。ただし、それは私の体を、であって、心では決して、ない。――痛切な抒情と鮮烈な文体を駆使して、選考委員各氏の激賞をうけた文藝賞受賞のベストセラー。

## 指の戯れ

山田詠美　40198-8

ピアニスト、リロイ。彼の指には才能がある。２年前に捨てたあの男、私の奴隷であった男のために、今、愛と快楽の奴隷になろうとするルリ子。リロイの奏でるジャズ・ミュージックにのせて描く愛と復讐の物語。

## 蝶々の纏足

山田詠美　40199-6

少女から女へと華麗な変身をとげる美しくも多感な蝶たちの青春。少年ではなく男を愛することで、美しい女友達の枷から逃れようとする心の道筋を詩的文体で描く。第96回芥川賞候補作品。

## ジェシーの背骨

山田詠美　40200-3

恋愛のプロフェッショナル、ココが愛したリック。彼を愛しながらもその息子、ジェシーとの共同生活を通して描いた激しくも優しいトライアングル・ラブ・ストーリー。第95回芥川賞候補作品。

## 風葬の教室

山田詠美　40312-3

私は両耳をつかまれて、高々と持ち上げられた可哀相なうさぎ――。理不尽ないじめに苦しむ少女に兆す暗い思いを豊かな筆致で描いた表題作の他、子守歌に恐怖と孤独を覚える少女を見つめた佳篇「こぎつねこん」併載。

## インストール

綿矢りさ　40758-7

女子高生と小学生が風俗チャットでひと儲け。押入れのコンピューターからふたりが覗いた〈オトナの世界〉とは!?　史上最年少芥川賞受賞作家のデビュー作＆第38回文藝賞受賞作。